Romily Bernard
Find Me

DIE AUTORIN

Foto: © Heart is Found photography

Romily Bernard hat ihren Uniabschluss in Literatur und Spanisch an der Georgia State University gemacht. Sie lebt heute mit ihrem Partner in Atlanta, reitet gern und arbeitet als Gesellschaftsanwalt. »Find me« ist ihr Debüt und war nominiert für den Golden Heart Award 2012.

Romily Bernard

Find Me

Aus dem Englischen
von Andreas Brandhorst

cbt

Kinder- und Jugendbuchverlag
in der Verlagsgruppe Random House

MIX
Papier aus verantwortungsvollen Quellen
FSC
www.fsc.org
FSC® C014496

Verlagsgruppe Random House FSC® N001967
Das für dieses Buch verwendete FSC®-zertifizierte Papier *Salzer Alpin* wird produziert von UPM, Schongau und geliefert von Salzer Papier, St. Pölten, Austria.

1. Auflage
Deutsche Erstausgabe Oktober 2015

Die Originalausgabe erschien unter dem Titel »Find Me« bei HarperTeen, an imprint of HarperCollins Publishers, New York.

Aus dem Englischen von Andreas Brandhorst
Lektorat: Friedel Wahren
Umschlaggestaltung:
init | Kommunikationsdesign, Bad Oeynhausen unter Verwendung eines Motivs von Trevillion Images/Sylwia Makris
MG · Herstellung: tk
Satz: KompetenzCenter, Mönchengladbach
Druck und Bindung: GGP Media GmbH, Pößneck
ISBN: 978-3-570-30967-4
Printed in Germany

www.cbt-buecher.de

Für Tony, der Glauben hat

1

Ich bin halb durch die Firewall des Remotecomputers, als Detective Carson auf der anderen Seite unserer Straße anhält. Kein guter Zeitpunkt für eine Störung! Eigentlich will ich nie gestört werden, wenn ich hacke, aber ich kann nicht anders, ich nehme die Hände von der Tastatur und setze die Füße fest auf den Boden, um von einem Augenblick zum anderen davonlaufen zu können. Denn *er* ist es, er ist wieder da und jagt mir Angst ein, das Herz schlägt mir plötzlich bis zum Hals, ich höre sein Trommeln in den Ohren. Im Dunkeln bleibe ich sitzen, beobachte den zivilen Streifenwagen und versuche mir einzureden, alles sei in Ordnung.

Immerhin bin ich vorbereitet. Ich habe die Überwachungskameras meiner Pflegeeltern angezapft, damit mein Computer ihren Videostream empfängt und ich den Vorgarten beobachten kann. Ich sehe alles, ohne meinen Schreibtisch zu verlassen: die Limousine mit den getönten Scheiben, die Straße im Halbdunkel, die düsteren Häuser der Nachbarn. Ganze fünf Minuten lang geschieht nichts. Keine Bewegung. Alles ruhig. Eigentlich müsste es langweilig sein, aber meine Hände fühlen sich feucht an.

Die Angst ist dumm. Carson kann mir nichts mehr anhaben. Nicht in diesem hübschen neuen Leben. Meine Pflegeeltern scheinen aus einem Disney-Film zu stammen. Ich wohne bei ihnen im Reichenviertel der Stadt, zusammen mit meiner Schwester. Ich bin nicht mehr das Mädchen, das er dem Sozialamt übergab.

Das sage ich mir immer wieder.

Und überhaupt – er könnte aus ganz anderen Gründen dort anhalten. Es muss gar nichts mit mir zu tun haben. Vielleicht hält er an, weil er für diesen Teil der Stadt zuständig ist. Oder weil er in der Nähe wohnt.

Oder weil er dich beobachten will. Die Worte erscheinen in meinem Kopf, und ich kann sie nicht beiseiteschieben.

Er weiß nichts. Er weiß nichts. Er weiß nichts. Ich sehe auf den Programmcode, der über den Monitor scrollt, kann mich aber nicht konzentrieren. Mehrmals muss ich Tastatureingaben wiederholen.

Carson hat überall erzählt, dass er Lily und mich für seine letzte Verbindung zu dem Drogenhändler hält, unserem Vater. Damit könnte er tatsächlich recht haben, und genau das macht mir solche Angst. Denn wenn mein Vater zurückkehrt und wenn er einen Polizisten vor unserem neuen Zuhause sieht ... Dann glaubt er vielleicht, ich hätte was mit Drogen zu tun. Und das würde alles ruinieren.

Alles, was noch übrig ist.

Es ist so verdammt wenig, dass ich fast lache. Dann höre ich, wie die Wagentür zufällt, und ich erstarre vor Schreck.

Er ist nie zuvor ausgestiegen. Ich beuge mich zum Monitor vor, damit ich ihn besser erkennen kann. Carson, kein Zweifel: hoch aufgeschossen, die Schultern gebeugt unter seiner Members-Only-Jacke. Er hat den Motor abgestellt, aber das muss nichts bedeuten. Es ist alles in Ordnung. Er steht einfach nur am Straßenrand.

Kein Problem.

Doch dann geht er auf das Haus zu.

Beinahe hätte ich den Stuhl umgestoßen. Die Rollen quietschen, meine nackten Füße klatschen auf den Boden, und ich stehe, bin bereit.

Aber ich weiß nicht, wozu ich bereit bin. Wenn ich nach unten gehe, muss ich seinen Weg durch die Fenster verfolgen, und er könnte mich sehen.

Doch hierzubleiben hat keinen Sinn. Die Überwachungskameras decken nur den Bereich vor dem Haus ab. Zu beiden Seiten und hinten sind die Kameras blind, und ich ebenfalls. Also müsste ich abwarten, was er entscheidet und unternimmt.

Von wegen.

Ich schnappe mir den Baseballschläger, der immer neben meinem Bett lehnt, weil mir Baseball angeblich gefällt. In beiden Händen halte ich ihn und nähere mich der Schlafzimmertür.

Weiter komme ich nicht. Meine Füße streiken.

In solchen Momenten sollte es ganz anders sein. Meine Hände sollten nicht zittern. Ich sollte nicht Wick Tate sein, das Mädchen, das ich bin, sondern die große Schwester, die Lily verdient.

Und zu der will ich jetzt werden. Aber der eine Schritt, der mich von der Tür trennt, scheint sich zu dehnen, bis er eine Meile lang ist. Ich habe Angst. Leute wie ich sollten an Computern sitzen – dort gehören sie hin.

Irgendwie schaffe ich es, die Tür zu öffnen. Im Flur erwartet mich finstere Stille, doch die Gardinen bewegen sich, als wären sie gerade von etwas berührt worden, und unten im Erdgeschoss knarrt es.

In meinem Kopf herrscht plötzlich gähnende Leere.

Adrenalin, denke ich und zwinge mich, einen Fuß vor den anderen zu setzen. Ich bin kurz davor, in den Panikmodus zu wechseln. Das muss ich in den Griff bekommen.

Und ich werde es in den Griff bekommen. Ich schultere den Baseballschläger, schleiche zur Treppe und habe fast die oberste Stufe erreicht, als ich merke, dass ich nicht allein bin. Ein Schatten kommt von unten und kriecht an der Wand entlang. Für einen Augenblick befürchte ich, in Ohnmacht zu fallen.

Carson. Er ist schon da. Ich habe Lily gegenüber versagt. Ich ...

Der Schatten kommt näher, und das Gesicht meiner Schwester schält sich aus der Dunkelheit. »Wick?«

»Himmel, Lily!«

Sie tritt näher und richtet einen argwöhnischen Blick auf den Baseballschläger. »Was hast du vor?«

»Wir haben Besuch.« Wie seltsam, dass meine Stimme ruhig und zuversichtlich klingt, obwohl es in mir brodelt! Ich schiebe mich an Lily vorbei und sage mir, dass ich mich gut fühle. Vielleicht stimmt das sogar, denn ich habe gerade die einzige Person gesehen, die ich noch verlieren könnte.

Ich husche die Treppe hinunter, streiche dabei mit den Fingern über die Wand. »Bleib, wo du bist!«

Aber das bleibt Lily natürlich nicht. Sie folgt so dicht hinter mir, dass sie an meine Fersen stößt.

»Was für einen Besuch?«

Ich höre sie kaum, verstehe aber sowohl die Worte als auch den Sinn, der sich dahinter verbirgt. Lily hofft, dass ich mich mit meiner Vermutung irre, dass es für alles eine erfreuliche Erklärung gibt. Das ist eine Illusion, die ich mir nicht leisten kann. Mehr noch – wir können sie uns beide nicht leisten.

Ich wende mich zu ihr um. »Es ist halb sechs morgens, Lil. Warum taucht Carson deiner Meinung nach um diese Zeit hier auf?«

Lily zittert, aber sie hebt das Kinn. »Vielleicht ist er gekommen, weil er über dein Hacken Bescheid weiß.«

Darüber kann er nichts wissen. »Ausgeschlossen.«

»Warum bist du dir da so sicher?«

»Weil ich mir sicher bin.« Das stimmt, fast.

Unter uns streicht eine dunkle Gestalt an den Fenstern vorbei. Bei der vorderen Tür verharrt sie, und wir beobachten, wie sich in halber Höhe etwas bewegt.

Es ist ein Arm. Eine Hand. Carson prüft die Fensterverriegelung.

Lily packt mich, und für eine Sekunde sieht sie jünger aus als elf. »Wick, wir müssen Bren und Todd wecken.«

Auf keinen Fall. Kommt nicht infrage. Unsere Pflegeeltern haben keinen Schimmer von dieser Sache, und dabei soll es auch bleiben. Sie brauchen nichts von meinen kleinen Computerangewohnheiten oder von dem hohlwangigen Polizisten zu wissen, der uns des Nachts besucht. Sie wissen bereits genug. Wenn sie mehr erfahren, übergeben sich mich vielleicht den Bullen und Lily der Fürsorge.

Das darf nicht geschehen.

Und warum sollte mir jemand glauben? Todd hätte sicher auf einer Konfrontation mit dem Detective bestanden, und dann wäre ich gezwungen gewesen, meine Version zum Besten zu geben. Carson hätte sich irgendeine passende Lüge einfallen lassen, die alles erklärt hätte – das macht die Polizei immer. Ich hätte dann als die jugendliche Straftäterin dagestanden, für die mich ohnehin alle halten.

»Wick!« Lilys Finger drücken sich fester in meinen Arm. Ich schüttele ihre Hand ab. »Ruf sie!«, flüstert meine Schwester, und in ihrer Stimme höre ich die Panik, die dort auf der Lauer liegt, seit die Polizei kam, um unseren Vater zu verhaften.

»Geh nach oben!«

»Ruf sie!« Lily wiederholt die Worte wie ein Gebet, aber sie klingen eher wie eine Beschwörung. Meine Schwester möchte mythische Eltern herbeirufen, die uns beschützen, mächtige Erwachsene, die alle Albträume vertreiben. Eigentlich kann ich es ihr nicht verdenken. Wie soll sich ein Kind sicher fühlen, das nur mich hat?

»Du musst es nicht mehr tun, Wick.«

Wenn ich es nicht tue, wer dann? Bren? Todd? Lily möchte, dass sie alles in Ordnung bringen, aber warum sollten sie?

Nur weil jemand dich beschützen sollte, bedeutet das noch lange nicht, dass er es auch tatsächlich tut. Fast hätte ich die Worte laut ausgesprochen, schlucke sie dann aber hinunter. Ich möchte nicht, dass Lily es weiß.

Obwohl es ihr vermutlich schon klar geworden ist.

Lily packt mich am Ellbogen. »Er traut sich nicht, bei uns einzubrechen.«

Mein Kopf stimmt ihr zu, aber mein Gefühl ... Mein Gefühl sagt mir, dass er es doch wagen könnte. Bei Leuten wie uns muss die Polizei nicht vorsichtig sein. Wir sind der Feind. Lily und ich haben ein schickes neues Leben, aber vielleicht weiß Carson, was noch immer in uns steckt. Beim Gedanken daran kriege ich eine Gänsehaut. »Du weißt so gut wie ich, dass Polizisten nicht immer die Guten sind.«

Durch das Fenster beobachten wir, wie Carson sich nach rechts wendet. Er zögert kurz, als hätte er etwas gehört, und durchquert dann den Vorgarten.

Wohin will er jetzt? Verwirrt nähere ich mich dem Fenster und rechne schon damit, dass er plötzlich wie in einem Horrorfilm in mein Blickfeld springt.

Ich schiebe mich noch weiter nach vorn und sehe gerade noch, wie Carson hinter der Hausecke verschwindet.

Was hat er vor? Dort hinten gibt es nichts, bis auf ... die Hintertür! Ich fahre herum, und mein Puls rast. Haben wir die Tür abgeschlossen?

Ich ergreife Lilys Hand und ziehe sie mit mir, als ich durch den Flur eile, vorbei an Brens Yogaklamotten und Todds Pennyloafern. Wir sind ziemlich schnell, obwohl ich kaum etwas sehe. Kein Problem für uns. Darin haben wir Übung.

Aber vielleicht haben wir nicht genug geübt.

Carson kommt an den hohen Fenstern der Glasveranda vorbei, bevor wir das Ende des Flurs erreichen. Als ich endlich die Küchenfliesen unter meinen Füßen spüre, ist er auf den Stufen vor der Hintertür, unter der gelben Verandalampe. Ich bleibe unvermittelt stehen, und Lily duckt sich an meine Hüfte. Bis auf unseren Atem ist alles still – wir keuchen fast.

Draußen hält Carson eine Hand ans Fenster, schirmt die Augen ab und späht ins Haus.

Ich schnappe halb erstickt nach Luft.

Er kann nichts sehen. Er kann nicht wissen, dass wir hier sind. Das denke ich immer wieder, aber mein Körper schert sich nicht um diese Gedanken und weicht zur Wand zurück.

Carsons Hand greift nach dem Türknauf und dreht ihn. Ich höre ein Klicken – es ist abgeschlossen, dem Himmel sei Dank.

Ich sacke erleichtert in mich zusammen, doch dann höre ich ihn lachen. Es klingt dumpf, ein Lachen, das dunkel und tief aus seinem Innern kommt.

Lily zittert wieder. »Bist du sicher, dass er nur Dad sucht?«

»Ja.«

Nein.

Sie wimmert, ganz leise, aber ich fürchte, dass er es hört. Er kann es nicht hören. Ich weiß, dass er es ganz sicher nicht hört. Aber als Carson sich versteift, als er den Kopf zur Seite neigt und seine Augen zu dunklen Höhlen werden ... Da schlinge ich den Arm um die schmalen Schultern meiner Schwester.

Ich ziehe sie näher und näher, bis ich fühle, wie sich unsere Knochen durch dünne Haut treffen. So stehen wir in der Dunkelheit und beobachten, wie Carson lächelt.

2

»Polizisten sollten eigentlich immer die Guten sein, Wick.«

Ja, das sollten sie, denke ich. Und Eltern sollten da sein, wenn man sie braucht, Lehrer sollten Interesse am Leben ihrer Schüler zeigen, und eines Tages kommt ein schöner Prinz. Aber Lily kennt alle diese Lügen, und deshalb schweige ich. Meine Schwester bebt am ganzen Leib. Wenn es noch stärker wird, zerbricht sie.

»Ja, meistens sind sie auch die Guten«, sage ich schließlich.

Aber dieser Polizist nicht. Die unausgesprochenen Worte hängen zwischen uns, hell angestrahlt.

Wir stehen noch in Brens Küche, nachdem Carson längst weg ist. Ringsum weichen die Schatten allmählich zurück. In meiner Panik habe ich gar nicht gemerkt, dass der Morgen schon graut.

»Warum war er hier, Wick?«

»Das habe ich dir bereits gesagt.« Ich reibe mir die Augen, bis ich nur noch Sterne sehe. »Er hat es auf unseren Vater abgesehen.«

»Aber Dad ist nicht hier.«

Ja, genau, und was folgt daraus? Muss ich daraus den Schluss ziehen, dass er über meine ... Freizeitaktivitäten Bescheid weiß, über das Hacken? Meine Brust schrumpft um diesen Gedanken. Ich beantworte Lilys Frage nicht. Ich könnte sie beantworten, denn ich habe eine Erklärung parat.

Ich habe sogar mehrere auf Lager.

Hier mein Gegenstück zu dem Spielchen *Diese drei Dinge nähme ich auf eine einsame Insel mit.* Carson ist hier, weil unser Dad die Fliege gemacht hat. Er glaubt, dass wir ihm bei seiner Flucht helfen. Carson ist hier, weil unser Dad abgehauen ist und wir die einzige Verbindung zu ihm sind. Carson ist hier, weil er glaubt, bei uns die Antworten auf einige offene Fragen zu finden.

Sie klingen einleuchtend, diese Erklärungen, aber ich bringe es nicht fertig, eine von ihnen auszusprechen. Etwas hindert mich daran, ein seltsames Gefühl in mir, klein, aber mit spitzen Zähnen und scharfen Krallen.

Lily steht stocksteif da, so als hätte das Gefühl auch sie erfasst. Und als sie mich ansieht, wird mir klar, dass ich mich nicht täusche. Ein Vorwurf liegt in ihren Augen.

»Er weiß Bescheid. Du musst mit dem Hacken aufhören.«

»Er weiß nichts, und ich schade niemandem.« Lily starrt mich an, und ich rolle mit den Augen. In dieser Hinsicht will ich mich nicht schuldig fühlen. Der dornige Knoten in meinem Hals ist keine Reue, und die Leere in meiner Magengrube ist keine Sorge.

Zorn hat beides geschaffen.

»Ich schade niemandem, der es nicht verdient hätte«, füge ich hinzu.

Und ich bin ziemlich sicher, dass das stimmt. Ich führe Online-Ermittlungen durch und habe mich auf Ehemänner spezialisiert, die ihre Frauen betrügen. Ja, es ist Hacken, aber ich setze keine Server außer Gefecht oder schleuse Viren ein.

Und ja, ich lasse mich dafür bezahlen. Ich kriege Geld dafür, dass ich die Privatsphäre meiner Mitmenschen verletze, in ihren Kontoauszügen und E-Mails herumschnüffele. Aber Lily und ich brauchen das Geld, und diese Frauen – meine Klientinnen – brauchen Antworten. Ich sorge dafür, dass sie wissen, wen sie lieben. Ich sorge dafür, dass sie nicht wie meine Mutter enden. Jede einzelne meiner Klientinnen bittet mich ausdrücklich um Hilfe und dankt mir, wenn ich damit fertig bin. Ich habe so oft »Gern geschehen« gesagt, dass die Worte bitter klingen.

Ich bin ein Robin Hood mit Kool-Aid-getöntem Haar, eine Heldin, aber Lily scheint mich plötzlich für eine Schurkin zu halten, für jemanden, der fies grinst, während er vollbusige Frauen an Gleise fesselt. Sie sieht mich an, als hätte ich sie enttäuscht.

»Wir haben jetzt Bren und Todd, Wick.«

»Ach ja?« Seltsamerweise beruhigt es mich, die Situation zu analysieren. Ich mustere Lily und fühle mich stärker. »Für wie lange? Dad ist seit fast einem Jahr fort, und die letzten drei Familien haben uns nicht länger als ein paar Monate bei sich behalten. Wir müssen allein klarkommen.«

»Aber was ist mit …?« Lily deutet zur Tür und bringt es nicht fertig, Carsons Namen auszusprechen.

»Keine Sorge. Ich kümmere mich um ihn.« Sie weiß bestimmt, dass ich bis zum Hals voller Dreck stecke, aber trotzdem entspannt sie sich, als würde sie mir jedes Wort glauben. Vielleicht sollte ich stolz darauf sein.

Sie springt mir entgegen, und wir umarmen uns. So richtig. »Wenn ich genug Geld zusammenhabe, Lil … Dann spielt es keine Rolle, ob sie uns hinauswerfen oder nicht. Dann können wir überallhin. Ich weiß, dass dir das Hacken nicht gefällt, aber mit dem Geld kaufen wir uns Sicherheit.«

»Falls wir sie brauchen.«

»Wenn wir sie brauchen.«

Oben geht eine Dusche an, und eine Frau singt von Hügeln, die voller Musik sind.

Um Himmels willen, Bren! Ich reibe mir das Gesicht. Wie kann jemand ohne Medikamente so glücklich sein? Für uns andere ist es einfach nervig.

Sonst habe ich mir von Lily immer Zustimmung geholt, doch sie saust bereits nach oben, in ihr Schlafzimmer. Sie kennt das Spiel. Wenn Bren zum Wecken kommt, muss Lily so aussehen, als sei überhaupt nichts geschehen. Und ich natürlich auch.

Allerdings ... Ich bin fix und fertig und weiß nicht, ob ich auf ruhig und heiter machen kann. Ehrlich gesagt habe ich alles satt. Ich brauche Platz. Also steige ich in meine ausgetretenen Turnschuhe – nur sie sind von meiner alten Garderobe übrig geblieben, während Bren den Rest in den Müll geworfen hat – und laufe nach draußen.

Es hätte ein guter Abgang sein können, wenn ich nicht gestolpert und fast gefallen wäre. Ich drehe mich um und entdecke ein kleines braunes Päckchen auf der obersten Stufe.

Es ist an mich adressiert.

Gestern Abend hat es noch nicht dort gelegen.

Carson fällt mir ein. Stammt das Päckchen von ihm? Ich wende mich ab und will gehen, doch das klappt nicht. Es würde bedeuten, dass Bren das Päckchen findet. Anschließend gäbe es Fragen, und ich müsste mir Antworten einfallen lassen, doch dazu fehlt mir derzeit die Kraft.

Das Päckchen ist etwa so groß wie ein Taschenbuch. Ich könnte es in meine Kuriertasche stecken und später wegwerfen.

Denn öffnen sollte ich es bestimmt nicht.

Weil Carson irgendein Spiel mit mir treibt.

Aber wenn ich es nicht öffne, sehe ich verängstigt aus. Schlimmer noch: Dann weiß ich, dass ich verängstigt *bin*.

Verängstigt genug, um wieder reinzugehen? Ich blicke zum Haus zurück und denke daran, Lily alles zu erklären, und auch Bren.

Schon gut. Ich nehme das Päckchen, öffne es und ... bin enttäuscht. Carson hat nur ein Buch mit Feuchtigkeitsflecken für mich zurückgelassen.

Ich streiche mit dem Daumen über den fransigen Einband, und Ärger regt sich in mir. Versucht Carson etwa, sich bei mir einzuschmeicheln? Wohl kaum. Worauf legt er es dann an? Die Sache ist mir ein Rätsel, und anstatt erleichtert zu sein, komme ich mir dumm vor.

Und ich mache mir Sorgen.

Zwar weiß ich, dass ich allein bin, aber ich sehe trotzdem die Straße hinauf und hinunter. Nichts. Niemand. Ich bin sicher. Dennoch wäre ich am liebsten weggelaufen.

Irgendetwas muss ich übersehen. Etwas, das ich nicht verstehe. Ich kratze an einem birnenförmigen Fleck an der Ecke des Buchs.

Vielleicht enthält es eine Mitteilung für mich. Ich schlage es auf und stelle überrascht fest, dass es ein Tagebuch ist.

Ich wusste gar nicht, dass so etwas immer noch in Mode ist. Was mich betrifft ... Ich habe von Tagebüchern nie viel gehalten. Welchen Sinn hat es, alle Geheimnisse niederzuschreiben – oder einzugestehen, wovor ich mich fürchte?

Genauso gut könnte ich meine Schwächen auflisten. Das ist alles andere als klug. Aber davon mal abgesehen: Warum sollte mir jemand sein Tagebuch vor die Tür legen? Dann blättere ich zur nächsten Seite, und plötzlich stockt mir der Atem.

Ich weiß, wem dieses Tagebuch gehört. Die Schrift ist ein bisschen glatter, aber ich erkenne die dicken, schnörkeligen Buchstaben, bevor ich den Namen ganz unten entziffere. Sie hat ihn auf alle meine Mappen geschrieben. Meine Sachen sahen dadurch aus, als gehörten sie ihr. Mir machte das nichts aus. Ich glaubte, dadurch ein bisschen wie sie zu werden, so als gehörten wir zusammen.

Doch seit der sechsten Klasse habe ich nicht mehr mit Tessa Waye gesprochen, und ich bezweifle sehr, dass sie unsere Freundschaft neu beleben will. Dies ergibt keinen Sinn, und ich weiß nicht, warum ich umblättere, aber ich tue es – und dort ist er: ein gelber Klebezettel auf einem Mittwochmorgen-Eintrag. Darauf steht geschrieben:

FINDE MICH.

3

Er hat gesagt: Wenn ich jemandem davon erzähle, bringt er mich um. Ich glaube ihm.

– Tagebuch von Tessa Waye, Seite 49

Finde mich? Ich spüre ein sonderbares Prickeln im Rücken, so als krabbelten dort mehrere Spinnen herum, auf und unter der Haut. Was zum Teufel bedeutet dies?

Ich drehe den gelben Klebezettel, als hielte seine Rückseite des Rätsels Lösung bereit, was natürlich nicht der Fall ist. Seine Botschaft beschränkt sich auf das *Finde mich* in schrägen schwarzen Lettern. Die Handschrift passt nicht zu Tessa. Die beiden Worte sind wie aufs Papier geworfen.

»Morgen!«

Ich zucke zusammen, aber es ist nur ein Jogger, und so munter sein Gruß auch klingen mag: Der Typ schleppt sich dahin und kriegt die Turnschuhe kaum vom Asphalt.

»Morgen!«, murmele ich halbherzig, aber das kommt mir unangemessen vor. Meine Stimme klingt kratzig und bange statt heiter und keck. Wahrscheinlich beschert mir der Tonfall eine Antwort wie *Alles in Ordnung mit dir, junge Dame?*

Ich versuche ein Tausend-Watt-Lächeln, aber das hätte ich mir sparen können, denn der Bursche ist bereits halb den Hügel hoch.

Ich starre auf seinen Rücken und hasse ihn dafür, dass er mich bemerkt hat. Das passiert in letzter Zeit recht oft. Ich gebe Bren die Schuld. In meinen alten Sachen und in meinem alten Leben hat mir niemand Beachtung geschenkt. Jetzt wohne ich auf der wohlhabenden Seite der Stadt und trage Abercrombie. Das macht mich ... ansprechbar.

Zum Teufel mit dem ganzen Blödsinn!

Über mir ziehen einzelne Wolken über den rosaroten Himmel. Ein weiterer wundervoller Tag steht bevor. Jede Menge Sonnenschein. Vielleicht leichter Wind. Abgesehen vom Tagebuch deutet nichts auf Detective Carson hin, und besser noch: Von meinem Vater ist weit und breit nichts zu sehen.

Grund genug eigentlich, mich wesentlich besser zu fühlen. Aber das ist nicht der Fall. Die beiden Worte *Finde mich* kleben an mir fest. Ich kann sie einfach nicht abschütteln.

Als ich das Buch zuklappen will, fällt ein schmutziger Fünfzig-Dollar-Schein auf meine Turnschuhe.

Gewöhnlich verlange ich eine kleine Anzahlung, bevor ich mit einem Job beginne, aber immer per Online-Überweisung. Ich liefere nichts persönlich ab, und ich mache mich auch nicht in der realen Welt auf die Suche, um jemanden zu finden. Meine Spezialität ist der Cyberspace.

Und die ganze Sache sollte geheim sein.

Nur drei Menschen wissen über mich Bescheid, und keiner von ihnen würde auf diese Weise einen Kontakt herstellen. Das bedeutet ...

Es weiß noch jemand von mir.

* * *

Bei jedem anderen Schüler hätte es seltsam ausgesehen, wenn er um sieben Uhr morgens in der Schule erschienen wäre, aber ich nehme schon seit einer ganzen Weile an Computerkursen teil und wirke deshalb nicht seltsamer als sonst, als ich durch den Nebeneingang der Turnhalle schlüpfe. Der Unterricht beginnt erst in anderthalb Stunden; ich habe also reichlich Zeit ohne Zeugen. Genau so mag ich es.

Ich mache bei meinem Spind halt und tausche das Geschichtsbuch gegen die Mathe-Sachen, bevor ich mich zum Computerraum begebe. Dort lässt Mrs Lowe die Tür offen, falls einer ihrer Schüler die Geräte für eine Aufgabe benötigt. Sie sollte es besser wissen. Im Ernst. Ich meine, jeder könnte dort reinspazieren und die Computer für seine eigenen Zwecke verwenden.

Leute wie ich zum Beispiel.

Ich drücke die Tür auf und rechne damit, alles für mich zu haben, aber dem ist nicht so. Ich bin nicht allein. In meiner Benommenheit habe ich Griff übersehen. Er hebt den Kopf, und seine Augen ... scheinen zu flackern. Ich weiß nicht, wie ich es beschreiben soll, aber mir wird klar, dass er überrascht ist.

Vielleicht liegt es an meinem Haar. Ich bin naturblond – mein Haar hat das blasse Gelb von Märchenprinzessinnen und Barbiepuppen. Es erinnert mich zu sehr an das Blond meines Vaters, und deshalb färbe ich es. Oft. Seit gestern Nachmittag ist es dunkelrot. Diesen Ton habe ich gewählt, um damit wie die Figur eines Comicromans auszusehen. Das Superheldenrot kam mir ziemlich beeindruckend vor. Ich schätze, Griff ist anderer Ansicht

Und wenn schon, es ist mir egal, wirklich ... aber meine Ohren werden trotzdem heiß. Ich ertappe mich immer wieder dabei, eine andere sein zu wollen, obwohl ich das eigentlich schon bin. Ich fühle mich in das neue Leben gezwängt, und es drückt und zwickt und scheint nie richtig zu passen. Manchmal komme ich mir blöd vor, und das ärgert mich, und dann denke ich an meine Mutter und frage mich, ob es ihr ähnlich erging, ob sie deshalb gesprungen ist. Hatte sie vielleicht die richtige Eingebung?

Nein, natürlich nicht. Ich lasse Lily niemals allein, so wie sie uns alleingelassen hat. Aber was den Teil mit der Flucht betrifft ... Das verstehe ich. Sie floh vor unserem Vater. Der Sprung war ihre Rettung, doch er machte unser Leben schlimmer.

»Du bist früh dran.« Griffs Lächeln fühlt sich an wie ein Tritt in den Magen. Er richtet sich auf, damit er mich besser sehen kann, und ich muss der Versuchung widerstehen, mich zu ducken. Ich weiß nicht, warum er mich ansieht. Es macht mich nervös.

»Ja, ziemlich früh.« Ich will noch mehr sagen und die bevorstehende Englisch-Projektarbeit erwähnen, ich will *irgendetwas* sagen, damit ich nicht mit offenem Mund wie ein Volltrottel dastehe, aber ich kriege kein Wort raus. Das ist mein Problem mit Griff. Er hat ganz merkwürdige flaschengrüne Augen. Sie sind sehr klar und geben mir das Gefühl ... trübe zu sein, schmutzig.

Ich räuspere mich. »Ich bin mit Absicht so früh hier.«

»Ich auch.« Griff konzentriert sich wieder auf seinen Schreibblock. Er zeichnet. Er zeichnet dauernd, und ich möchte ihn danach fragen, bringe aber nicht den Mut auf.

Wir hätten Freunde sein können. Bis die Sache mit den Pflegeeltern begann. Ich habe nur zwei Straßen von ihm entfernt gewohnt, aber Welten trennen uns. Ihm fällt die Schule leicht. Er ist witzig, kommt mit allen klar und tritt gelegentlich für gemobbte Langweiler als Retter in der Not auf. Wenn ich versuchen würde, Matthew Bradford bei einem seiner Macho-Anfälle entgegenzutreten, wäre ich ein Fleck auf dem Turnhallenboden. Griff zögert nicht. Ein Teil von mir bewundert ihn dafür. Ein anderer ist neidisch auf ihn, weil er damit durchkommt.

Ich schlängele mich zwischen den verstreut stehenden Stühlen hindurch und nähere mich einem Computer ganz hinten. Meine beste Freundin Lauren Cross würde sagen, dass es mein Lieblingscomputer ist, aber wahrscheinlich liegt es daran, dass sie ihn selbst oft benutzt.

Dort hinten habe ich etwas mehr Platz für meine Sachen und kann mich an die Betonwand lehnen. Wenn jemand fragt, sage ich: Ich sitze dort am liebsten, weil ich während des Unterrichts schlafen kann. Die Wahrheit lautet: Es ist für mich der beste Platz, weil er mich fast unsichtbar macht.

Ich hätte die Zeit nutzen sollen, einiges für die Biologiestunde vorzubereiten, aber ich bin nicht in der richtigen Stimmung dafür. Meine Gedanken kreisen noch immer um Carson.

Er ist hinter unserem Vater her. Und ich sage: Schnapp ihn dir, Kumpel! Andererseits ... Vielleicht hat er von mir erfahren. Habe ich vielleicht einen Fehler gemacht? Einen Fehler, der Carson auf meine Spur brachte?

Ich glaube nicht, dass er Tessas Tagebuch vor die Tür gelegt hat – vermutlich hat er es nicht einmal bemerkt. Was aber nicht heißt, dass er mich nicht im Auge behält. Und wenn er bei mir genauer hinsehen will, sollte ich bei ihm genauer hinsehen. E-Mails sind immer ein guter Anfang. Ich erinnere mich nicht, ob er ein BlackBerry hatte, aber wenn das der Fall war ... Die Dinger lassen sich leicht knacken.

Alles in mir drängt danach, sofort zu beginnen. Das Verlangen ist so groß, dass ich fast Zahnschmerzen bekomme, aber in der Schule wage ich so etwas nicht. Dass die richtige Hardware zur Verfügung steht, ist sehr verlockend, doch nicht verlockend genug, um eine Konfrontation mit der Spyware der Schulverwaltung zu riskieren. Davor schrecke ich zurück.

Noch.

Aber eine kleine Google-Suche kann nicht schaden. Fast vierzig Minuten verbringe ich damit, durch Online-Zeitungsartikel zu scrollen, in denen Carson erwähnt wird. Ich finde sein Bild auf der Website der Polizei, und der Begleittext lobt ihn ausdrücklich für seinen Dienst an der Gemeinschaft.

Dienst an der Gemeinschaft? Nennt man das jetzt so? Auf dem Bild grinst Carson wie ein Depp. Es soll bestimmt ein bezauberndes Lächeln sein, aber ich sehe einen Totenkopf dahinter.

Draußen wird es lauter. Fenster führen an der vorderen Hälfte des Computerraums entlang, und ich sehe Schüler vom Parkplatz kommen. Ihre Stimmen sind ungewöhnlich gedämpft, wie das Summen von Wespen.

Bis auf eine.

Jenna Maxwell weint.

Sie schluchzt, genauer gesagt.

Das ist aus mehreren Gründen erstaunlich. Vor allem deshalb, weil Jenna nie unglücklich ist. Sie hat die Figur einer Barbiepuppe und das Temperament einer Grubenotter. Sie ist unsere Klassensprecherin und Vorsitzende des Beta-Clubs, und sie sieht gern dabei zu, wie Nerds in Müllcontainer geworfen werden.

Als einer dieser Nerds bin ich sehr an allem interessiert,

was Jenna zum Weinen bringt. Ein Teil von mir hofft, dass jemand ihr Cabrio geklaut hat, aber ich gäbe mich auch mit einer Geschlechtskrankheit zufrieden.

Jenna verschwindet kurz zwischen einer Gruppe von Mädchen, und ich blicke wieder auf den Monitor. Irgendetwas ist los – es wird eindeutig zu viel umarmt.

»Bemerkenswert«, sagt Griff und streckt die Arme hinter den Kopf. »Ich wusste gar nicht, dass sie auch auf Tränen programmiert ist.«

»Ja, dadurch wirkt sie fast lebensecht.« Die Worte verlassen meinen Mund, bevor ich sie hinunterschlucken kann. Ich sehe förmlich, wie sie über den Tisch vor mir springen.

Mist. Ich starre zu Griff hinüber und rechne damit, dass er mich ebenso enttäuscht ansieht wie Bren und Todd. So wie alle.

Aber das tut er nicht.

Unsere Blicke treffen sich, und er verzieht den Mund zu einem Lächeln. Etwas in mir scheint ein oder zwei Kilo schwerer zu werden, und plötzlich weiß ich nicht, was ich sagen soll. Ich sollte wegsehen. Stattdessen starre ich ihn weiter an.

Ich glaube, ich kann gar nicht wegsehen.

Griff hat ein Lächeln, das Lehrer bezaubern kann, aber keine Cheerleader. Das ganze letzte Jahr habe ich gehofft und gewünscht und davon geträumt, dass er mir dieses Lächeln schenkt. Und dann, als ich es tatsächlich von ihm bekam, wusste ich nichts damit anzufangen.

Offenbar weiß ich es noch immer nicht.

Griff betrachtet wieder die Mädchengruppe draußen. »Ich hielt ihre Freundschaft immer für geheuchelt, aber anscheinend standen sie sich tatsächlich nahe.«

Wie bitte? Ich richte mich ein bisschen auf. »Wie meinst du das?«

Griff lässt sich so lange Zeit mit der Antwort, dass ich schon denke, es kommt gar keine mehr. »Du weißt nichts davon?«, fragt er schließlich.

»Wovon?«

»Tessa ist von einem Gebäude gesprungen.«

Der Raum wird schmaler und schmaler, zu einem Tunnel. Ich konzentriere mich auf Griff, der verlegen aussieht, als befürchte er, ich könnte flennen.

Viele Leute werden so, wenn sie mit mir über einen Menschen sprechen, der in den Tod gesprungen ist. Sie gaffen mich an und denken dabei an meine Mutter.

»Tessa ist von einem Gebäude gesprungen?«, wiederhole ich vorsichtig. Die Worte in meinem Kopf werden immer lauter, und ich befürchte, sie könnten sich einen Weg aus meinem Mund bahnen: *Finde mich. Finde mich. Finde mich.*

»Ja, gestern Morgen.« Griff streicht sich mit einer Hand, an der ich mehrere Tintenflecken bemerke, über die Wangen. Aber die Anspannung verschwindet nicht aus seinem Gesicht. Fassungslos schüttelt er den Kopf.

Ich starre auf die Tastatur und denke an das Tagebuch in meiner Tasche – es drückt gegen mein Bein. Die Beule ist kaum zu sehen, aber ihre Kanten sind plötzlich rasiermesserscharf.

»Das muss ein Irrtum sein.«

»Jenna behauptet etwas anderes.« Griff holt sein Handy hervor. Er drückt auf die Knöpfe, zeigt mir dann das Display. Jenna Maxwells Facebook-Seite ist darauf zu sehen. »Sie sagt, Tessa hat sich umgebracht.«

4

Er hat gesagt, dass ich ihm gehöre. Für immer.

– Tagebuch von Tessa Waye, Seite 18

Selbstmord.

Zuerst glotze ich, weil ich es nicht glauben kann, und dann glotze ich weiter, weil mir das Atmen schwerfällt.

Selbstmord? Unmöglich.

»Nein. Ausgeschlossen. Jenna irrt sich bestimmt. Es muss ein Missverständnis sein.«

»Es tut mir wirklich leid, Wick. Ich hab nicht nachgedacht. Bitte setz dich wieder!«

Setzen soll ich mich? Ich senke den Blick und blinzele. Na, sieh mal einer an, ich stehe.

Und ich mache eine Szene. Auf der anderen Seite des Computerraums kommen Mrs Lowes Schüler durch die Tür. Blicke werden in meine Richtung geworfen.

Finde mich.

Aber ich kann nicht. Es ist zu spät. Arme Tessa.

»Wick?« Griff kommt näher. Zu nahe.

Verdammt, ich kriege kaum noch Luft. Muss raus hier.

Brauche einen klaren Kopf. Tessa soll Selbstmord begangen haben? Und warum hat mir dann jemand ihr Tagebuch vor die Tür gelegt?

»Wick!« Griffs lange Finger schließen sich um mein Handgelenk. Es fühlt sich heiß an, ein Brennen bis auf die Knochen. »Alles in Ordnung?«

Was? Ich sehe ihn an und bereue es sofort. Sein Gesichtsausdruck ist mir nur zu vertraut: Er weiß von meiner Mutter, und deshalb glaubt er zu wissen, was in mir vorgeht. Er glaubt, mich zu verstehen.

Aber da täuscht er sich. Ich bin nicht einmal sicher, ob ich mich selbst verstehe.

»Was geht hier vor?« Mrs Lowe – die Augen gerötet, das Haar zerzaust – bahnt sich einen Weg zwischen den Schülern hindurch, die uns anstarren. Als sie mich entdeckt, zögert sie kurz und greift nach meinem Arm. »Fühlen Sie sich nicht gut, Miss Tate?«

Oh, es geht mir bestens. Aber ich könnte kotzen, wenn Sie mir nicht aus dem Weg gehen. Mrs Lowes Atem riecht nach Kaffee. Sosehr ich Koffein liebe – ich würge fast.

»Es ist meine Schuld.« Griff schiebt sich zwischen uns, und für einen Moment sehe ich nur noch, wie sich seine Schulterblätter unter dem verblassten Polohemd abzeichnen. »Ich habe ihr von Tessa erzählt.«

Die Lehrerin sieht mich erschrocken an. »Ach, Sie armes Ding! Ich schätze, früher oder später hätten Sie ohnehin davon erfahren. Rektor Matthews wollte nicht, dass es auf diese Weise bekannt wird, aber Miss Maxwell hat es bereits der halben Schule erzählt. Kommen Sie, setzen Sie sich!« Sie drückt mich auf einen Stuhl und hält mich mit einer Hand fest. »Sie sehen schrecklich mitgenommen aus.«

Oh, besten Dank. »Ich …«

»Sie sehen aus, als stünden Sie kurz vor einer Panikattacke.«

»Nein, sie ist nur …« Griff spricht den Satz nicht zu Ende, und das ist weitaus besser für ihn, als er ahnt. Wenn er Mrs Lowe zugestimmt hätte, wäre ich zur Mörderin geworden.

»Ist es eine Panikattacke?« Unsere Lehrerin sieht mich wieder an, und zum ersten Mal bemerke ich, dass ihr Make-up tränenverschmiert ist. »Brauchen Sie eine Papiertüte?«

Ist das ihr Ernst? Ich starre sie an und suche nach Worten für eine Antwort. Ja, ich habe überreagiert. Nein, es ist keine Panikattacke …

Moment mal.

»Ja, Ma'am.« Ich reibe mir das Brustbein und versuche, krank auszusehen. »Ja, mir ist schlecht. Ich glaube, ich könnte mich übergeben.«

Mrs Lowe nickt, als halte sie das für völlig normal, für einen weiteren gewöhnlichen Tag im Wick-Tate-Viertel. Fast hasse ich sie dafür.

»Möchten Sie zur Krankenschwester?«, fragt sie.

Himmel, ja. Zur Krankenschwester, zum Mond, zum neunten Kreis der Hölle. Mir ist völlig schnuppe, wohin – nur weg von hier, weg von Griffs Händen, die sich mir noch immer in die Knochen brennen, und den Blicken der anderen. Ich brauche Platz, und das Krankenzimmer muss genügen.

Ich lege beide Hände auf den Tisch und stemme mich hoch. Mrs Lowe weicht zurück, aber Griff kommt näher, und Hitze streicht mir über den Hals.

»Ich begleite dich.«

Zum Teufel mit dir! Ich ziehe den Ellbogen zur Seite und

merke erst jetzt, dass er ihn gehalten und mich gestützt hat. »Es geht mir gut.«

»Du siehst aus, als könntest du jeden Moment in Ohnmacht fallen.«

»Es geht mir gut«, sage ich noch einmal und staune, wie ruhig meine Worte klingen. »Ich muss nur zur Krankenschwester. Sie weiß sicher, was zu tun ist.«

Ich warte nicht darauf, dass die beiden mir zustimmen, gehe einfach an ihnen vorbei, obwohl Griff die Hand nach mir ausstreckt, um mich aufzuhalten. Mrs Lowe faselt etwas von einem Erlaubnisschein, aber ich achte nicht darauf, schlinge mir den Riemen der Tasche über die Schulter und gehe zur Tür.

Im Flur bilden alle Paare und Gruppen, damit sie sich umarmen und weinen können.

Niemand schenkt mir Beachtung, als ich vorbeirausche, und nie bin ich dankbarer dafür gewesen.

Das Krankenzimmer liegt vorn in der Schule, nicht weit vom Campus entfernt, den ich meide, weil sich dort in der Nähe das Büro des Rektors befindet. Und die Aufsicht. Und das Besprechungszimmer der Betreuerin.

Ich schätze, der rote Faden zeigt sich recht deutlich. Ich bin kein Fan von Autoritätspersonen, und sie sind keine großen Fans von mir. Zwar bin ich mit diesem Teil der Schule nicht sonderlich vertraut, doch es fällt mir nicht schwer, die Glastür von Schwester Smiths Zimmer zu finden, denn dort herrscht dichtes Gedränge.

Lieber Himmel, sie haben Verstärkung geholt.

Betreuerinnen und Psychologen, nach der unübersehbaren Ausgeglichenheit in den Gesichtern zu urteilen. Fast hätte ich auf der Stelle kehrtgemacht, aber Schwester Smith sieht mich. »Wicket?«

Großartig. Wir sind uns nie begegnet, doch sie erkennt mich sofort. Ein Ruf wie Donnerhall scheint mir vorauszueilen.

Schwester Smith legt mir die Hand auf die Stirn. »Sie sind blass, Wicket. Ist Ihnen schlecht?«

Nein. Nun ja, vielleicht. Ich bin noch unentschlossen. Die Migräne regt sich hinter meinem linken Auge.

»Ein bisschen«, sage ich.

Eine der Betreuerinnen tritt vor. Sie trägt das Anzughemd eines Mannes und sieht aus, als kaufe sie Katzenfutter en gros. »Der Rektor möchte, dass wir mit den Schülern arbeiten. Braucht sie einen von uns?«

»Nein«, verkünde ich, vielleicht zu laut für ein Mädchen, dem schlecht ist, aber was soll's.

Schwester Smith winkt die andere Frau zur Seite und dirigiert mich zu einem Stuhl an ihrem Schreibtisch. »Setzen Sie sich! Ich hole Ihnen ein feuchtes Tuch.«

Ja, klar, wunderbar. Ich reibe mir die Schläfen, während mich die fünf Betreuerinnen aufmerksam beäugen. Sie sehen gut präpariert aus, bereit, die Welt zu retten, eine hysterische Schülerin nach der anderen.

»Wicket ...«, sagt Schwester Smith. »Atmen Sie durch die Nase ein und durch den Mund aus! Denken Sie nicht an die Übelkeit! Suchen Sie Ihre innere Mitte!«

Toll. Man gebe ihr eine Brille und ein Notizbuch, und sie könnte Dr. Norcut sein, die Psychiaterin, zu der mich Bren schickt. Ich atme gehorsam durch die Nase ein, halte die Luft an, zähle bis fünf (langweile mich bei drei) und atme durch den Mund aus.

»Und jetzt ...« Die Krankenschwester nimmt neben mir Platz und reicht mir das feuchte Tuch. »Erzählen Sie mir, was passiert ist!«

Ich verbringe eine Minute damit, mir immer wieder das Gesicht abzuputzen, denn wenn es ihr tatsächlich gelänge, mich zum Reden zu bringen – wo sollte ich anfangen? Vor elf Jahren, als mein Vater begann, in der Garage Meth zusammenzubrauen? Vor vier Jahren, als man meine Mutter nach ihrem tödlichen Sprung fand? Oder heute Morgen, als ich herausfand, dass jemand über mein Hacken Bescheid weiß und mir Tessas Tagebuch vor die Haustür legte?

Ich schüttele den Kopf, als hätte ich keine Ahnung, aber hinter meinen Augen glühen die beiden Worte *Finde mich*.

Schwester Smith beugt sich zu mir vor und klopft mir auf die Hand, aber ihre Finger scheinen von meinen geballten Fäusten abzuprallen. »Haben Sie Tessa gekannt?«

Ich nicke, doch es fühlt sich wie eine Lüge an. Dies hätte nicht so wehtun sollen. Tessa und ich, wir sind zwar in die gleiche Klasse gegangen, haben aber seit Jahren nicht miteinander gesprochen. Sie ist ... sie war sehr beliebt. Im Gegensatz zu mir. Sie stammte aus einer prominenten Familie. Ich nicht. Es klingt nach dummen Unterschieden, die man mit einem kleinen Sonderprogramm nach der Schule ausbügeln kann, aber es steckt mehr dahinter. Selbst wenn Tessas Vater meinen Vater nicht für gefährlich und mich für Abschaum gehalten hätte, wir wären trotzdem keine Freundinnen geworden. Tessa hätte mich trotzdem links liegen gelassen.

Ein weiterer Grund, warum es so unsinnig ist, sie zu vermissen.

»Wick ...«, sagt Schwester Smith. »Die Polizei hält es für Selbstmord, und wir wollten es den Schülern mithilfe der

Betreuerinnen beibringen. Aber …« Sie hebt die Hände zu einer Geste der Hilflosigkeit. »Die Sache geriet außer Kontrolle. Es tut mir sehr leid, dass es Sie so schwer getroffen hat. Kannten Sie Tessa gut? Haben Sie Veränderungen bei ihr bemerkt?«

»Nein, eigentlich nicht«, bringe ich hervor. Zwischen Tessa und mir hat sich in den vergangenen fünf Jahren nichts verändert.

»Hat sie Ihnen von ihren Gefühlen erzählt?«

»Nein … nichts dergleichen.« Aber früher hat sie das getan. Wir haben uns gegenseitig alles erzählt, und dann war irgendwann Schluss damit.

Schwester Smith schweigt, und für einen langen Moment beobachten wir die Betreuerinnen, wie sie ihre Trauerbüchlein und Visitenkarten vorbereiten.

»Es tut Ihnen sehr weh, nicht wahr?«

Ich weiß nicht, was ich darauf erwidern soll, aber ich wage einen Blick auf Schwester Smith. Sie hält ihn für eine Bestätigung, und sie wird ganz Mitgefühl.

»Ach, Schatz, wie schwer es für dich sein muss!«, seufzt sie und geht zum Du der Anteilnahme über.

Du ahnst nicht, wie schwer, denke ich. Ein Knurren steigt in mir auf, aber ich halte es fest, bevor es die Kehle erreicht. Schwester Smith hat keinen blassen Schimmer, und genau das ist der Punkt. Es bedeutet, dass ich mein Hackergeheimnis gut gehütet habe. Niemand weiß davon.

Oder?

»Vielleicht solltest du dir ein paar Tage freinehmen.«

Kein schlechter Vorschlag. Ich starre weiterhin zu Boden – auf etwas anderes kann ich mich ohnehin nicht konzentrieren. Aber das mit den freien Tagen klingt gut.

Obwohl ich nicht hinsehe, spüre ich, wie bekümmert die Krankenschwester ist. Ihre Sorge kommt darin zum Ausdruck, wie sie meine Schulter berührt und wie ihre Stimme weicher und sanfter wird. Ich tue ihr leid, doch ich will ihr Mitleid gar nicht. Aber dann sehe ich plötzlich eine Möglichkeit, diesem ganzen Mist zu entkommen.

»Natürlich trifft es dich schwer. Das ist leicht zu verstehen. Du weißt schon ... nach allem, was mit deiner Mutter geschehen ist.«

Wieder eine Pause. Schwester Smith möchte, dass ich rede, aber ich halte die Klappe, konzentriere den Blick auf ihre weißen Turnschuhe und denke, dass ich diesmal vielleicht gar nicht lügen muss.

Mein Vater hat mir diesen Trick beigebracht. Menschen hassen Stille. Sie versuchen fast immer, sie irgendwie zu überbrücken. Dieses Wissen kann ich mir zunutze machen. Dann bin ich im Vorteil.

Also schweige ich, damit die Krankenschwester die Leere mit etwas zu füllen versucht. Ich kann nur hoffen, dass ihr die richtigen Worte einfallen.

Schwester Smiths Hand wird langsamer und verharrt zwischen meinen Schulterblättern. »Möchtest du nach Hause?«

Bingo.

5

Es ist ein Trick, den ich im Lauf der Jahre gelernt habe. Ich bleibe äußerlich makellos, damit niemand merkt, wie faul drinnen alles ist.

– Tagebuch von Tessa Waye, Seite 22

Es hat natürlich auch einen Nachteil, von allen für ein Nervenbündel gehalten zu werden – sie lassen dich nicht allein. Ich kann nicht einfach zu Fuß nach Hause gehen, obwohl ich auf diese Weise zur Schule gekommen bin. Schwester Smith sagt, dass sie Todd holen will.

»Holen?«

»Ja, er ist zusammen mit den anderen Betreuern gekommen.« Die Krankenschwester reicht mir einen Becher Wasser. »Ich bitte ihn, dich nach Hause zu bringen. Er ist beim Rektor und unterstützt uns bei der Entscheidung, wie wir weiter vorgehen sollen. Aber bestimmt hat er Zeit für dich.«

Schwester Smith macht den Abgang, und ich bleibe wie ein braves Mädchen sitzen und trinke einen Schluck. Ich kann noch immer nicht glauben, dass Tessa tot ist. Obwohl wir seit Jahren nicht miteinander gesprochen haben, obwohl ihre Eltern deutlich genug darauf hingewiesen haben, dass wir keine Freundinnen mehr sein können. Es tut weh, dass sie sich so mies fühlte und Selbstmord beging.

Tessa hatte alles: Freunde, Familie, Sicherheit. Ihr Leben verlief problemlos. So sah es jedenfalls aus. Ich weiß, dass ihr Vater ziemlich widerlich sein konnte. Aber reichte das aus, um sie in den Selbstmord zu treiben?

Mir bleibt nicht viel Zeit zum Nachdenken. Kaum fünf Minuten später erscheint Todd mit einer Schwester Smith im Schlepptau, der Rührung und Dankbarkeit praktisch aus den Poren quellen.

»Wir wissen Ihre Hilfe sehr zu schätzen, Mr Callaway«, strömt es aus ihr hervor. »Alle diese Betreuer hierherzubringen und uns bei den Vorbereitungen zu helfen …«

Todd winkt ab. »Bitte nennen Sie mich einfach nur Todd. Ich habe es gern getan. Einige dieser Mädchen kenne ich aus der Kirche, und es ist mir ein Anliegen, ihnen bei dieser Tragödie beizustehen.«

»Das ist wundervoll. Meine Krista war vergangenen Herbst in Ihrer Jugendgruppe und hat nur das Beste über Sie berichtet.«

Todd nickt geistesabwesend, während er mich ansieht. »Was da passiert ist, tut mir wirklich sehr leid, Wick. Als der Rektor mich heute Morgen wegen Tessa anrief, wollte ich sofort zu dir. Aber von Lily hörte ich, dass du bereits auf dem Weg zur Schule warst. Wie kann ich dir helfen?«

Mir fällt nichts Vernünftiges ein, und so zucke ich nur mit den Achseln.

»Na schön. Gehen wir!«

Schwester Smith schiebt Papiere über den Schreibtisch

und zeigt Todd, wo er unterschreiben soll. »Wie wundervoll: ein Vater, der die Bedürfnisse seiner Tochter versteht.«

»Der Vorteil der Selbstständigkeit.« Todd lächelt schüchtern. »Wer mit der Chefin verheiratet ist, wird nicht schief angesehen, wenn er sich freinimmt und seine Tochter holt.«

Seine Tochter? Das ärgert mich, und gleichzeitig erwacht ein wohliges Empfinden in mir. Ich versuche, darüber hinwegzugehen. Es ist nur eine Frage der Zeit, bis Bren und Todd begreifen, dass ich nicht in ihre Kulisse vom perfekten Leben passe. Wie sollen sie den Nachbarn sagen, dass es dem Pflegekind gut geht, wenn es in der Schule Nervenzusammenbrüche erleidet?

Es dauert zehn Minuten, bis alle Abmeldepapiere unterschrieben sind und ich die Schule verlassen kann – mir kommen sie wie die längsten zehn Minuten meines Lebens vor. Als endlich alles klar ist, stehe ich so schnell auf, dass mir schwindlig wird. Meine schlimmsten Migräneanfälle beginnen auf diese Weise. Himmel, es geht mir wirklich nicht gerade gut!

In gewisser Weise bin ich dankbar dafür, denn so sehe ich angemessen krank aus, als Todd die Beifahrertür seines schwarzen Range Rover öffnet. Ich bin nicht in der Stimmung für Erklärungen, und ich habe erst recht keinen Bock auf einen Besuch bei der Seelenklempnerin, die Todd und Bren mir besorgt haben. Sie halten viel von Betreuern, Therapeuten und Selbsthilfebüchern. Ihrer Meinung nach bleibt wohl eine Familie eher zusammen, wenn sie gemeinsam zur Therapie geht.

Norcut war Brens Vorschlag. Sie soll die Branchenführerin in Bezug auf Problemkinder sein, und angeblich hat sie eine drei Monate lange Warteliste. Aber jedes Mal, wenn es Lily oder mich irgendwo zwickt, schnappt sich Bren sofort das Telefon, ruft sie an und bekommt noch am selben Tag einen Termin. Vielleicht komme ich diesmal darum herum, weil es mir so schlecht geht.

»Wicket?«

Oder auch nicht. Ich unterdrücke einen Seufzer. Todd nennt immer meinen vollen Namen, und das verabscheue ich. He, Leute, ich heiße Wick! Geht euch diese eine Silbe nicht in den Kopf? »Ja?«

»Kann ich irgendetwas für dich tun?«

Finde mich. Ich hebe die Hand vor den Mund und weiß nicht recht, was ich zurückhalte, aber zum Glück sagt Todd sonst nichts.

Bei der Ausfahrt der Schule biegen wir links ab, doch mein Körper erwartet noch immer, dass wir uns nach rechts wenden und zum ärmlichen Teil der Stadt fahren. Ich lebe inzwischen dort, wo meine alten Nachbarn arbeiten, und ich weiß nicht, ob ich mich jemals daran gewöhnen werde. Die Frau zwei Türen weiter von uns macht bei Bens bester Freundin sauber. Der Typ, der hinter uns wohnte, wäscht jeden Samstag Todds SUV. Sie alle reden nicht mehr mit mir.

Ich kann es ihnen nicht verdenken.

Eigentlich sollte ich mich besser fühlen. Dank Brens und Todds Geld sehe ich genauso aus wie meine Klassenkameraden, aber vom Gefühl her gehöre ich trotzdem nicht zu ihnen. Peachtree City ist kein natürlich entstandenes Gemeinwesen, sondern eine am Reißbrett entworfene Stadt. Hier ist nichts gewachsen, denn alles befindet sich am rechten Platz – bis auf uns.

Menschen wie meine Schwester und ich sind kein Teil des Plans, und ich verspüre immer wieder den Drang, Löcher in alles Mögliche zu schlagen, damit die Scheinheiligkeit sichtbar wird. Wie unsere Nachbarin, die sofort bei uns aufkreuzte, nachdem die Fürsorge uns abgeliefert hatte. Sie wollte uns in ein Jugendlager für Problemkinder stecken, doch Bren und Todd machten ihr einen Strich durch die Rechnung. Jetzt gibt sich die Frau ganz nett und freundlich. Ich weiß nicht, wie Todd und Bren damit fertigwerden. Vielleicht stört es sie nicht weiter, weil sie tief in ihrem Innern ebenso sind.

Wir sprechen nicht, als wir nach Hause fahren. Zuerst halte ich das für richtig angenehm, aber dann denke ich immer und immer wieder daran, warum Tessas Tagebuch vor meiner Haustür gelegen hat und wer von meinem Hacken weiß. Ich wünsche mir, dass Todd das Schweigen beendet, dass er irgendetwas sagt, um das *Finde mich* in mir zu übertönen.

Aber alle diese Fragen, die mit *Warum* beginnen, würden bleiben.

Zu Hause angekommen, schließt Todd den Nebeneingang für uns auf und überlässt mir den Vortritt. Das Haus ist herrlich still und riecht nach Zitrone. Offenbar hat Bren sauber gemacht, bevor sie ins Stadtzentrum gefahren ist. Entweder hat der morgendliche Gesang für die richtige Stimmung gesorgt, oder sie musste die Beklommenheit angesichts von Tessas Tod abreagieren.

»Danke, dass du mich nach Hause gebracht hast.«

»Das ist doch selbstverständlich.« Todd sieht mich merkwürdig an und scheint sich zu wundern, dass ich mich ausdrücklich bedanke. Es muss schön sein, noch an Menschen zu glauben und davon überzeugt zu sein, dass sie wirklich Anteil nehmen. Diese Version der Welt ist mir völlig fremd, wie ein Wunderland, das sich jenseits meines Horizonts erstreckt. Doch dann wird mir klar: Es gibt Menschen, die tatsächlich in diesem Wunderland leben. Nur gehöre ich nicht zu denen.

Ich gehe durch den Flur. »Willst du zur Schule zurück? Bestimmt können sie deine Hilfe dort gut gebrauchen.«

»Nein, ich bleibe, damit du nicht so allein bist. Ich kann auch von hier aus arbeiten. Rektor Matthews möchte Tipps, wie man das Betreuungsprogramm verbessern kann. Ich nutze den Tag und mache mir Notizen.«

Mr Matthews braucht Hilfe? Ich bin kurz überrascht, und dann ... verstehe ich. Ich habe bei allen bisherigen Pflegeeltern nachgeforscht. Mrs Peterson hatte hohe Kreditkartenschulden. Die Beards betrieben Steuerhinterziehung. Jeder hatte so seine Probleme.

Bis auf Bren und Todd.

Sie hatten sich bei einer Online-Partnersuche kennengelernt und vor drei Jahren geheiratet. Bren beschreibt es als eine wilde Romanze, aber Todd meint nur, Bren sei einfach die Richtige gewesen. Ihr Hintergrund ist makellos ... abgesehen von Todds kleinem Bruder, der starb, als sie Kinder waren.

Eine grässliche Geschichte. Die Familie ging daran zugrunde. Für die Eltern ein Grund, das Leben aufzugeben. Für Todd hingegen ein Grund, am Leben festzuhalten. Angeblich entdeckte er dabei seine wahre Berufung: Beratung und Betreuung. Er machte die Hölle durch, und inzwischen zeigt er anderen Menschen, wie man eine solche Katastrophe übersteht.

Meine Pflegeeltern haben eine erfolgreiche Consultingfirma, aber Todd ist am glücklichsten, wenn er am Dienstag und Donnerstag jeweils am Abend beraten und betreuen kann. Und natürlich am Sonntag, wenn er für die Jugendgruppen der Kirche arbeitet.

Mit anderen Worten: Es ergibt durchaus einen Sinn, dass Mr Matthews ihn um Hilfe bittet. Todd ist der lebende Beweis dafür, dass aus schlimmen Ereignissen etwas Gutes erwachsen kann.

Ich strecke die Hand nach dem Geländer aus. »Ich fühle mich noch immer nicht gut und lege mich ein bisschen hin.«

»Ich wusste gar nicht, dass du mit Tessa befreundet warst.«

Ich zögere. Es gibt viele Antworten auf diese Frage. Was soll ich erwidern? Langsam drehe ich mich zu Todd um. »Wir standen uns ziemlich nahe.«

Das war früher der Fall, bevor Tessas Vater zu dem Schluss gelangte, ich sei kein geeigneter Umgang für seine Tochter. Bevor Tessa zur Ballkönigin aufstieg und ich ... ich selbst wurde. Fünf Jahre haben wir nicht miteinander gesprochen, doch nun fühle ich mich ihr tatsächlich nahe. Tessa trug etwas Dunkles in ihrem Innern, wahrscheinlich jene Dunkelheit, die auch meine Mutter in sich getragen hatte. Ich hätte sie gern davon befreit, alle beide.

Aber dies ist nicht der richtige Zeitpunkt für so etwas. Ich sehe Todd an und denke, dass ich vielleicht besser nichts gesagt hätte. Meine Worte hätten noch mehr Sentimentalität bewirken können, weitere rührselige Klischees, vielleicht sogar – Gott bewahre – eine Umarmung. Aber Todd verharrt an seinem Platz.

»Falls du dich jemals danach fühlen solltest ... du kannst immer mit mir reden.«

Lieber Himmel, jetzt fehlt nur noch eine kitschig-sanfte Hintergrundmusik! Wir haben *einen Moment*. Todds Augen sind so groß wie bei zuckersüßen Disneytieren. Ich habe das Gefühl, Bambi anzusehen – was soll ich dazu sagen? Eigentlich hatte ich immer das Gefühl, dass die ganze Sache mit den Pflegeeltern mehr auf Bren zurückging. Sie betonte immer wieder, wie sehr sie sich Kinder wünschte, die sie nicht bekam. Aber Todd gibt sich solche Mühe, dass ich alles in einem neuen Licht sehe.

»Nein, keine Sorge.« Das ist die Wahrheit ... soweit ich sie kenne. Die Antwort ist ehrlicher als beabsichtigt, aber sie sprudelt einfach aus mir heraus. Vielleicht ist das der Grund, warum Todd so gern betreut. Er zwingt die Wahrheit aus ihrem Versteck – das ist wie eine Superheldenfähigkeit.

Allerdings glaube ich nicht an Helden, ob sie nun super sind oder nicht.

Todd legt eine Hand aufs Geländer, und sein Ehering glänzt im Sonnenschein. »Ist wirklich alles in Ordnung mit dir?«

Ich bin immer okay und ringe mir ein Lächeln ab. »Alles bestens, Todd.«

Und das stimmt. Mit mir ist immer alles bestens, wenn es schlimm wird.

Oben hat jemand den Baseballschläger auf mein Bett gelegt. Zuerst tippe ich auf Bren, aber sie hätte ihn vermutlich in den Schrank oder auf ein Regal gelegt. Nur Lily käme auf den Gedanken, ihn in Griffweite zu lassen, und diese Erkenntnis bereitet mir kurzen Schmerz.

Ich lasse meine Kuriertasche fallen und sinke zu Boden. Wäre ich klug gewesen, hätte ich den Schmerz irgendwie beiseitegeschoben und den schulfreien Tag genutzt, um meinen derzeitigen Job zu erledigen. Ich bin mit den Finanzen der Zielperson fast durch. Ein paar weitere Nachforschungen, und die Sache ist geritzt.

Aber Tessas Tagebuch übt einen großen Reiz auf mich aus,

und um ganz ehrlich zu sein: Das ist ziemlich ungewöhnlich. Zwar verdiene ich Geld damit, in die Privatsphäre anderer Leute einzudringen, aber das ist meine Arbeit, damit verdiene ich Geld. Dies ist hingegen kein Job, kein Auftrag, den ich angenommen habe. Ich möchte eigentlich gar nichts damit zu tun haben.

Trotzdem schlage ich das Tagebuch auf.

Der erste Eintrag ist sechs Monate alt, und Tessa hat ihren Namen überall an den Rand gekritzelt. Ich überfliege die ersten Sätze, und es fühlt sich sonderbar an. Was Tessa schreibt, ist an sich nicht seltsam – es geht hauptsächlich darum, wie mies sie sich zu Hause fühlt. Aber es bereitet mir Unbehagen, Tessas persönliche Gedanken zu lesen.

Sie hat nie verraten wollen, wie sie beim Test in Geschichte gemogelt hat und wie peinlich es ihr war, für die Rolle des Flyer beim Cheerleading zu groß geworden zu sein. Das alles hätte privat bleiben sollen.

Außerdem erscheint es mir sinnlos, von solchen Sachen zu lesen. In der Mitte ist ein ganzer Schwung Seiten herausgerissen und am Ende fehlen wieder einige. Der Rest deutet darauf hin, dass es Tessa miserabel ging, aber nicht *so* miserabel, dass es auf Selbstmord hinausgelaufen wäre. Ich blättere weiter zum Ende, und auf Seite vierundfünfzig finde ich einen Satz, bei dem ich innerlich erstarre.

Ich glaube, ich habe eine Lösung gefunden. Sie ist drei Stockwerke hoch und niemand achtet auf die Feuerleiter.

Ich klappe das Tagebuch zu. Tessa ist in den Tod gesprungen, das weiß ich inzwischen ... Warum also bin ich den Tränen nahe?

Weil auch meine Mutter gesprungen ist, und als ich daran

denke, sind die Erinnerungen plötzlich überwältigend. Es bricht in mir los, ich schluchze und heule und bin fertig. Vier Jahre ist es her, und ich komme einfach nicht darüber hinweg. Vielleicht gelingt es mir nie.

Ich lege das Tagebuch in die Tasche. Hier geht es nicht darum, Tessa zu finden und zu retten. Es geht um meine eigene Rettung. Und die ist kaum zu schaffen. Ich beschließe, eine Auszeit zu nehmen und mich für eine Weile ruhig zu verhalten.

Allerdings ist das Timing nicht besonders gut, denn ich mache keine Werbung für mein, äh, Geschäft. Mundpropaganda sorgt für neue Aufträge. Eine Frau empfiehlt mich der nächsten und so weiter. So unmöglich es auch klingt, es funktioniert. Ich habe eine Warteliste, und die nächsten Auftraggeberinnen müssen noch ein wenig länger warten.

Dieser Tagebuchmist hat wirklich ins Schwarze getroffen. Selbst wenn Tessa noch am Leben wäre ... Ich hätte trotzdem Zeit benötigt, wieder zu mir zu finden. Wir brauchen das Geld, aber wir wollen auch nicht ins Gefängnis.

Finde mich.

Verdammt. Ich muss an etwas anderes denken, doch sosehr ich mich auch bemühe, immer wieder steigen zwei Fragen in mir auf.

Wie kann jemand von meinem Hacken erfahren haben?

Und wer hat mir Tessas Tagebuch vor die Haustür gelegt?

Es sind zwei Fragen, die mir nicht sonderlich gefallen. Ich wische mir die Tränen von den Wangen und versuche, dem Schmerz hinter meinen Augen keine Beachtung zu schenken. Das Handy in der Tasche summt. Ich denke sofort an Lily und greife hinein, doch meine Finger berühren das Tagebuch. Ich schiebe es beiseite, finde das Telefon und hole es hervor.

Eine neue SMS ist eingetroffen.

Sie lautet: Alles ok?

Mein Herz macht einen kleinen Sprung. Die Textnachricht stammt nicht von Lily, sondern von Griff. Für ein paar Sekunden bin ich verwirrt. Woher hat er meine Nummer? Dann fällt mir ein, dass er vor einigen Monaten danach gefragt hat, während der Arbeit an einem gemeinsamen Projekt.

Er möchte wissen, wie es mir geht. Ein weiteres Beispiel dafür, dass er ein netter Bursche ist, und ein weiterer Grund, warum ich Abstand wahren sollte. Solche Nettigkeiten verdiene ich nicht.

Ich starre eine Zeit lang auf die Tasten und frage mich, was ich antworten soll. Bin ich okay? Klar doch. Glaubt er, ich hätte meinen ersten Durchhänger?

Ich lege das Handy beiseite und bin entschlossen, nicht zu reagieren, doch meine Hand tastet zum Ellbogen, dorthin, wo er mich berührt hat.

Ich bewege die Maus, und der Monitor erwacht. Er zeigt ein Bild von Lily und mir als Desktop-Hintergrund. Unser Vater hat es aufgenommen, etwa zwei Wochen bevor die Polizei ihn dingfest zu machen versuchte. Seitdem habe ich Lily nie wieder auf diese Weise lächeln sehen.

Ein weiterer Grund dafür, in Bewegung zu bleiben. Ich nehme mir vor, die SMS unbeantwortet zu lassen, mich auf die Arbeit zu konzentrieren und alles hinter mich zu bringen. Je früher ich mit diesem Auftrag fertig werde, desto eher bekomme ich das Geld.

Ich öffne meinen Gmail-Account und denke daran, meiner gegenwärtigen Klientin einige Updates über ihren Freund zu schicken. Die derzeitige Zielperson ist geradezu schockierend clean. Wenn alle Männer so wären, gäbe es für mich praktisch nichts mehr zu tun. Aber ich finde es angenehm, zur Abwechslung einmal gute Nachrichten weitergeben zu können.

Meine Inbox enthält drei Mails. Die erste stammt von einer Klientin, für die ich letzte Woche gearbeitet habe; damit wird die Banküberweisung bestätigt. Gut. Ich öffne ein weiteres Fenster und überprüfe die in der E-Mail genannte Überweisungsnummer. Das Geld ist da, und alles sieht vollkommen legal aus. Ausgezeichnet.

Ich mache mich sofort daran, das Geld auf ein anderes Konto zu transferieren. Was den finanziellen Aspekt dieser Sache betrifft, lerne ich noch. Bisher hatte ich darin nicht viel Übung. Mein Vater kümmerte sich immer um alles. Norcut glaubt, das sei einer der Gründe dafür, warum meine Mutter gesprungen ist. Weil sie glaubte, ihr Leben nie wieder in den Griff bekommen zu können. Selbstmord bot ihr den einzigen nicht von ihm kontrollierten Ausweg.

Wie schön, dass Norcut eine Erklärung für alles hat. Seit diesem kleinen Kommentar schütte ich Kaffee in den Topf mit ihren Büro-Orchideen. Mal sehen, ob sie auch erklären kann, warum die Pflanzen eingehen.

Die zweite E-Mail kommt von meiner gegenwärtigen Klientin. Sie will, dass ich auch den beruflichen Werdegang ihres Freundes überprüfe. Ich wette, da gibt's ebenfalls nichts zu entdecken, aber die Lady scheint paranoid zu sein und möchte das volle Programm. Außerdem bedankt sie sich.

Ich schließe die Mail, nachdem ich den Text nur überflogen habe, doch die Worte »dankbar« und »fühle mich sicherer« setzen sich in mir fest. Ich bekomme mehr *Danke!,* als ich jemals für möglich gehalten hätte, aber ich versuche, darüber hinwegzulesen. Lily und ich, wir brauchen das Geld, und die

Frauen, die sich an mich wenden, brauchen Antworten. Doch ich glaube weiterhin, dass man niederträchtig und erbärmlich sein muss, um seinen Lebensunterhalt mit Hacken zu bestreiten. Vielleicht verdiene ich alles, was das Leben mir so beschert. Vielleicht ist es kosmische Vergeltung dafür, die Privatsphäre anderer Leute zu verletzen.

Ich teile der Frau mit, wie viel die neue Recherche kosten wird, füge die Bitte um eine weitere Überweisung hinzu und klicke dann auf die dritte Mail. Die Adresse kenne ich nicht, und es ist kein Betreff genannt. Der Text besteht aus nur drei Worten, doch mich überfällt Eiseskälte.

Bist du bereit?

6

Er kommt den Dingen auf den Grund, indem er sie auseinanderschneidet.

– Tagebuch von Tessa Waye, Seite 21

Was. Zum. Teufel? Wie hat mich der oder die Unbekannte gefunden? Auf der ganzen Welt gibt es nur drei Personen, die von meinem Hacken wissen.

Die erste? Lily.

Die zweite? Lauren.

Die dritte? Der beste Freund und Partner meines Vaters, Joe.

Sind das zu viele? Offenbar ja. Jemand muss etwas ausgeplaudert haben. Panik steigt wie ein Tsunami in mir auf, und ich fürchte zu ertrinken.

Reiß dich zusammen, Wick! Der Gedanke zieht in Technicolor durch mein Gehirn, und ich setze mich auf.

Ja. Ich muss mich zusammenreißen. Denk gründlich nach! Entwickle einen Plan wie bei Schwester Smith. Ich könnte herausfinden, wie ich entdeckt worden bin. Bei Carson habe ich nicht gewartet, bis er die Treppe hochkommt. Ebenso dumm wäre es, die Hände in den Schoß zu legen und nichts zu unternehmen, denn die unbekannte Person ist mir gegenüber gefährlich im Vorteil.

Ich denke über die drei Personen nach, von denen ich weiß. Lily ist klar. Sie wird mich nie verraten. Sie ist meine Schwester und hat zu viel Angst.

Kommen wir zu Nummer zwei. Lauren, meine beste Freundin. Was nicht viel bedeuten muss. Himmel, ich *weiß*, dass es nicht viel bedeutet. Ich habe genug gesehen und erlebt, um es zu wissen – selbst gute Freunde können dich hintergehen. Aber Lauren glaubt, ich hätte Schluss gemacht. Sie glaubt, dass ich gehackt habe, weil mein Vater mich dazu gezwungen hat. Sie glaubt, dass ich mittlerweile hübsch brav bin, weil ich nicht mehr unter seiner Knute stehe.

Dann wäre da noch Joe. Joe hat's in sich. Er ist ein Black Hat, ein Hacker, der es auf gewöhnliche Leute abgesehen hat, ein digitaler Taschendieb, der stiehlt, wo immer sich die Gelegenheit bietet. Was ich weiß, habe ich größtenteils von ihm gelernt. Er hat keine Ahnung, dass ich für die Sicherheit von Frauen arbeite. Joe glaubt, ich arbeite nur für ihn ... und für meinen Vater.

Bis auf Lily weiß niemand, wie weit meine Arbeit wirklich geht. Sie alle kennen nur einzelne Teile des Gesamtbilds, und das garantiert *meine* Sicherheit.

Davon bin ich bisher ausgegangen, aber inzwischen sieht die Sache anders aus. Was soll ich tun?

Bring's in Ordnung!

Dreh den Spieß um!

Das ist ein reizvoller Gedanke. Ich drehe ihn im Kopf hin und her und stelle fest, dass er sich gut anfühlt. Dann wende ich mich um, lange hinters Kopfbrett des Betts und suche nach der Reißzwecke, die ich als Haken für meinen Stick verwende. Für den Stick, in dem alle meine persönlichen Infos und Programme gespeichert sind. Superhelden haben Festungen der Einsamkeit. Hacker haben externe Festplatten. Wer auch immer dahintersteckt, er hat mich ausspioniert. Ich könnte mich revanchieren. Sollte nicht allzu schwierig sein.

Ich ziehe den Stick hinter dem Kopfbrett hervor und stecke ihn in einen USB-Port des Computers. Was ich brauche, ist ein Trojaner.

Trojaner sind gewissermaßen meine Spezialität. Mit meinem Pandora-Code – einem Hack, mit dem ich mir Zugang zu Festplatten verschaffe – programmiere ich Viren und passe sie ihrem Verwendungszweck an. Ich habe Trojaner in Flickr-Accounts und YouTube-Links eingeschleust, und in diesem Fall geht es mir um eine schlichte E-Mail. Der Plan sieht so aus: Ich antworte auf diese Mail und füge mit einem Link auf eine Anlage das Virus hinzu. Ich könnte schreiben, dass ich den Auftrag übernehmen möchte, mit einem Hinweis darauf, dass die Anlage Instruktionen enthält. Es ist ganz einfach.

Wer kann schon einem kurzen Klick widerstehen? Die wenigsten. Das ist ein Köder, und nach dem Mausklick habe ich eine Hintertür für das digitale Leben der Betreffenden geschaffen.

Ich könnte mir die Computerdateien oder die Browser-Chronik ansehen. Wenn ich richtig Glück habe, kann ich auf eine Webcam zugreifen und die Leute direkt beobachten, ohne dass sie es merken.

Ich streiche mir mit einer Hand über den Mund und merke, dass ich noch immer zittere. Ich bin erschöpft, und das

Zittern macht es nur noch schlimmer. Ich fühle mich schwach und verwundbar.

Wenn ich alles in Ordnung bringen und den Spieß umdrehen will, muss ich hellwach sein.

Die Dateiliste des Sticks erscheint auf dem Monitor. Ich scrolle durch die Ordner, bis ich das Gesuchte finde, und starte den Upload. Es gibt kaum etwas Schöneres als einen geschriebenen Programmcode. Das ist eine andere Sprache. Himmel, es ist eine andere Welt – eine von mir erschaffene Welt! Im digitalen Universum besitze ich Macht.

In *dieser* Welt hingegen sieht es derzeit weniger gut aus. Ich habe Kopfschmerzen, und der Rand meines Blickfelds verschwimmt immer wieder. Meine Hand sucht ganz hinten in der Schreibtischschublade nach einer dicken Tablettenflasche.

Ich füge den mit dem Trojaner infizierten Link in die Mail ein, schlucke trocken zwei Pillen und klicke auf *Senden*. Sofort fühle ich mich besser. Wer auch immer es auf mich abgesehen hat – er ist kurz davor, mein Opfer zu werden.

7

Erstaunlich, wie man einen Verlust messen kann. Ich habe ihn so sehr begehrt, aber als ich ihn hatte … Die Stille sagte mir, dass ich noch immer allein war.

– Tagebuch von Tessa Waye, Seite 23

»Wick?«

Halb zugesabbert liege ich mit dem Gesicht nach unten im Bett. Meine Knochen scheinen sich in Gummi verwandelt zu haben, aber wenigstens sind die Kopfschmerzen weg.

»Wick!«

Mist! Mit einem Ruck setze ich mich auf. Bren steht in der Tür, als hindere sie eine unsichtbare Linie am Betreten meines Zimmers. Die eine Hand spielt mit der Perlenkette an ihrem Hals, dreht die Perlen zwischen den Fingern. »Lauren ist hier. Sie hat die Hausaufgaben für Mathe mitgebracht.«

Ich blinzele. Was? Mathe? Ich habe einen schlechten Geschmack im Mund und verziehe das Gesicht, aber nicht nur deswegen. Lauren und ich gehen nicht in dieselbe Mathe-Klasse.

»Fühlst du dich gut genug, um Besuch zu empfangen?«, fragt Bren. »Ich könnte mir die Hausaufgaben geben lassen und dich bei Lauren entschuldigen.«

Ich streiche mir mit den Fingern durchs Haar und versuche, mein Gehirn in Gang zu bringen. »Nein, nein! Tu das nicht!« Ich stoße die Decke mit beiden Füßen beiseite und stelle fest, dass ich mit Schuhen ins Bett gegangen bin. Sie hinterlassen schmutzige Streifen am blauen Laken. »Tut mir leid, bin noch immer ein bisschen benebelt.«

Bren lässt die Perlen los, und beide Hände werden zu Fäusten. Für einen Moment frage ich mich, ob sie auf mich zuspringen will, um meine Stirn zu betasten und den Puls zu fühlen.

Sie betrachtet mich mit einem Glücksbärchi-Blick.

»Warum bist du benebelt? Fühlst du dich wieder schlecht?«

»Nein, ich hab nur zwei von den Pillen genommen ...«

Bren schnappt nach Luft. »Drogen?«

Lieber Himmel! Das kommt von zu viel *Dr. Phil* im Fernsehen. Bren glaubt, nach dem Aufwachsen bei meinem Vater könnte ich auf dem besten Weg sein, eine zweite Lindsay Lohan zu werden. »Nein, Medizin. Ich habe zwei von den Tabletten genommen, die mir Doktor Norcut verschrieben hat. Du weißt schon – die ich schlucken soll, wenn ich Kopfschmerzen bekomme.«

Bren lächelt erleichtert und sieht ... stolz aus? »Haben sie dir geholfen?«

»Nun ja, vielleicht schon. Ich bin eingeschlafen.«

»Das ist gut, das ist gut.« Bren nickt so heftig, dass ich schon befürchte, ihr Kopf könne sich vom Hals lösen. »Schlafen ist gut. Doktor Norcut hält Stress für die Ursache deiner Schlaflosigkeit und der Migräneanfälle.«

»Mhm.«

»Ich sage Lauren, sie soll ein anderes Mal wiederkommen. Du brauchst Ruhe.«

»Nein, tu das nicht!« Ich schenke Bren ein strahlendes Lächeln und versuche nicht auf die beiden Worte *Finde mich* zu achten, die erneut in mir aufsteigen. »Es geht mir schon viel besser, Bren. Die Hausaufgaben sind wichtig. Ich möchte nicht zurückfallen.«

Brens Lippen formen eine dünne Linie der Missbilligung, aber sie gibt nach. »Na schön, wenn du sicher bist ...«

»Bin ich.«

Sie dreht sich zum Flur um. »Du kannst hochkommen!«, ruft sie.

Jemand stapft die Treppe herauf, und Lauren erscheint in der Tür – mit einem blauen Auge, das so schlimm aussieht wie bei meiner Mutter, wenn Vater sie wieder mal verprügelt hatte. Lauren grinst wie bei Aufnahmen für eine Zahnpastawerbung.

»Danke, Mrs Callaway!«

»Gern geschehen, meine Liebe.« Bren lächelt, aber ihr Blick verharrt sorgenvoll auf dem Gesicht der Besucherin. »Gebt mir Bescheid, wenn ihr etwas braucht!«

»Machen wir!« Lauren wartet, bis Bren die Treppe hinuntergestiegen ist, dann schließt sie die Tür. »Meine Güte, wenn du so mit offenem Mund guckst, siehst du fast wie Bren aus.«

»Was ist mit dir passiert?«

Laurens Lächeln wird breiter. »Du solltest die andere fragen, was mit *ihr* passiert ist.«

»Du hast dich geprügelt?«

»Holly Davis meint, du würdest dich bescheuert verhalten, und das hat mich genervt.« Lauren tritt an meinen Schreibtisch und lässt sich vor dem Computer auf meinen Rollsessel fallen. »Was soll ich sagen? Offenbar hat mein Verwahrlosungsproblem ein Kontrollverlustproblem nach sich gezogen.«

Ich lache, obwohl ich weiß, dass ich eigentlich nicht lachen sollte. Ich kann nicht anders. Die meisten Leute lernen ihre besten Freunde in der Kirche oder in der Schule kennen. Lauren und ich haben uns im Wartezimmer von Dr. Norcuts Praxis kennengelernt. Sie ist adoptiert, und ihre Adoptivmutter befürchtet, dass Lauren mit *Problemen* aufwachsen könnte, weil ihre leiblichen Eltern sie aufgegeben haben.

Lauren war vier, als es geschah. Sie liebt ihr neues Leben mit Mutter, Vater und Bruder und behauptet, sich gar nicht an das Vorher erinnern zu können. Aber das hindert Mrs Cross nicht daran, Lauren jeden Dienstag und Donnerstag zu Dr. Norcut zu schicken.

»Hat dir Doktor Norcut das gesagt?« Ich lehne mich ans Kopfbrett. »Hast du Probleme mit Aggressionsbewältigung?«

»Unter anderem.« Lauren bemerkt die Pillenflasche neben der Tastatur, greift danach, liest das Etikett und schüttelt es. »Imitrex? Ich schätze, sie hat auch bei dir das eine oder andere Problemchen gefunden.«

»Sie glaubt, das Zeug könne mir helfen.«

»Und hilft es?«

Ich zucke mit den Achseln. »Wenn ich es nehme, schlafe ich ein.«

Lauren nickt, als sei das völlig normal. »Wie dem auch sei – ich wollte nur sehen, wie es dir geht.«

»Eigentlich ganz gut.« Ich versuche zu lächeln, und es fällt mir erstaunlich leicht, obwohl mein Inneres einer Trümmerlandschaft gleicht.

»Wirklich? Es geht dir gut? Du siehst ziemlich übel aus.«

»Herzlichen Dank.«

»So meine ich das nicht. Ich meine ...« Lauren sieht zur Decke hoch, als könnten von dort Antworten auf sie herabregnen. Als ein solcher Regen ausbleibt, schneidet sie eine Grimasse. »Ich habe dich in der Schule im Flur gesehen. Es schien dir richtig mies zu gehen, und ich dachte mir, dass dich diese ganze Sache mit Tessa vielleicht an deine Mutter erinnert.«

Das dachte auch Schwester Smith und das ist verständlich. Unsere Stadt ist recht klein und für eine Weile waren der Selbstmord meiner Mutter und später die Flucht meines Vaters vor der Polizei in aller Munde. Da liegt der Gedanke natürlich nahe, dass ich mich an bestimmte Ereignisse erinnert fühle.

»Inzwischen geht's mir besser. Es war nur so ... schockierend. Ist mit dir alles in Ordnung? Du und Tessa, ihr wart zusammen beim Cheerleading.«

Laurens Blick scheint sich nach innen zu richten und in dunklen Ecken zu suchen. »Ich bin ... betroffen und erschüttert. Ich fühle mich nicht verraten wie Jenna, die wegen Tessa fix und fertig ist.«

Lauren lächelt traurig. »Wenn du deine Gefühle auflisten kannst, musst du viel Therapie hinter dir haben. Ich weiß, dass ich mich wegen Tessa schuldig fühlen sollte. Aber obwohl wir beim Cheerleading zusammen waren – eine echte Freundschaft so wie zwischen dir und mir verband uns nie.«

Ich sehe zur Seite und zupfe am Rand der Steppdecke. Lauren und ich kennen uns seit ihrem Umzug in unser Viertel vor fünf Monaten, aber sie ist eindeutig meine beste – einzige – Freundin. Der größte Teil der Stadt weiß über meinen

Vater und somit auch über mich Bescheid. Aber nur Lauren ist in etwa über meine Online-Aktivitäten informiert.

Mehrere Wochen nach ihrer Ankunft hielt es irgendein Typ für komisch, ihr schmutzige anonyme E-Mails zu schicken. Ein anderes Mädchen hätte es vielleicht mit der Angst zu tun bekommen, aber Lauren wurde sauer. Ich ging das Risiko ein und bot ihr an, den Absender der Mails ausfindig zu machen. Und als uns das gelungen war, wandte sich Lauren nicht an ihre Eltern, sondern stellte den Burschen zur Rede und drohte ihm, an die Öffentlichkeit zu gehen. Ich schätze, bei jener Gelegenheit wurde ihr klar, wie sehr wir uns ähneln. Wir beide lösen unsere Probleme selbst.

Das sind viele Worte, um zu erklären, dass ich ihr vertrauen und von der Sache mit dem Tagebuch erzählen sollte, doch ich entscheide mich dagegen. Ich versuche mir einzureden, dass ich klug sein und auf Nummer sicher gehen will, aber vielleicht bin ich einfach nur feige.

»Übrigens, dieser Bursche namens Griff aus deiner Computerklasse, er hat nach dir gefragt.« Lauren richtet einen erwartungsvollen Blick auf mich – sie ist auf meine Erklärung gespannt.

Ich biete ihr keine an, doch mein Gesicht glüht plötzlich. »Könnten sie dich wegen der Prügelei aus dem Cheerleading-Team werfen?«

»Eigentlich schon. Aber wer würde mich verpetzen? Alle haben Angst vor mir.«

Ihre Worte klingen wie ein Scherz, obwohl wir beide wissen, dass es kein Scherz ist. Mit ihrem glatten dunklen Haar und der mondblassen Haut sieht Lauren aus wie eine Porzellanpuppe, aber manchmal, wenn sie lächelt, scheint sie ganz aus Zähnen zu bestehen.

»He, lass mich mal schnell meine E-Mails überprüfen!« Ich rutsche vom Bett und ziehe Lauren aus dem Rollsessel. Sie schlendert zum Kleiderschrank und sieht sich dort meine Sachen an. Für einen Moment geschieht nichts weiter, doch als ich nach einer Weile ihre Stimme höre, krampft sich etwas in mir zusammen.

»Was ist das?«

Ich drehe mich um und entdecke das Tagebuch in Laurens ausgestreckter Hand. Es ist geöffnet, und die beiden Worte *Finde mich* starren mich von der ersten Seite an.

»Ach, nichts weiter. Leg es zurück!«

»Nichts weiter?« Lauren schluckt und starrt mich wie eine Fremde an. »Was machst du mit Tessa Wayes Tagebuch?«

8

Ich dachte, ein Tagebuch könnte meinen Sturz vielleicht abfangen.

– *Tagebuch von Tessa Waye, Seite 2*

Ich kann Lauren vom Tagebuch und allem anderen erzählen. Das ist das Schöne an unserer Freundschaft – ich kann ihr alles sagen. Zumindest sollte das möglich sein.

Als Tessa und ich befreundet waren, sagte sie einmal, ich könne ihr alles anvertrauen, und was ist daraus geworden? Ich rolle den Sessel näher zum Schreibtisch, damit zwischen Lauren und mir mehr Platz ist. »Ich mache nichts damit.«

»Aber warum hast du es?«

Ihre Verwirrung wirkt so echt, dass ich zögere und mir vorstelle, wie das Gespräch ablaufen könnte.

Tja, ich habe einen neuen Stalker. Oh, vom alten habe ich dir nichts erzählt? Nun, es ist eine lange Geschichte.

Oder: *Jemand glaubt, ich könne Tessa finden. Warum? Nun ja, ich habe da diesen kleinen Job und lasse mich dafür bezahlen, in die Computer anderer Leute einzudringen. Was, davon habe ich dir nichts erzählt?*

Schluss damit. Ich kann Lauren vertrauen. Ich bin nicht das Mädchen, das mein Vater in mir sieht.

Ich atme tief durch, aber die Luft, die mir in die Lungen dringt, scheint Stollenschuhe zu tragen. »Jemand hat es mir vor die Tür gelegt.«

»Jemand hat es dir vor die Tür gelegt?« Lauren hebt den Blick vom Tagebuch und mustert mich. »Das ist doch verrückt! Warum sollte jemand so etwas tun?«

Ich versteife mich unwillkürlich, aber ... Es liegt keine Herausforderung in ihrer Frage. Lauren ist nur verblüfft. Ich weiß nicht, was ich erwidern soll. Sooft ich mir auch gesagt habe, dass sie meine beste Freundin ist, und sooft ich mir versichert habe, dass sie mich um meiner selbst willen mag, bisher habe ich es nie wirklich geglaubt. Die Erkenntnis ist schrecklich und wunderbar. Ich verdiene diese Zuneigung nicht.

Vielleicht ist das der Grund, warum alles an die Oberfläche kommt, warum einzelne Informationsbrocken nach oben drängen. Es ist chaotisch, ein einziges Durcheinander, nicht zu vergleichen mit der schönen Säuberlichkeit meiner Codezeilen. Plötzlich platzt alles aus mir heraus: wie ich Detective Carson beobachte, wie er mich beobachtet, wie das Tagebuch mit dem *Finde-mich*-Zettel vor der Tür lag.

»Dann habe ich diese E-Mail bekommen.« Ein Doppelklick öffnet meine Inbox. Zusammen mit Lauren lese ich noch einmal: *Bist du bereit?*

Die Zeit verstreicht, zehn Sekunden vergehen, vielleicht auch zehn Jahre. Schließlich strafft Lauren die Schultern. »Was hast du vor?«

»Ich weiß es nicht.«

»Du weißt es nicht?« Lauren neigt den Kopf zur Seite.

Einige Strähnen des dunklen Haars fallen ihr über die Wange. Sie streicht sie hinters Ohr. »Wieso weißt du es nicht? Du musst sie finden, so steht es auf dem Zettel.«

»Weil zwei Worte so viel bedeuten?«

»Wick, du kannst die Botschaft nicht einfach außer Acht lassen!«

»Da hast du verdammt recht. Wer auch immer dahintersteckt, er weiß von meinem ...« Ich spreche das Wort nicht aus. Nicht etwa, weil es mir peinlich wäre. Zumindest nicht ganz und gar. Aber abgesehen von Lily rede ich mit niemandem darüber und deshalb fallen mir die nächsten Worte sehr schwer. »Niemand darf von meinem Hacken erfahren.«

»Wer immer diese E-Mail geschickt hat ...« Lauren starrt auf den Monitor. Ich beobachte, wie sich ihre Augen bewegen, als sie den Text zwei weitere Male liest. »Der Absender dieser Mail ist überzeugt, dass du helfen kannst.«

Und warum, zum Teufel? Tessa und ich, wir standen uns nicht nahe. Ich meine, wir waren einmal Freundinnen, aber mein Vater hat uns auseinandergebracht. Bei einer überaus seltenen Gelegenheit erinnerte er sich daran, mich abzuholen. Ich war bei Tessa und er kreuzte dort betrunken auf. Ich erinnere mich noch genau an meine Reaktion: Erst war mir alles schrecklich peinlich, und dann war ich dankbar, dass er nicht zornig wurde oder mich zu schlagen versuchte. So gesehen hätte es ein guter Tag sein können.

Aber die Wayes waren entsetzt, vor allem Mr Waye, der seiner Tochter den Umgang mit solchem *Abschaum* verbot. Tessa hat nie wieder mit mir gesprochen. Seit jenem Nachmittag wollte sie nichts mehr mit mir zu tun haben. Sie hätte mich bestimmt nicht um Hilfe gebeten.

Daher bin ich für diesen Job denkbar schlecht geeignet.

Oder bin ich bestens dafür geeignet, nachdem ich weiß, was hinter den geschlossenen Türen der Wayes passiert?

»Wick?« Ich schrecke aus meinen Grübeleien auf. Lauren starrt mich noch immer an. »Wie kommt jemand auf den Gedanken, dass du helfen kannst? Was hat es mit deinem Hacken auf sich?«

Diese Frage habe ich befürchtet. »Ich sammle persönliche Informationen über Leute.«

»Welche Art von persönlichen Informationen?«

»Die Art, für die sich Ehefrauen und Freundinnen interessieren: Finanzen, andere Frauen, Arbeit.«

»Warum?«

Ich öffne den Mund, um etwas zu sagen, aber Lauren nickt bereits. Sie sieht sich in meinem geliehenen Zimmer um und weiß Bescheid.

»Ich dachte, du hättest aufgehört, aber das stimmt nicht, oder? Wie lange machst du das schon?«

»Drei oder vier Jahre.«

Lauren mustert mich, und ich errate nicht, was ihr durch den Kopf geht. Dann wendet sie sich wieder dem Tagebuch zu und blättert darin.

»Was machst du?«, frage ich.

»Ich sehe mir das Tagebuch an.« Lauren blättert weiter und hält bei einer Stelle mit herausgerissenen Seiten inne. »Alle wollen wissen, warum sich Tessa umgebracht hat. Vielleicht sind die Antworten hier zu finden.«

»Das kann doch nicht dein Ernst sein!«

»Soll das heißen, du hast dir das Buch noch nicht angesehen?«

»Doch ... nein!« Ich klinge absurd. »Ich habe nur ein bisschen darin geblättert, aber schon das war falsch. Die Privatsphäre ist wichtig. Tessa ist tot, aber das bedeutet noch lange nicht, dass wir in ihrem Tagebuch herumschnüffeln dürfen. Das wäre einfach falsch.«

»Na schön.« Lauren klappt das Buch zu und streckt es mir entgegen. »Aber jemand wollte, dass du es liest.«

Das stimmt. Warum sonst hat es vor meiner Haustür gelegen?

»Wen kümmert's?«

»Dich. Ich kenne dich, Wick. Du wirst dir nie verzeihen, wenn du nichts unternimmst.«

»Blödsinn. Tessa Waye ist mir völlig schnuppe.«

Ich weiß, dass ich lüge.

9

Ich bezweifle, ob ich unbedingt ein Leben führen muss, das den Erwartungen meiner Eltern gerecht wird. Ich möchte es, aber ich mache dabei einen Scheißjob.

– Tagebuch von Tessa Waye, Seite 14

Lauren hat natürlich recht. Ich würde es mir nie verzeihen, aber damit ist noch längst nicht alles in bester Ordnung. Wer Selbstmord begehen will, sagt nicht zu jemandem: »Finde mich.« Und falls es ein Hilferuf war, hätte ihn Tessa wohl kaum an ein Mädchen gerichtet, mit dem sie seit Jahren nicht geredet hatte.

Aber natürlich steigen diese Erkenntnisse erst an die Oberfläche, als Lauren weg ist. Lange Zeit sitze ich allein in meinem Zimmer, und das Seltsame an dieser ganzen Angelegenheit dreht sich in meinem Kopf mit den blitzenden Farben eines Kaleidoskops. Erst starre ich auf den Monitor und sehe alle paar Minuten nach, ob neue E-Mails eingetroffen sind – ich warte darauf, dass mein Stalker den Köder annimmt. Dann starre ich auf das Tagebuch.

Nach einer Weile nehme ich es zur Hand, schlage es auf und beginne zu lesen. Ich bin kaum auf der zweiten Seite, als sie anfängt, von diesem Kerl zu schwärmen. Er ist komisch, heiß und ... ich blättere ein paar Seiten weiter ... und er hat keinen Namen.

Was zum Geier soll das denn? Erst sind Seiten herausgerissen, und nun werden keine Namen genannt.

»Wick?« Brens Stimme kommt vom Flur. »Möchtest du zu Abend essen?«

Eigentlich nicht, aber wenn ich Nein sage, glaubt Bren, dass ich eine Essstörung entwickle, und das hätte mir gerade noch gefehlt. »Bin gleich unten!«, rufe ich.

Ich verstecke das Tagebuch, schicke meinen Computer in den Ruhezustand und suche in der Sporttasche am Fußende des Betts nach einem sauberen T-Shirt und Shorts. Ich werde fündig, aber die Sachen sind zerknittert, und das hasst Bren. Ich versuche, die Falten zu glätten.

Seit fünf Monaten sind wir jetzt hier. Lily hat schon vor Wochen alles ausgepackt, aber ich lebe noch immer aus meiner Adidas-Tasche. Es hat keinen Sinn, alles einzuräumen und aufzuhängen. Dann dauert es nur länger, wenn wir wegmüssen.

Ich mache mich auf den Weg nach unten und habe kaum den Treppenabsatz erreicht, als ich Lily so laut quieken höre, dass ich unwillkürlich die Zähne zusammenbeiße. Papiertüten knistern, und das Quieken wiederholt sich.

Bren ist wieder einkaufen gewesen. Ich betrete das Wohnzimmer, als Lily ein rosarotes Kleid anprobiert – über ihren Schulsachen. Es ist tailliert, hat einen üppigen Rock und Spitzen an den Ärmeln. Das Teil ist ausgesprochen mädchenhaft, und ich bräuchte eine Elefantendosis Beruhigungsmittel, um so was zu tragen, aber Lily strahlt überglücklich.

Bren kniet zwischen den Einkaufstüten und sieht zu, wie sich meine Schwester im Kreise dreht. Sie befingert noch immer die Perlen ihrer Halskette, aber ich erkenne deutlich, dass in ihren Augen große Zeichentrickherzen aufflammen. Sie ist völlig vernarrt in Lily, und das verstehe ich. Wirklich. Lily ist hinreißend. Man kann sie leicht ins Herz schließen. Sie ist feingliedrig und blond, hat himmelblaue Augen und die süßeste Art, die vorstellbar ist.

Das meine ich völlig ernst. Meine Schwester sieht aus, als sollten ihr kleine Waldgeschöpfe das Haar bürsten oder ihr beim Anziehen helfen. Ich habe nie kapiert, wie wir beide aus demselben Genpool stammen können.

Ich schätze, Bren ist das ebenfalls ein Rätsel, denn kaum hat sie mich an der Tür entdeckt, neigen sich ihre Mundwinkel nach unten. Sie bemerkt die Falten in meinem T-Shirt, und ihr Blick verharrt dort.

Ich sage mir, dass es keine Rolle spielt, was sie denkt, und ich bin so gut im Lügen, dass ich es fast selbst glaube.

»Fühlst du dich wirklich besser, Wick? Ich könnte dir das Essen ans Bett bringen.«

»Nein, das ist nicht nötig, es geht mir gut.«

»Wick!« Lily dreht sich nach rechts und dann nach links, damit ich ihr Kleid von allen Seiten bewundere. »Ist es nicht hübsch? Ich trage es diesen Sommer, wenn wir zum Haus am See fahren.«

»Wow, Lil! Dafür ist es wirklich ideal.« Glaube ich. Aber ist das Kleid nicht ein bisschen zu schick, um es in einem Haus am See zu tragen? Doch was weiß ich schon? Ich habe noch nie bei Leuten mit einem Ferienhaus gewohnt.

»Ich habe auch dir etwas mitgebracht.« Bren schiebt eine dunkelblaue Abercrombie-Tüte in meine Richtung. »Ich hab's gesehen und dabei sofort an dich gedacht.«

Ich werfe einen Blick hinein. Etwas Entenkükengelbes – und dabei hat sie an mich gedacht?

Die Tüte enthält zwei Jeans, einige Tanktops und etwas Langes aus Leder, dass entweder ein Gürtel ist oder etwas, mit dem man sich aufhängt. Alles hübsch adrett, was mich an Griff erinnert. Aus irgendeinem Grund glaube ich nicht, dass er auf Entenkükengelb steht, aber ganz sicher bin ich mir nicht.

Ich stopfe die Sachen zurück in die Tüte und frage mich, warum Bren das macht. Vermutlich hat ihr nie jemand gesagt, dass man seine Pflegekinder nicht so gut behandeln muss. Ich meine, bei den drei letzten Familien haben wir nicht annähernd so viel Zuwendung bekommen.

Lily glaubt, dass Bren so viel für uns kauft, weil sie sich immer Kinder gewünscht hat. Darüber sollte ich mich eigentlich freuen, denn Lily hat sich immer eine Mutter gewünscht. Sie war sieben, als unsere Mom in den Tod sprang, und so lange es auch her sein mag: Es gibt noch immer eine große leere Stelle in Lilys Seele.

Zwar verstehe ich Bren nicht und fürchte mich ein wenig davor, sie zu mögen. Aber ich denke an meine kleine Schwester und zaubere ein Lächeln auf die Lippen. »Wow, das ist supernett von dir. Es wäre nicht nötig gewesen.«

»Ich hoffe, die Sachen gefallen dir. Sie hatten auch hübsche Kleider. Du sähst bestimmt toll aus in …«

»Wicket?«

Ich blicke auf. Todd steht in der Tür, die Hände an beide Türpfosten gestützt.

»Ja?«

»Jemand möchte mit dir sprechen.«

Bren und Lily wenden sich um und sehen mich an. Dann gehen ihre Blick zu Todd.

»Jemand von der Schule?«, fragt Bren.

Todd schüttelt den Kopf. »Nein. Es ist Detective Carson von der Polizei.«

Carson steht am Ende des Flurs, neben der Haustür. Es ist nicht sehr hell, aber er trägt noch immer seine Sonnenbrille. Die Gläser sind so dunkel, dass ein Teil seines Gesichts wie weggeschnitten aussieht. Ich bin auf halbem Weg zu ihm, als er das Gewicht vom einen Bein aufs andere verlagert, die Schultern hängen lässt und sich entspannt gibt.

Aber als Todd und ich näher kommen, treten die Adern an seinem Hals hervor.

»Hallo, Wicket! Erinnern Sie sich an mich?« Carson streckt die rechte Hand aus.

Ich achte nicht darauf. »Sie sind schwer zu vergessen.«

Die dargebotene Hand weicht zurück. Er hebt die Schultern und nimmt die Sonnenbrille ab. »Na schön.«

Nichts ist schön, möchte ich sagen. Rein gar nichts. Ich kriege das Zittern, wenn ich ihn nur sehe. Und Zorn kocht in mir hoch. Das Komische an der Sache ist nur: Wir ähneln uns. Wir sind beide an meinem Vater interessiert. Carson will wissen, wo er steckt, damit er ihn verhaften kann. Ich will wissen, wo er steckt, damit ich mit Lily in die entgegengesetzte Richtung laufen kann. Ich fürchte, wir bekommen beide nicht, was wir wollen.

Ich weiche von Todds Seite. »Haben Sie meinen Vater gefunden? Sind Sie deshalb hier?«

Carson zögert, und sein Blick schweift zwischen Todd und mir hin und her. »Nein, ich bin nicht wegen Ihres Vaters hier. Es geht um Tessa Waye.«

In meinen Ohren rauscht es. Mein Blut, es summt wie Bienen, die aus einem Bienenstock fliehen wollen.

»Wie ich hörte, waren Sie mit ihr befreundet.«

Fast hätte ich die Stirn gerunzelt. Verdammte Schwester Smith.

»Haben Sie in letzter Zeit Veränderungen in Tessas Verhalten bemerkt?«, fragt Carson. »Hat sie Ihnen etwas erzählt?«

Natürlich nicht. Tessa hielt nicht viel von Abschiedsworten. Besser gesagt: Vor fünf Jahren hielt sie nicht viel davon. Ich weiß noch, wie wir uns nach jenem schrecklichen Nachmittag im Flur begegneten, und sie ging einfach an mir vorbei, als wäre ich Luft. Manchmal bemerkte ich ihren Blick im Speisesaal, aber nach einer Weile hörte selbst das auf.

Ich hätte deshalb stocksauer sein sollen, aber ich fühlte mich nur ... verletzt. So traurig das auch sein mag: Wäre sie gestern auf mich zugekommen und hätte gefragt, ob wir wieder Freundinnen sein könnten ... Ich hätte Ja gesagt. Erbärmlich, nicht wahr? Die Wahrheit lautet: Tessa war die einzige Person, die mich so mochte, wie ich bin. Das kann man von Bren nicht sagen. Sie machte sich sofort daran, meine Kanten abzuschleifen, und Lauren hat mich erst nachher kennengelernt. Meine Vergangenheit ist für sie beide ein abgeschlossenes Kapitel. Sie wissen nicht, dass diese Vergangenheit nach wie vor unter meiner Haut steckt. Aber wenn Tessa zurückkehren würde und damit leben könnte ... Dann könnte vielleicht auch ich damit leben.

Sie fehlt mir. Wahrscheinlich wird sie mir immer fehlen.

Ich hebe und senke die Schultern. »Nein, nichts.«

»Aber Sie sind Klassenkameradinnen gewesen. Sie müssen doch oft bei ihr gewesen sein.«

»Nein, eigentlich nicht.«

Carson hebt die Brauen. »Und doch soll ihr Tod Sie schwer getroffen haben, wie ich hörte.«

Ich öffne den Mund und will schon sagen, dass es mir aus einem ganz anderen Grund so mies ging, als Todd mir den Arm um die Schultern legt. Er drückt nicht zu, aber die Worte verschwinden wie von meiner Zunge gerissen.

»Alle waren bestürzt, als sie davon erfuhren, Detective«, sagt Todd. Seine Finger berühren mein Schlüsselbein. »Tessa war ein wundervoller Mensch.«

Carsons Blick kehrt zu mir zurück. »Hat Ihnen Tessas Tod deshalb einen Schock versetzt? Weil sie ein wundervoller Mensch war?«

»Wicket kann sich fühlen, wie sie möchte.« Todd klingt jetzt ganz erwachsen und voller Autorität. Moment, das stimmt nicht ganz. Er klingt ein bisschen in die Defensive gedrängt. »Als ich mich das letzte Mal erkundigt habe, waren Gefühle nicht verboten.«

Warum die Verteidigung? Ich blinzele. Er tritt für mich ein. Ein Teil von mir möchte fragen: Was soll der Blödsinn? Aber ein anderer erglüht. Ich bin nicht allein.

»Wir haben bereits darüber gesprochen, Detective«, fährt Todd fort, und ich muss meine Überraschung verbergen. Er hat schon mit Detective Carson gesprochen? »Sie sollten eher in Tessas Familie nach Antworten suchen. Reden Sie mit ihrem Vater!«

»Todd?« Brens Stimme kommt aus dem Flur. Sie steht an der Tür des Wohnzimmers und drückt sich das schnurlose

Telefon so fest an die Brust, als könnte es fortspringen. Den Detective nimmt sie gar nicht zur Kenntnis. »Es ist noch einmal der Rektor. Er möchte wegen eines zusätzlichen Betreuers mit dir sprechen.«

»Ich rufe zurück.«

Warum? Damit er hier bei mir sitzen kann? Ich blinzele wieder, bevor mir klar wird: Genau das möchte Todd. Genau das wird er tun, wenn ich ihm Gelegenheit dazu gebe.

Ich brauche ihn nur zu bitten.

»Schon gut«, sage ich, aber meine Stimme bebt dabei. Nein, es ist nicht gut.

Todd versteift sich ein wenig und sieht Bren an. Eine bedeutungsvolle Stille spannt sich zwischen ihnen. Sie haben das Zittern in meiner Stimme ebenfalls gehört.

»Schon gut.« Das klingt schon besser, mehr nach mir. Mit den Callaways hinter mir fühle ich mich mutig genug. Der Detective kann mich nicht einschüchtern: Ich lasse mir keine Angst einjagen. Ich sehe Carson an und lächele. »Es sind doch nur ein paar Minuten, oder?«

Er erwidert das Lächeln. »Ja.«

Widerstrebend wendet sich Todd von mir ab und wirft mir einen letzten Blick zu, bevor er durch den Flur geht. Carson und ich starren uns stumm an, und wir hören, wie sich Todd am Telefon meldet.

Carsons Lächeln schwindet. »Sie halten etwas zurück. Sie wissen etwas.«

»Ich weiß eine Menge«, lautet meine Antwort. »Möchten Sie etwas über den Polizisten hören, der jede Nacht dieses Haus beobachtet?«

Carsons Lippen werden dünn wie Narben.

Ich nicke in Todds Richtung. »Soll er es erfahren?«

»Falls Sie es weitererzählen wollten, hätten Sie es längst getan.«

Stimmt, aber das gebe ich natürlich nicht zu.

Carsons Blick huscht zur Tür, und dann sieht er wieder mich an. Einige Falten sind aus seinen Augenwinkeln verschwunden, und er senkt die Stimme. Vielleicht will er damit einen vertrauenswürdigen Eindruck machen. Mein Vater hat den gleichen Trick bei überdrehten Süchtigen angewendet. »Sie können mit mir reden, Wicket. Ich gehöre zu den Guten.«

»Ein Guter, der jede Nacht vor unserem Haus in seinem Wagen sitzt?«

»Es steckt mehr dahinter, als Sie wissen.«

O nein, mein Lieber. Es steckt mehr dahinter, als *du* weißt.

Carson hebt die Hand, als wolle er mich anfassen. »Sie müssen mir vertrauen.«

Großartig. Jetzt kommt er mir auf die gefühlsduselige Tour. »Das muss ich nicht.« Ich mustere ihn für einen Moment. »Ich dachte, Tessas Tod ist als Selbstmord zu den Akten gelegt.«

»Ja.«

»Warum ermitteln Sie dann noch immer?«

Carson glotzt auf mich herab. Die Rolle des guten Bullen fällt von ihm ab, und dort steht wieder der Detective, der hinter meinem Vater her ist. »Weißt du, woran ich erkenne, dass du in Schwierigkeiten steckst?«, fragt er und duzt mich plötzlich.

Ich antworte nicht. Es ist offensichtlich, denke ich. Aber ich schweige. Vermutlich könnte er mit der Antwort ohnehin nichts anfangen. Ich hebe die Brauen und warte auf die Erklärung, die er mir unbedingt geben will.

»Weil du auf alles eine Antwort hast.« Carson kommt einen Schritt näher, und ich muss meine ganze Willenskraft aufbieten, um nicht zurückzuweichen. »Bei normalen netten Mädchen ist das nicht der Fall. Sie wissen nicht, wie man mit Polizei oder Sozialamt umgeht, weil sie nie etwas damit zu tun hatten. Im Gegensatz zu dir. Abschaum wie du hat auf alles eine Antwort.«

Sein Blick streicht über mich hinweg, als könne er hinter die hübsche Kleidung und die neue Frisur blicken. Aber bei diesem Spiel sind wir zu zweit – ich durchschaue ihn ebenfalls.

Ich starre zu ihm hoch. »Ach, sooo ist das! Und ich habe mir schon den Kopf zerbrochen, was der Grund sein könnte. Danke, dass Sie es mir erklärt haben.«

Carson lacht leise. »Jetzt machst du auf mutig, wie? Aber das ändert nichts daran, dass du Abschaum bist.« Er wirkt belustigt und winkt, eine Geste, die dem Haus gilt. »Was passiert, wenn das alles weg ist?«

Ja, was passiert dann? Die Frage fühlt sich vertraut an, als hätte sie die ganze Zeit in meinem Innern gelauert.

»Ich lasse dir meine Karte da.« Carson holt eine Visitenkarte hervor und legt sie auf den Beistelltisch. »Du erreichst mich unter einer der dort genannten Telefonnummern. Früher oder später brauchst du die Karte bestimmt.«

Er zeigt mir das breite Lächeln, das ich auch am Morgen gesehen habe. »Denn wenn man den Bullen nicht trauen kann, Abschaum – wem dann?«

10

Meine Mutter liebt ihn, aber er will nur mich.

– Tagebuch von Tessa Waye, Seite 22

Ja, wem kann ich trauen? Carson bestimmt nicht. Vielleicht nicht einmal mir selbst. Ich sollte klüger sein, als auf Bren und Todd hereinzufallen, aber hier stehe ich, in Abercrombie-Klamotten, in einem hübschen Peachtree-City-Haus.

Die Augen vor der Wahrheit verschließend.

Besser gesagt: Ich habe sie vor der Wahrheit verschlossen. Aber jetzt platzt die Seifenblase. Ich bin ein Pflegekind, das ein geliehenes Leben führt. Wie konnte ich nur so dumm sein?

Ich höre ein leises Geräusch links von mir, und als ich hinsehe, tappt Lily durch den Flur. Sie hat gelauscht. »Das ging gut.«

»Na klar doch. Ich bin immer eitel Sonnenschein.« Es klingt so, als sei es keine große Sache gewesen, und darauf bin ich stolz. Dann fällt mir Carsons Erklärung für meine große Klappe ein: *Abschaum wie du hat auf alles eine Antwort.*

Ich schätze, da hat er recht. Ich habe eine neue Adresse, bin aber noch immer die alte Loserin.

Lily steht neben mir, als ich beobachte, wie der Polizist wegfährt. Ich bin hin- und hergerissen zwischen dem Gefühl, dass Carson zu einer abscheulichen Angewohnheit wird, und einer Panikattacke. In mir scheint sich alles zu drehen. Selbst die Knochen fühlen sich an, als wollten sie aus meinem Körper fliehen.

Fliehen wohin? Fast hätte ich hysterisch gelacht. Es gibt keinen Ausweg.

Ich reibe mir die Schläfen und merke, dass ich Todds Stimme seit einigen Minuten nicht mehr gehört habe. Mein Blick schweift an Lily vorbei durch den Flur, doch niemand zeigt sich. »Ist Todd noch am Telefon?«

Lily nickt, sieht dabei noch immer aus dem Fenster und auf die nun leere Straße.

Die Anspannung weicht von mir. Gut. Wenn Todd zurückkehrt, wird er Fragen stellen, und derzeit bin ich zu müde für Antworten.

Lily tritt demonstrativ einen Schritt zurück und richtet den Zeigefinger auf mich. »Was hast du getan? Warum verabscheut er uns so sehr?«

Ich zögere. Carsons Befragung war schlimm genug, aber Lilys Verhör könnte weitaus schlimmer werden. »Er verabscheut uns nicht.«

»Ist er einer von den Leuten, bei denen du gehackt hast? Bei seiner Frau oder seiner Freundin? Vielleicht hat dich jemand hintergangen und ihm von dir erzählt.«

»Nein.«

»Wie kannst du so sicher sein?«

»Weil ich die Leute kenne, für die ich hacke, Lil. Carson schnüffelt einfach nur herum, weil er unseren Vater sucht.«

»Er hat gesagt, er sei wegen Tessa gekommen.«

Als sie den Namen nennt, halte ich inne. Er klingt falsch aus Lilys Mund. Vielleicht liegt es aber auch daran, wie ich ihn höre. Es fällt mir schwer, die Reaktion meiner Schwester einzuschätzen. Ist sie wegen Tessa bestürzt? Weil sie der Selbstmord an unsere Mutter erinnert? Oder hat sie Angst?

»Ja, stimmt, das hat er gesagt, aber in Wirklichkeit geht es ihm um Dad. Er sucht nach schwachen Stellen. Warum hat er wohl auf die Telefonnummern hingewiesen? Weil er glaubt, dass unser Vater anruft und dass ich es dann mit der Angst zu tun bekomme.«

Ich weiß nicht, ob meine Erklärung überzeugend genug klingt. Meine Stimme schwankt zwischen gekränkt und zornig. Einen Lehrer würde sie wahrscheinlich täuschen, vielleicht auch Bren.

Aber vor mir steht Lily. Meine Schwester. Der einzige Mensch, der mich kennt. Der mich wirklich kennt. Was bei allen anderen funktioniert, klappt bei ihr nicht. Deshalb greife ich zu einer anderen rhetorischen Taktik: Irreführung.

»Ich bin nicht die Kriminelle in der Familie«, sage ich.

Aber genau das bin ich.

Ich bin mehr die Tochter meines Vaters, als mir lieb ist. Ich habe nur andere schmutzige kleine Geheimnisse. Mit verschränkten Armen stehe ich da und versuche, richtig genervt auszusehen, aber das fällt mir schwer, weil ich noch immer zittere. Nachdem Carson weg ist, scheint sich meine Haut von den Knochen lösen zu wollen.

»Du musst aufhören, Wick.«

Und dann was? Soll ich darauf vertrauen, dass sich Bren und Todd um uns kümmern? Dass alles in Ordnung sein wird? Das kann ich nicht. Ich glaube, dazu bin ich gar nicht fähig, und für einen Moment fühle ich mich den Tränen nahe.

Wann habe ich aufgehört, an Happy Ends zu glauben? Vielleicht habe ich nie an so etwas geglaubt.

»Wir brauchen das Geld.«

»Wir haben jetzt Bren und Todd.«

»Genau. Wir haben sie *jetzt*. Was ist mit später?« Ich fahre mir mit der einen Hand durchs Haar. Diesmal ist mein Ärger nicht gespielt.

Ich bin stolz auf meine Schwester, wirklich. Sie ist reizend, und ich wünsche mir oft, mehr zu sein wie sie: süßer, sanfter, offener, fröhlicher. Aber ich weiß, dass ich das wahrscheinlich nie sein werde. Wenn ich mehr wie Lily wäre, hätte Bren vielleicht mehr für mich übrig. Vielleicht wäre ich dann glücklicher. Vielleicht könnten wir dann bleiben.

Doch ich bin nicht wie sie, und früher oder später erkennen uns alle als das, was wir sind: Abschaum. Und dann ist es aus. Ich hätte dies alles nicht erneut erklären müssen. Lily mag jünger sein, aber sie hat den gleichen Mist erlebt wie ich. Sie sollte Bescheid wissen.

Und sie weiß Bescheid, denke ich, als ich bemerke, wie sie den Mund verzieht, als kaue sie auf Teppichnägeln. O ja, sie weiß alles, aber sie leugnet es, sie *will* nichts davon wissen.

Zorn brodelt in mir. »Erinnerst du dich, woher wir kommen?«

»Ja! Und ich will nicht zurück! Ich will nicht normal sein!«

»Was zum Teufel soll das denn heißen?«

»Nicht fluchen!« Lily klingt so klein und verletzlich, dass ich sie nicht länger drangsalieren will. »Sonst sagt Bren, dass du einen Vierteldollar ins Fluchglas legen sollst.«

»Ein Grund mehr, die Arbeit fortzusetzen.«

Lily lacht bitter. »Du wirst alles kaputt machen.«

Die Worte treffen mich wie ein Schlag. Eigentlich wäre mir ein Schlag lieber gewesen, denn er hätte nicht so wehgetan. Aber nicht nur ich bin wie unser Vater. Auch Lily weiß, wie sie verletzen kann.

»Es ist bereits alles kaputt, Lily.«

11

Ich hab ihn angebaggert. Das stimmt. Ich habe damit angefangen. Ich bin genauso schlimm wie er.

– Tagebuch von Tessa Waye, Seite 31

Es ist fast elf Uhr, und ich bin zu aufgedreht, um zu schlafen. Todd arbeitet noch. Lily und Bren sind zu Bett gegangen. Und mein Stalker hat noch immer nicht auf den Köder reagiert.

Wie ist das möglich? Ich wende mich vom Computer ab und reibe mir den schmerzenden Nacken. Es hilft nichts. Die Muskeln fühlen sich an wie verknotete Seile. Kennt sich mein Gegner mit Trojanern aus? Hat der Unbekannte noch nicht in seiner Mailbox nachgesehen? Vielleicht ...

Etwas kratzt unter meinem Fenster, und ich erstarre. In der Dunkelheit bewegen sich die Äste des Baums wie Spinnenbeine.

Es ist nichts weiter. Es kann nichts sein.

Das Kratzen wiederholt sich.

Könnte es dieselbe Person sein, die das Tagebuch vor die Haustür gelegt hat?

Ich will den Gedanken beiseiteschieben, aber er krallt sich in mir fest. Es ist absurd. Ich meine, Bren schläft am Ende des Flurs, und Todd könnte jeden Moment hochkommen. Es wäre viel zu riskant.

Warum werden dann meine Hände feucht?

Ich schiebe den Rollsessel noch etwas weiter zurück und starre zum offenen Fenster. Das Licht der Lampe reicht gerade bis zum Rand des Baums, nicht weiter. Ich habe das Fenster vor einer Weile geöffnet, weil nach Carsons Abgang alles so stickig war. Ich hatte das Gefühl, nicht frei atmen zu können.

Etwas raschelt unter dem Fenster. Es hört sich ganz nahe an.

Jemand klettert herauf.

Ich stelle beide Füße auf den Boden und spanne die Muskeln wie ein Sprinter kurz vor dem Start. Es sind etwa drei Schritte bis zum Fenster. Vielleicht zwei, wenn ich springe. Ich laufe hin und knalle das Fenster zu – sollte doch zu schaffen sein, oder?

Und wenn mich jemand packt?

Mit zwei langen Sätzen bin ich beim Fenster und ergreife es am Rahmen. Draußen wackelt der Baum, und eine Hand klatscht auf den Fenstersims. Ein Schrei steigt mir in die Kehle ... und bleibt dort stecken.

Es ist Griff.

»'tschuldigung.« Sein Gesicht erscheint im Licht und wirkt seltsam blass vor der Dunkelheit, die ihn umgibt. »Ich wollte dich nicht erschrecken.«

Griff ist halb drinnen und halb draußen. Seine Beine hängen an einem Ast, und beide Arme stützen sich auf den Fenstersims. Er scheint sich zusammenreißen zu müssen, um nicht laut zu lachen.

Als wäre dies alles ein Witz.

Als wäre ich ein normales Mädchen, das sich keine Sorgen über einen Stalker machen muss.

Am liebsten hätte ich ihn von der Fensterbank gestoßen.

»Warum bist du den Baum vor meinem Fenster hochgeklettert, wenn du mich nicht erschrecken wolltest?«

Griffs Lächeln erstarrt. »Ich wollte zu dir.«

Mein Herz schlägt schneller. »Meine Güte, warum denn?«

»Du hast mir nicht geantwortet.«

Ich habe ihm nicht geantwortet? Ich brauche fünf Sekunden, um zu begreifen, was Griff meint. Die SMS, die ich nicht weiter beachtet habe. Ich beiße mir auf die Unterlippe und überlege, was ich sagen soll. Vielleicht sollte ich ihn fragen, warum er überhaupt eine Antwort von mir erwartete. Vielleicht sollte ich ihm sagen, dass er abhauen soll.

Aber ich sage nichts dergleichen. Ich kriege kein Wort heraus. Ich meine, der Bursche hängt da am Fenster meines Zimmers. Er ist für mich auf einen Baum geklettert. Und warum das alles? Damit er mich fragen kann, ob mit mir alles in Ordnung ist? Ich kapiere rein gar nichts und kaue weiter auf der Unterlippe. »Was liegt dir an mir? Wir haben doch kaum miteinander geredet.«

»Ja, ich weiß. Ich finde, das sollten wir ändern.« Griff zieht sich noch weiter zu mir herein und sieht sich um. Mein Gesicht glüht, als ich an die schmutzige Wäsche auf der linken und die weggeworfenen Papiertüten auf der rechten Seite denke. »Kann ich reinkommen?«

»Äh.« Nein! Mein Zimmer ist ein Saustall, und Bren bekäme einen Herzanfall. Du solltest überhaupt nicht hier sein. »Na schön.«

Griffs Lächeln wird zu einem Grinsen. »Großartig.«

Er zieht sich höher und verharrt dort. Unsere Blicke treffen sich. Plötzlich sind wir uns sehr nahe und die Luft zwischen uns scheint heiß zu werden.

Er hebt die Brauen. Sieht cool aus – ich wünschte, das könnte ich auch. »Äh, etwas mehr Platz wäre nicht schlecht.«

»Oh!« Ich weiche nach hinten zurück und Griff rutscht mit den Händen voran zu Boden. Er trägt noch immer das verblasste Polohemd und die Khakihose wie am Morgen. Eigentlich habe ich für Adrettes kaum etwas übrig, aber in diesem Fall ... sieht's nicht schlecht aus.

Griff sieht zu mir hoch und schmunzelt. »Hätte nicht gedacht, dass du mich reinlässt.«

Ja, und damit sind wir zu zweit. Ich flitze zur Seite, sinke in den Rollsessel vor dem Schreibtisch und sitze dort auf meinen zitternden Händen. »Was willst du?«

Griff zuckt mit den Achseln und sieht sich wie in einem Museum um. Ich versuche, seinen Blick allein mit Willenskraft einzufangen.

Was könnte an meinem Zimmer so interessant für ihn sein? Mir ist es egal, was er sieht. Gleichzeitig aber bete ich, dass keine Unterwäsche herumliegt.

»Ich wollte immer mal sehen, wo du jetzt wohnst.«

»Warum?« Er betrachtet mein Bett, und die Hitze, die mir das Gesicht zu verbrennen droht, wird nuklear. »Hast du einen Sarg oder was Ähnliches erwartet?«

»Natürlich nicht. Du schläfst an der Decke hängend, stimmt's? Mit dem Kopf nach unten, habe ich recht?«

Ich sehe ihn streng an, halte den Blick aber nicht lange durch. Weil Griff komisch ist. Und ich hatte immer eine Schwäche für komische Typen. Ein Lächeln stiehlt sich auf meine Lippen, und er bemerkt es. Aus seinem Schmunzeln wird erneut ein Grinsen, und ich muss mich zwingen, nicht zu glotzen. Aber Griff ist hier. In meinem Zimmer.

Und er will mit mir reden. »Warum bist du so ... so ...« Ich weigere mich, das Wort *kokett* auszusprechen.

Griff lächelt. »Weil ich dich seit dem Moment wollte, als ich dich zum ersten Mal sah. Aber hauptsächlich deshalb, weil Matthew Bradford letzte Woche dein Mittagessen in den Schulbrunnen geworfen hat und du ihm dafür die Luft aus den Reifen gelassen hast.«

»Aus *einem* Reifen. Es war nur einer.«

»Ja, ich weiß. Den anderen habe ich übernommen.«

»Woher weißt du ...?«

»Woher ich weiß, dass du's warst?« Griff steht auf, und nun erst stelle ich fest, dass sein Polohemd nicht auf modische Art verblasst ist, sondern von häufigem Waschen – es ist abgetragen und sogar leicht zerfranst. Und der Körper darunter ... Griff scheint nicht nur schlank zu sein, sondern regelrecht dürr, wie halb verhungert. »Ich war nicht beim Essen, sondern habe mich einen Wagen weiter versteckt. Ich kenne kein anderes Mädchen, das klug ist und nicht auf dumm macht. Du bist klein, aber du kneifst nie.«

Griff wendet sich meinem Bücherregal zu, streicht mit den Fingerkuppen über zehn verschiedene Stephen-King-Romane und verharrt bei Jodi Picoults Gesamtwerk. Wenn er danach fragt, werde ich schwören, dass die Bücher Bren gehören.

»Reicht dir das als Antwort?«, fragt er.

Ich setze zu einer Erwiderung an, aber genau in diesem Augenblick piept der Computer, und das Herz springt mir in den Hals. Es hat gerade jemand auf den Link mit dem Trojaner geklickt. Der Köder – jemand hat angebissen. Ich drehe den Sessel und höre, wie Griff näher kommt.

»Was ist?« Er bleibt auf der anderen Seite des Schreibtischs stehen und hält Brens abgegriffene Ausgabe von *Eat, Pray, Love* in der Hand. Er richtet einen interessierten Blick auf meinen Computer. »Stimmt was nicht?«

»Es ist nichts weiter.«

Blödsinn, es bedeutet *alles*. In meinem Innern bin ich plötzlich bis zum Zerreißen gespannt.

Der Trojaner hat funktioniert. Der E-Mail-Empfänger hat auf den Link geklickt, und das heißt: Ich bin in seinem Computer. Ich kann sehen, was er sieht. Ich kann seine Dateien durchgehen, sein ganzes Leben vor mir ausbreiten.

Und mein eigenes zurückholen.

»Was machst du da?«

Ich zucke zusammen, wende den Kopf und erinnere mich zu spät daran, dass Griff bei mir ist. Er steht ganz dicht neben mir. So nahe, dass ich seinen Pfefferminz-Kaugummi rieche. So nahe, dass ich in Panik gerate.

Ich kann keine Gesellschaft gebrauchen. Mit einem Ruck stehe ich auf und bringe mich zwischen Griff und den Monitor. »Du musst jetzt gehen.«

Er neigt den Kopf zur Seite und lächelt verwundert, als hätte ich einen Witz gemacht, den er nicht versteht. »Ich bin doch gerade erst gekommen.«

»Du musst gehen.«

Griffs Blick huscht über meine Schulter hinweg zum Computer und kehrt dann zu mir zurück. Er hält mich für seltsam. Himmel, ich *bin* seltsam, aber das ist mir schnuppe. Ich muss allein sein.

»Na gut, aber schließ das Fenster hinter mir!« Griff grinst wieder und schwingt sich mit solcher Eleganz auf die Fensterbank, wie ich sie einem so dünnen und großen Typen nie zugetraut hätte. »Wer weiß, wer sonst noch den Baum heraufklettern könnte, Wicket.«

Wicket. Meinen Namen aus seinem Mund zu hören ... Das Wort stellt etwas Sonderbares mit meinem Herzen an – es macht einen Sprung. Ich öffne den Mund für eine Antwort, aber Griff ist bereits weg. Der Baum wackelt einige Male, als er hinunterklettert, dann regt sich nichts mehr. Ich schließe das Fenster, verriegele es und ziehe den Vorhang vor. Dann wende ich mich um und habe das Gefühl, dass sich die Luft wie eine Zwangsjacke um mich schließt. Es ist wie einer der Momente kurz vor dem Beginn des Films, wenn die ganze Welt zu warten scheint.

Aber ich warte nicht mehr. Ich trete den Rollsessel zur Seite, beuge mich im Stehen über die Tastatur und rufe ein anderes Programm auf. Rasch gebe ich einige Zeilen Code ein und greife damit auf die Webcam des anderen Computers zu.

»Na, komm schon, du kleines Mistding!«, brumme ich, als der Rechner meine Codezeilen in eine Seilbrücke verwandelt, die mich mit der Welt eines anderen Menschen verbindet. Noch einige Sekunden und das schwarze Kamerafenster in der einen Monitorecke flackert.

Ich bin drin.

Jetzt kann ich den Stalker sehen.

Aber es ist kein Er, sondern eine Sie, und als ich sie sehe, glaube ich, meinen Augen nicht trauen zu können.

Ich kenne das Mädchen. Ich habe es schon gekannt, als ich noch zur Mittelstufe ging. Ich habe es gekannt, als wir uns beim Einkaufen begegneten und nicht mehr grüßten.

Ich kenne dieses Mädchen, das auf meinen Trojaner-Link geklickt hat. Es ist Tally Waye, Tessas Schwester.

12

Ich glaube, meine Mutter ahnt etwas. Sooft ich ihr auch sage, dass ich mich gut fühle, sie fragt immer wieder danach.

– Tagebuch von Tessa Waye, Seite 24

Es ist nach zehn, als ich erwache. Stille herrscht im Haus. Mein Bett fühlt sich großartig an und ich möchte wieder einschlafen.

Aber ich bin hellwach.

Ich sehe noch immer Tally Wayes Gesicht auf dem Monitor. Das Bild lässt sich nicht einmal verscheuchen, wenn ich die Augen schließe.

Finde mich.

Von wegen. Ich drehe mich zur Seite und sehe zum Fenster hinüber, durch das Griff geklettert ist. Ich bin mir nicht sicher, ob ich daran denken will, aber es ist zu spät. Mein Mund verzieht sich bereits zu einem Lächeln.

Verdammt. Ich denke stattdessen an Kaffee. Es ist Samstagmorgen, was bedeutet, dass unten ein von Bren hergerichtetes großes Frühstück auf mich wartet. Wenn sie mit Pfannkuchenbacken abgelenkt ist, habe ich gute Chancen, Kaffee zu ergattern. Herauszufinden, was Tally will ... Das kann zunächst warten.

Ich tappe durch den Flur und blicke vorn aus reiner Angewohnheit aus dem Fenster. Hm. Brens Wagen steht nicht auf der Einfahrt.

Mist. Bedeutet das – kein Frühstück? Denn das würde bedeuten – kein Kaffee.

Zuerst finde ich es seltsam, dass sie weg ist, denn Bren benutzt für ihr Leben gern das Williams-Sonoma-Waffeleisen, doch dann fällt mir ein, dass sie Lily an diesem Morgen zur Ballett-Anmeldung bringen wollte. Ich bin allein.

»Morgen, Wicket.«

Ich zucke zusammen. »Lieber Himmel!«

»Entschuldigung, Entschuldigung!« Todd steht mit zwei Bechern Kaffee am Fußende der Treppe. Es ist Samstag, aber er trägt Anzug und Krawatte. Will er ins Büro? Wenn er das vorhat, sollte er es sich besser noch einmal überlegen, denn er sieht verheerend aus. Seine Augen sind blutunterlaufen, als hätte er überhaupt nicht geschlafen.

Meine Güte. Ich bin so sehr auf mich selbst fixiert gewesen, dass ich gar nicht daran gedacht habe, wie schwer ihn Tessas Tod getroffen haben muss. Er möchte die ganze Welt retten, aber es ist ihm nicht einmal gelungen, dieses eine Mädchen vor dem Verderben zu bewahren. Das muss schrecklich für ihn sein. Todd hat mich Carson gegenüber sofort verteidigt. Was hätte er getan, um einen Menschen wie Tessa zu retten?

»Ich wollte dich nicht erschrecken«, sagt Todd.

Ich winke ab. Wenn es so weitergeht, kriege ich bald einen Herzanfall, und dann spielt alles ohnehin keine Rolle mehr.

»Schon gut.« Ich reibe mir die rechte Schläfe, wo ich ein Echo der gestrigen Kopfschmerzen fühle. »Ist einer dieser beiden Becher für mich?«

Todd lächelt. »Nur wenn du Bren nichts verrätst.« Er reicht mir einen Becher, und ich nehme einen großen Schluck. Der Kaffee ist zu süß und so heiß, dass er mir die Zunge verbrennt, aber ich finde ihn trotzdem köstlich. Nach zwei weiteren Schlucken kehren meine Lebensgeister allmählich zurück und der vierte Schluck macht die Lider leichter.

»Kein Wort darüber«, verspreche ich und leere den Rest des Bechers in einem Zug.

Todd lacht. »Du bist komisch, weißt du das?« Er nippt an seinem eigenen Kaffee und beobachtet mich. »Bren glaubt, das Koffein könnte sich schädlich auf dein Wachstum auswirken.«

Ich schneide eine Grimasse. »Dafür ist es zu spät.«

»Ich habe mich gefragt, ob du dir Brens Computer für mich ansehen könntest. Ich habe mal wieder die falsche Taste gedrückt.«

»Ja, klar.« Todd drückt dauernd auf irgendwelche falsche Tasten. Der *Blue Screen of Death* ist ihm ein treuer Begleiter. Ich könnte mich ärgern, käme mir die Ablenkung nicht gerade recht. In den fünf Monaten, seit wir hier sind, habe ich das Betriebssystem von Brens Computer zweimal neu aufgesetzt, weil Todd *falsche Tasten* gedrückt hatte. Zum Glück kümmert sich der Büroleiter um die Computer, die Todd bei der Arbeit benutzt. Andernfalls wäre es ein Fulltime-Job, die Callaway-Computer am Laufen zu halten. »Kein Problem.«

»Danke. Was hast du heute vor?«

»Weiß noch nicht.« Am Dienstag ist ein Aufsatz fällig, ich muss noch die letzten Recherchen für meine derzeitige Klientin erledigen, und dann wäre da Tally Waye. Ich starre in den leeren Kaffeebecher und denke daran, den Nervenzusammenbruch gleich jetzt zu bekommen. Auf diese Weise würde ich Zeit sparen. »Was ist mit dir?«

»Heute Nachmittag findet bei den Wayes eine Gebetswache statt. Daran sollte ich teilnehmen.«

»Ich wusste nicht, dass du ihnen so nahestehst.«

Todd hebt die Schultern. »Wir kennen sie durch die Kirche ... Möchtest du mitkommen?«

Lieber Himmel, nein! Andererseits ... Tally wird dort sein und ich könnte ihr das Tagebuch zurückgeben. Es wäre die ideale Gelegenheit für mich.

Ideal und schrecklich.

»Ich kann nicht. Tut mir leid.«

»Weißt du, Wicket ... Mit deinen Erfahrungen könntest du einiges bewirken. Du könntest anderen damit helfen.«

So wie er? Ich fürchte, dafür bin ich ungeeignet. Ich weiß genau, dass mir die Worte, die andere von mir hören möchten, nicht über die Lippen kommen. »Die Wayes sind ... keine großen Fans von mir.«

Todd nickt, als hätte er damit gerechnet. »Ich verstehe. Mrs Waye hat mir einmal vor der Sonntagsschule davon erzählt. Aber du bist nicht mehr jenes Mädchen, Wicket. Du brauchst keine Angst zu haben. Was nicht heißen soll, dass du unbedingt mitkommen musst.«

Todd nimmt meinen leeren Kaffeebecher, um ihn in die Küche zu bringen. »Bren möchte, dass du dich ausruhst. Sie hat wohl vor, dich später zur Nagelpflege zu bringen ...«

»Todd?« Sein Name klingt halb erstickt, und wir tun beide so, als bemerkten wir es nicht. »Ich komme mit.«

Wenn auch nur deshalb, weil ich dann an Tally herankomme.

»Gut! Und bist du sicher, dass es nicht zu schwer für dich ist? Ich meine ... nach der Sache mit deiner Mutter und allem ...«

Es freut mich auf sonderbare Weise, dass er mit den Worten ringt. Dadurch wirkt er weniger selbstsicher, weniger heldenhaft, weniger wie ein ... Vater. Ich verabscheue es, so von Todd zu denken, aber es stimmt. Todd ist wie ein zum Leben erwachter Sitcom-Dad. Ein Mensch, dem ich mich anvertrauen kann, der mich aufmuntert und der mich nie schlagen würde. Mit anderen Worten: Er ist das genaue Gegenteil meines leiblichen Vaters.

Ein lächerlicher Gedanke. Ich bin fast siebzehn und damit zu alt für diesen Blödsinn. Ich brauche keine Vaterfigur. Ich brauche niemanden, dem ich mich anvertrauen kann und der mich aufmuntert. Ich brauche keinen Menschen, der wie Todd ist oder sein könnte. Aber manchmal, in bestimmten Momenten, erkenne ich plötzlich, wie sehr ich mir trotzdem jemanden wie ihn wünsche.

Wie dumm, wie dumm. Und auch gefährlich, denn er wird mich nur enttäuschen. Deshalb packe ich diese Vorstellung an der Gurgel und drücke zu, bis sie sich nicht mehr rührt.

Nach der Geschichte mit meiner Mutter und allem anderen. Konzentrier dich darauf! Es sollte sich eine gute Möglichkeit ergeben, um die ganze Sache zu erklären. Gelegenheiten hatte ich weiß Gott genug. Unsere Gemeinde ist ziemlich klein, und als die Zeitung auf der ersten Seite einen Artikel über den Selbstmord meiner Mutter brachte, sprachen alle darüber. Sie wollten wissen, warum zum Geier sie es getan hatte und wie sie sich auf diese Weise »vor ihrer Verantwortung drücken« konnte.

Ich glaube, die Leute verstanden nie, dass es genau darum

ging. Meine Mutter wurde mit ihrer Verantwortung nicht mehr fertig – deshalb sprang sie. Die Leute begriffen nicht, dass niemand Verständnis von ihnen erwartete. Meine Mutter hatte das Gefühl, es tun zu müssen, und für sie ergab es durchaus einen Sinn. Inzwischen sind vier Jahre vergangen, und obwohl ich mir über einige Zusammenhänge im Klaren bin, kann ich es immer noch nicht richtig ausdrücken.

Bis auf Folgendes vielleicht: Alles kommt »nach der Sache mit deiner Mutter«. Der Verlust ist der zentrale Punkt. Es gab eine Zeit, als ich eine Mutter hatte, und dann eine Phase, als sie nicht mehr da war. Ich komme nicht darüber hinweg. Ich lerne es zu ertragen. Aber es ist nicht nur der Verlust der Mutter. Es sind auch die Geburtstage, an denen sie nicht teilnimmt, es ist der Schulabschluss, es ist das erste Date. Alle diese kleinen Verluste summieren sich zu einem großen, gewaltigen *Fehlen*.

Ich lerne, damit fertigzuwerden. Ich habe es gelernt.

Tally wird es ebenfalls lernen.

Ich schlucke. »Vielleicht hast du recht. Vielleicht könnte ich mit meinen Erfahrungen wirklich etwas Gutes weitergeben.«

Es ist nicht die schlimmste Lüge meines Lebens. Vielleicht steckt sogar ein wenig Wahrheit darin.

Aber Todd beobachtet mich noch immer so, als halte er Ausschau nach Rissen in meiner Fassade. Ich wahre einen gleichmütigen Gesichtsausdruck und zucke mit den Achseln. »Immerhin weiß ich, wie sich die Wayes fühlen.«

13

Für meine Schwester täte ich alles.

– Tagebuch von Tessa Waye, Seite 23

Gewöhnlich öffnet bei den Wayes die Haushälterin Brandy die Tür für Besucher, aber diesmal nimmt uns Mrs Waye selbst in Empfang. Sie öffnet die Tür ganz weit, und für einen Moment fühle ich mich wieder wie die Elfjährige, die mit Tessa spielen möchte.

Ich habe vergessen, wie hübsch ihre Mutter ist und dass Mrs Waye weinen kann, ohne ihr Make-up zu verschmieren.

Das Begrüßungslächeln wirkt ein bisschen spröde.

»Hallo, Becky!« Todd umarmt sie kurz. »Wie kommst du zurecht?«

Mrs Waye lässt ihn nicht los. »Ich bin so froh, dass du hier bist.«

»Ich bin froh, dass wir kommen konnten.« Todd wendet sich mir zu, und Mrs Waye sieht mich kurz an. Aber ihr Blick verharrt nicht bei mir, sondern kehrt sofort zu Todd zurück.

Hat sie mich erkannt? Vielleicht nicht. Vor fünf Jahren, als Tessa und ich Kissenburgen bauten, war mein Haar kurz und nicht lang wie jetzt. Ich trug dunkle Kleidung, keine helle. Brens Umstyling stand mir erst noch bevor. Ich habe meine neuen Sachen für auffällig gehalten, aber vielleicht tarnen sie mich stattdessen.

Oder ich bin Mrs Waye völlig gleichgültig.

Wir sind kaum weg von ihr, als Todd auch schon von einer anderen Mutter zur Seite gezogen wird. Ich bleibe allein stehen und sehe Jungen und Mädchen aus meiner Schule, die ich nicht gut genug kenne, um mit ihnen zu reden. Wie seltsam. Auf dem Weg hierher war ich supernervös, doch jetzt fühle ich mich nur noch ... fehl am Platz.

Und ich bin schrecklich traurig, als ich die überall im Haus verteilten Fotos von Tessa sehe. Die meisten von ihnen scheinen in der Kirche aufgenommen worden zu sein, in der Todd unterrichtet. Tessas erste Kommunion ... Tessa bei einem Kunstprojekt zusammen mit kleineren Kindern ... eine für die Kamera lächelnde Tessa.

Ich versuche in Bewegung zu bleiben, aber das ganze Haus ist übervoll. Bei den vielen Leuten und dem überall fast greifbaren Kummer habe ich das Gefühl zu ersticken. Tally ist nirgends zu sehen, und es käme mir seltsam vor, irgendwelche fremden Leute nach ihr zu fragen. Schließlich gebe ich auf und kehre zu Todd zurück, als mir ein Mädchen auffällt. Das Tagebuch unter meinem Shirt wird plötzlich schwer.

Tessas kleinere Schwester Tally sieht mich an. Ihre Augen wirken ein wenig glasig und ihr Gesicht ist verkniffen. Alle anderen reden und weinen, aber Tally steht reglos da und starrt mich an, als sei ich die einzige Person, auf die es ankommt.

Als halte sie mich für eine Heldin.

* * *

Tessas Schwester sitzt auf einer dick gepolsterten Couch, zwischen zwei ebenso gut gepolsterten Frauen. Wenn ich raten müsste ... Ich schätze, es sind Tanten von ihr. Und so wie sie über ihren Kopf hinweg weinen, sind es vermutlich egozentrische Tanten.

Eine von ihnen zupft immer wieder an Tallys Arm, während sie schluchzt, und die andere greift mehrmals über sie hinweg. Ja, egozentrisch, selbstbezogen. So viel Beachtung, wie sie dem Mädchen zwischen ihnen schenken ... Es hätte genauso gut ein Plüschtier sein können.

Sie sieht aus, als teile sie meine Meinung. Als sich unsere Blicke treffen, verzieht sie den Mund, und ich weiß nicht, ob sie ein Lächeln unterdrückt oder einen Schrei.

Sie rutscht von der Couch und nähert sich einer Treppe links von mir. Ich folge ihr und rechne schon damit, dass mich jemand aufhalten will, doch niemand stellt sich mir in den Weg.

Das Elternschlafzimmer im Obergeschoss befindet sich auf der linken Seite. Die Tür steht halb offen und ich sehe dunkle Möbel und helle Wände. Alles ist makellos, wie auch im Rest des Hauses, und aus irgendeinem Grund denke ich daran, wie gern Tessa kritzelte und zeichnete.

Sie hätte nicht zu diesen Eltern gepasst. Sie hätte sich immer beherrschen müssen, um nirgends anzuecken. Und plötzlich tut es mir um Tessa noch mehr leid.

Ich gehe weiter, vorbei an einer geschlossenen Tür nach der anderen, bis ich das Ende des Flurs erreiche. Als ich dort um die Ecke sehe, sitzt Tally auf der blümchengemusterten Bettdecke und starrt zu Boden. Sie bewegt sich nicht. Ich betrachte sie und könnte den Eindruck gewinnen, dass sie mich gar nicht bemerkt.

Aber ich weiß, dass sie meine Anwesenheit wahrnimmt, denn sie ballt die Hände zu Fäusten.

»Tally?« Ich betrete das Zimmer und schiebe die Tür langsam hinter mir zu. Das Schluchzen und Weinen im Erdgeschoss ist immer noch zu hören. Es dringt durch den Boden.

»Du bist gekommen«, haucht Tally. Sie klingt ... dankbar und mir wird die Kehle eng. Wie kann ich sie enttäuschen?

»Ja. Es tut mir leid, Tally. Das sagen dir alle, ich weiß, aber ich ...«

»Schon gut. Du bist gekommen. Du wirst alles in Ordnung bringen.«

»Ich ... ich glaube, da gibt es ein Missverständnis.«

Tally wendet den Kopf ein wenig zur Seite und scheint zu glauben, dass sie mich falsch verstanden hat.

Ich nehme das Tagebuch und schüttele es kurz. »Ich gebe es dir zurück.«

Für zwei oder drei Sekunden bleibt es still, dann durchbohrt mich Tallys Blick. »Nein.« Sie hat Tessas schmale, blasse Lippen. Der Mund wirkt fast wie eine Narbe in ihrem Gesicht. »Ich nehme es nicht zurück, weil du es brauchst. Für deine Arbeit.«

»Ich weiß nicht, wovon du redest.«

Tally gibt ein seltsames Geräusch von sich, ein unterdrücktes Würgen, als wären meine Worte ein Knochen, der ihr in der Kehle steckt. »Du lügst. Ich weiß von deiner Arbeit. Du wirst dafür bezahlt, die Wahrheit herauszufinden.«

In meinem Innern öffnet sich ein großes Loch und ich drohe hineinzustürzen. »Woher weißt du das?«

»Lily hat es mir erzählt.«

Meine Schwester? Ich wusste nicht einmal, dass Lily und

Tally befreundet sind. Und selbst wenn das der Fall ist: Wie hätte Lily mich verraten können?

»Einmal hat Tessa geweint, als Lily kam und mich abholen wollte. Ich hatte Angst zu fragen, was mit ihr los sei, aber Lily nicht. Ein Problem mit ihrem Freund, sagte Tessa. Und Lily meinte, du könntest das in Ordnung bringen. Sie sagte, du hilfst vielen Frauen, ihre Probleme zu lösen.«

Ich starre Tally an und versuche, ihre Worte so zu ordnen, dass sie für mich einen Sinn ergeben. Die Probleme ihrer Schwester lösen? Ihre Schwester finden? Tessa ist tot. Sie hat sich umgebracht. So etwas lässt sich nicht in Ordnung bringen.

Ich will mich schon abwenden, als mir klar wird, dass es so nicht funktioniert. Mit dem Verstand ist einer solchen Sache nicht beizukommen, das weiß ich am besten. Man kann selbst dann noch hoffen, wenn alles kaputt und verloren ist.

»Ich kann nichts tun, Tally.«

»Doch, du kannst.« Ihre Augen werden groß und wieder glasig. Sie ist den Tränen ganz nahe und plötzlich ist mir ebenfalls nach Weinen zumute. »Wir können Tessa nicht mehr retten, aber wir können den Mann bestrafen, der sie vergewaltigt hat.«

Der sie vergewaltigt hat. Die Worte klingen unbeholfen und gleichzeitig geübt. »Was soll das heißen?«

Tally schluckt. »Ich rede von dem Mann, der sie in den Tod getrieben hat. Sie wollte ihn, weil sie sich bei ihm schön und vollkommen fühlte. Sie wollte ihn, und mein Vater sagt, solche Mädchen haben es nicht anders verdient. Aber Tessa hat so etwas nicht verdient ...« Tally unterbricht sich, schüttelt den Kopf und sieht mich an. »Das Wichtigste weißt du noch nicht.«

»Ich weiß schon genug.«

»Da irrst du dich.« Tally greift unters Kissen und holt eine Handvoll zerrissener Blätter hervor.

Es sind die Seiten, die im Tagebuch fehlen. Tally streckt sie mir entgegen, und ich nehme sie, bevor mir klar wird, was ich tue.

»Diese Einträge hast du noch nicht gelesen. Es geht um Lily. Er will sie. Sie ist als Nächste an der Reihe.«

14

Er ist fertig mit mir. Ich sollte entsetzt sein, aber in Wirklichkeit bin ich nur erleichtert.

– Tagebuch von Tessa Waye, Seite 84

»Du lügst.«

»Nein, ich lüge nicht.« Tally betrachtet meine Hände. Sie sieht, wie sich meine Finger krümmen. »Dort steht ihr Name.«

Lily. Ich sage nichts. Ich bringe keinen Ton hervor. Ich kann es einfach nicht fassen.

Tally nickt wie jemand, der versteht. »Seite dreiundsechzig. Da erwähnt Tess Lily zum ersten Mal. Möchtest du wissen, warum ihr Name dort steht?«

Unsere Blicke treffen sich erneut, und plötzlich fällt mir auf, wie sonderbar Tallys Augen wirken, wie leer und ... vertraut. Sie sieht aus wie eins der Junkiemädchen meines Vaters, wie jene, die vier Tage high war und dann so tief abstürzte, dass sie sich mit Benzin übergoss und anzündete.

»Tessa hat in ihrem Tagebuch über Lily geschrieben, weil er Lily schön fand.«

Schön. Ein wundervolles Wort, doch diesmal versetzt es

mir einen Schlag. Tally erwartet eine Reaktion von mir, eine Antwort.

Doch ich schweige. Nein, das stimmt nicht ganz. In meinem Innern schreie ich, aber ringsum bleibt alles still.

Draußen schaffe ich es nur, »Was?« zu fragen.

Tally beugt sich vor und rutscht etwas näher zum Rand der Matratze. Ihre Füße erreichen den Boden, und ich weiche einen Schritt zurück. Es sieht aus, als wolle sie aufstehen, doch dann bohrt sie die Hände tief in die Bettdecke.

Mir wird klar: Sie will nicht aufstehen. Sie hält sich zurück.

»Zum zweiten Mal erwähnt Tessa deine Schwester, als er entschied, Lily sei die Richtige. Ich schätze, damit meinte sie ›die Nächste‹, denn willst du wissen, was er beim dritten Mal sagte?«

Nein! Ich trete einen weiteren Schritt zurück. »Ja!«

»Tessa schrieb über Lily in ihrem Tagebuch, weil er wollte, dass sie ihm hilft.« Zum ersten Mal höre ich ein Zittern in Tallys Stimme. Sie ringt nach Luft, hält den Atem an und lächelt. »Komisch, nicht wahr? Dass Tessa mehrmals den Namen deiner Schwester nannte, aber nie seinen Namen, kein einziges Mal, nicht einmal als er sie zu seiner ... Komplizin machen wollte. Ich habe ›Finde mich‹ geschrieben und dachte, du bist eher dazu bereit, wenn es von Tessa kommt. Du hättest denken sollen, dass es um ihre Rettung geht, aber jetzt ... Jetzt solltest du besser Lily retten.«

Meine Schultern drücken sich gegen die Wand, und ich habe noch immer das Gefühl, nicht weit genug von Tally entfernt zu sein. »Von welchem Typen redest du? Demselben wie zu Anfang? Hast du keine Ahnung, wer er ist?«

»Vor ihrem Tod wusste ich gar nichts von dieser Sache,

und ich habe noch immer keinen Hinweis darauf, wer es sein könnte.« Tallys Hände schließen sich so fest um die Decke, dass die Unterarme zittern, doch ihr Gesicht bleibt seltsam ruhig. Sie lächelt noch immer. Ein Beobachter könnte vermuten, dass wir uns großartig amüsieren. »Aber ich wette, du findest es heraus.«

Tallys Lächeln erstarrt. Die Mundwinkel kriechen aufeinander zu, bis die Lippen wie verknotet erscheinen. »Sieh's ein – du musst es herausfinden, wenn du Lily retten willst.«

»Du solltest zur Polizei gehen.«

»Damit die Polizisten sehen, für wie großartig Tessa ihn anfangs hielt?« Tally holt so tief Luft, als drohe sie zu ersticken. »Damit sie sehen, wie sehr meine Schwester ihn wollte, bevor es geschah? Damit sie lesen, was er ihr alles ins Ohr flüsterte, um ihr Vertrauen zu gewinnen? Sie könnten Tessa mit anderen Augen sehen. Sie könnten ebenso wie mein Vater denken, dass sie es nicht anders verdient hat. Und welchen Sinn hätte es überhaupt? Tessa hat mir alles über deine Mutter erzählt. Dass sie von deinem Vater geschlagen wurde, dass die Polizei ihr nicht helfen konnte ... Nun findet sie nicht mal deinen Dad.«

Spricht Tally noch immer über mich? Meine Hände schließen sich fester um die herausgerissenen Seiten des Tagebuchs. Ich werde es nie erfahren. Vielleicht hat nicht nur sie zugelassen, dass unsere Freundschaft zu Ende ging. Vielleicht bin auch ich schuld. Vielleicht hätte ich mir mehr Mühe geben sollen.

»Wenn du hilfst, könnte alles ganz anders ausgehen«, sagt Tally.

»Glaubst du das wirklich?«

»Selbst wenn die Polizei das Tagebuch hätte ... Es würde

nichts nutzen. Meine Mutter wäre verletzt und mein Vater zornig.« Tally schenkt mir ein wissendes, bitteres Lächeln. »Du weißt, wie mein Dad ist. Du erinnerst dich bestimmt. Wenn er dahinterkommt, bin ich so gut wie erledigt. Damit käme ich nie durch. Tessa ist tot, aber ich lebe noch. Wenn mein Vater erfährt, was Tessa getan hat ... Dann wäre ich am liebsten auch tot.«

»Wicket?«

Wir zucken beide zusammen. Es ist Todd – er hat von der Treppe her gerufen. Wilde Freude steigt in mir auf, und voller Dankbarkeit renne ich zur Tür, dicht gefolgt von Tally. Es fühlt sich an, als liefe Lily hinter mir her. Vielleicht sind alle kleineren Schwestern so. Vielleicht liegt es daran, dass sie daran gewöhnt sind, sich von ihren größeren Schwestern den Weg weisen zu lassen.

Aber Tally hat keine große Schwester mehr.

Unten hat sich nichts verändert. Die Tanten weinen noch immer. Mrs Waye wirkt noch immer äußerst angespannt. Todd sieht noch immer wie Barbies Ken aus.

Ich habe Angst.

Und weil ich Angst habe, kann ich die Sache niemandem anvertrauen als mir selbst.

»Hast du was dagegen, beim Wagen zu warten?« Todds Gesicht ist steinern, als er sich zu mir umwendet. Ich bleibe erschrocken stehen und mustere ihn. Irgendetwas stimmt nicht. Etwas scheint die Geräusche im Zimmer zu dämpfen. Alle scheinen den Atem anzuhalten.

»Ich habe Jenna nicht erzählt, was dich so aufgeregt hat, Jim.« Mrs Waye, die hinter Todd steht, vergießt wieder Tränen. Sie drückt sich ein Papiertaschentuch auf die Augen, und als sie es sinken lässt, hat die Wimperntusche dunkle

Flecken darauf hinterlassen. »Ich hätte nicht gedacht, dass sie allen davon berichtet.«

»Genau, du hast nicht gedacht.« Es ist eine tiefe, gehässige Stimme, und sie klingt vertraut. Langsam drehe ich mich zu Jim Waye um, aber er ist nicht mehr der Mann, an den ich mich erinnere. Sein Hemd ist fleckig und verschwitzt, das Haar zerzaust. Alle anderen scheinen drauf und dran, aus den Fugen zu geraten. Bei Jim Waye ist es bereits geschehen.

»Sie hatte ein Recht darauf, es zu erfahren«, sagt Mrs Waye. Ihre Stimme wird schriller. »Ich habe mit Jenna gesprochen, weil sie Tessa liebte, wie wir alle. Es war richtig, der Freundin meiner Tochter gegenüber ehrlich zu sein.«

Mr Waye zittert, und für einen Moment rechne ich damit, dass er seine Frau schlägt. Aber dann hat Todd ihn am Hemd gepackt.

»Das reicht, Jim.«

»Das reicht?« Mr Waye ballt die Fäuste. »Ich zeige dir, was reicht. Was zum Teufel suchst du hier, nachdem du mich bei der Polizei angeschwärzt hast?«

Todd sieht mich an. »Bitte geh nach draußen! Ich komme gleich nach.«

Als ob ich auch nur eine Nanosekunde länger in Mr Wayes Nähe bleiben wollte. Ich fahre herum und Tally folgt mir durch die Tür nach draußen. Wir haben kaum die Stufen erreicht, als ich eine tiefliegende Limousine auf der anderen Straßenseite sehe. In mir krampft sich etwas zusammen, noch bevor der Verstand begreift, dass es sich um Carsons Wagen handelt. Er ist zu weit entfernt, um den Mann am Steuer genau zu erkennen, aber ich glaube, er nickt mir zu.

»Warum ist er hier?«

»Er kommt manchmal vorbei.« Tally hat die Hände auf dem

Rücken verschränkt, scheint aber trotzdem bereit zu sein, jederzeit loszulaufen. »Er kam oft, bevor Tessa ... starb. Aber jedes Mal, wenn ich meine Mutter darauf hinwies, war er weg, wenn sie das Haus verließ.«

Mein Innerstes macht einen Sprung. »Ach ja?«

»Ja.« Tally presst kurz die Lippen zusammen. »Glaubst du, ihm liegt etwas an uns? Ich glaube das nicht. Keine Polizei, Wick!«

Ich falte die Tagebuchseiten zusammen und stecke sie ein. »Dir ist doch klar, dass ich vielleicht gar nichts finde, oder?«

»Ich weiß.« Tally starrt an mir vorbei zur Limousine hinüber und beobachtet den Beobachter. »Aber um Lily zu retten, solltest du besser etwas finden.«

15

Manchmal bricht er in Tränen aus. Er meint, es hätte nie geschehen dürfen. Er hat Angst, alles zu verlieren, wenn jemand dahinterkommt.

– Tagebuch von Tessa Waye, Seite 21

Zuerst höre ich das Geschrei. Es sind laute, empörte Stimmen, eindeutig die von Männern. Fluchend fordert Mr Waye meinen Pflegevater Todd auf, das Haus zu verlassen. Mrs Waye fleht die Streithähne an, endlich aufzuhören. Etwas kracht und zerbricht.

Es folgen Geräusche, bei denen ich mir Fäuste vorstelle, die auf lebendige Körper treffen.

Neben mir zuckt Tally zusammen. Nun gut, wenn ich ehrlich bin: Wir zucken beide zusammen. Jemand ist gerade geschlagen worden und alles in mir drängt zur Flucht.

Aber es ist Todd, der die Haustür aufreißt.

»Denk dran!«, sagt Tally.

Als wenn ich diesen ganzen Mist vergessen könnte. Ich folge Todd zu seinem Range Rover, und als ich zurückblicke, ist Tally verschwunden.

Todd fährt los und an Carsons Wagen vorbei, als wäre er überhaupt nicht vorhanden. Für Leute wie Bren und Todd ist Carson wahrscheinlich Luft.

Ich beobachte Todd aus den Augenwinkeln. Er atmet flach und die ums Lenkrad geschlossene Hand schwillt an.

»Lernt man in der Therapie auch, wie man zuschlägt?«

Todd betrachtet seine rechte Hand und schiebt sie unters Bein. »Nicht unbedingt.«

»Aber du hast trotzdem zugeschlagen.«

Todd wirft mir einen Blick zu und etwas Wortloses liegt wie ein Schatten in seinen Augen. Er versucht, eine Entscheidung zu treffen, und schließlich trifft er sie. »Ich hab's getan, weil er es wieder auf Becky abgesehen hatte. Jim ist ausgerastet, weil seine Frau Jenna von der Sache erzählt hat, ohne ihn vorher zu fragen. Der Verlust seiner Tochter ist natürlich schmerzlich für ihn, aber er leidet noch mehr darunter, wie er nach ihrem Tod dasteht. Ich habe ihn geschlagen, weil ... es getan werden musste.«

Ich nicke. Das kann ich gut verstehen, obwohl ich nicht gedacht hätte, dass auch Todd es versteht. Er hat getan, was getan werden musste, und das gilt auch für mich. Ich werde nicht zulassen, dass Tessas Stalker meine Schwester anrührt.

»Jim Waye schikaniert seine Familie – seine Töchter – schon seit Jahren«, fügt Todd hinzu. »Tessa hatte Angst vor ihm.«

Solche Angst, dass sie in den Tod sprang?

Wir erreichen eine auf Rot stehende Ampel, und Todd nutzt die Gelegenheit, sich seine Hand anzusehen. »Ich weiß, dass Tessa Angst hatte. Vielleicht hätte ich sie retten können.«

Ich blicke aus dem Fenster. Todds Reaktion ist verständlich. Jeder denkt so etwas nach einem Selbstmord. Mit Zweifeln und Schuldgefühlen kenne ich mich bestens aus, glaubt mir. Ich bedaure, dass Tally und Mrs Waye so etwas durchmachen müssen. Und es tut mir auch leid für Todd. Die Schuldgefühle scheinen ihn innerlich zu zerfressen. Er sieht aus, als könne er gleich losheulen.

Hoffentlich bleibt mir das erspart. Lieber Himmel, ich hoffe wirklich, er fängt nicht an zu weinen! Ich hätte keine Ahnung, was ich sagen und tun soll. Menschen sind nicht wie Computer. Man kann sie nicht reparieren. Sie sind viel zu kompliziert.

»He, Wicket, was hältst du davon, wenn die Sache unter uns bleibt?«

Die Frage schießt wie geölt aus ihm hervor. Er ist dabei so ernst, dass er mich überrascht und sogar schockiert, und dann ... fühle ich mich gut. Bren ginge an die Decke, wenn sie davon erführe, und Todd vertraut darauf, dass ich nichts verrate. Er vertraut mir, der jugendlichen Straftäterin, der sonst niemand traut.

»Klar«, sage ich und klinge verblüffend ruhig für ein Mädchen, dessen Herz gerade einen Riesensprung getan hat. Wenn er mir vertraut, kann ich vielleicht auch ihm vertrauen und vom Tagebuch erzählen.

Aber ich bringe es nicht fertig.

Ich lasse das Fenster herunter und halte die Hand in den Fahrtwind. Dies ist genug. Ich sage ihm nichts, und vielleicht muss ich das auch gar nicht. Vielleicht genügt es zu wissen, dass nicht nur ich Geheimnisse habe.

Als wir zu Hause eintreffen, hat Bren das Abendessen fertig. Kaum sind wir durch die Tür, rieche ich den Duft von warmen Tomaten und gehacktem Knoblauch.

»Bren macht Spaghetti.« Lily kommt uns im Flur entgegen und klingt fast ehrfürchtig. Ich kann es ihr kaum verdenken – der Geruch ist köstlich. Unsere letzten Spaghetti waren in der Mikrowelle erhitzte Nudeln mit Ketchup als Soße. Unser Vater meinte, es laufe im Grunde genommen aufs Gleiche hinaus, aber das stimmt nicht.

Ganz und gar nicht.

»Sie hat die Soße schon zweimal weggeschüttet, weil sie ihr misslungen war«, sagte Lily.

Ich habe keine Ahnung, wie so etwas möglich sein sollte. Bren ist die beste Köchin, die ich kenne, und sie schreibt jedes Rezept in allen Einzelheiten auf, damit nichts schiefgehen kann. Todd hat einmal erzählt, dass sie bei geschäftlichen Verträgen mit derselben Methodik vorgeht.

»Hallo, Schatz!« Bren schiebt das Knoblauchbrot zurecht, damit es nicht an die heißen Ränder des Topfs stößt. »Wie geht es dir?«

»Wie wohl?« Todd rauscht durch die Küche und wirft die Tür seines Arbeitszimmers hinter sich zu. Für einige Sekunden sind wir alle still. Dann wendet sich Bren mit einem strahlenden Lächeln um.

Allerdings ist das Lächeln ein bisschen zu langsam – ich erkenne, dass sie verletzt ist.

Oder ich bemerke es, weil ich in diesem Moment besonders sensibel bin. Ich sehe, dass sie enttäuscht ist, weil Todd sich ihr nicht anvertraut. Die Enttäuschung erinnert mich an meine Mutter.

Bren tut mir plötzlich schrecklich leid.

»Es duftet wirklich großartig, Bren«, sage ich, und sie belohnt mich dafür mit einem weiteren übertriebenen Lächeln. Ich fühle mich dadurch nicht wirklich besser, bin aber ein wenig erleichtert, als sei ... eine Krise abgewendet. Obwohl Bren eigentlich nicht so ist.

Ich möchte es nicht sagen, aber hier ist der Gedanke in Worte gefasst: Bren ist nicht wie unsere Mutter.

Wenn du einen depressiven Elternteil hast, wirst du praktisch gezwungen, alles irgendwie durch die psychologische Brille zu sehen. Du weißt nicht, was ihn zornig oder noch trauriger macht. Du weißt es einfach nicht, Punkt. Aber du solltest auf alles vorbereitet sein, weil du die Folgen zu spüren bekommst. Mein Vater machte es schlimmer – er bekam einen Kick davon.

»Es duftet großartig, weil es großartig schmecken wird.« Lily sitzt bereits am Küchentisch, die Gabel in der Hand. »Wasch dich, Wick!«

Ich sollte Nein sagen, aber ich habe Hunger, sogar richtigen Heißhunger. Nachdem ich mir die Hände mit der Vanilleseife gewaschen habe, durch die Bren immer nach Keksen riecht, setze ich mich zu Lily an den Tisch und beobachte, wie Bren der Soße Würstchen hinzufügt.

»Ich bin heute der Mutter deines Schulfreunds begegnet«, sagt sie nach einem Moment.

Lauren meint sie offenbar nicht. Bren reicht mir meinen Teller, und ich sehe mir die Größe ihrer Pupillen an. Sie sind normal, aber Bren redet wie nach einer hohen Dosis Windex. Interessant – hauptsächlich deshalb, weil ich keine Schulfreunde habe. Ich habe Lauren, und Bren kennt Laurens Mutter.

Könnte sie Griffs Mutter meinen? Hoffentlich nicht. Eigentlich kann ich Griff nicht *Schulfreund* nennen, zumindest nicht im engeren Sinn. »Sie war richtig nett.« Sie gibt Lily einen Teller, der für eine ganze Football-Mannschaft reichen würde, und sieht mich an. »Wick, mein Schatz, bitte sitz gerade! Die Haltung verrät, wie du dich fühlst.«

Pflichtbewusst straffe ich Schultern und Rücken und Bren lächelt zufrieden. »Jedenfalls sagte sie, du hättest Physik mit ihrem Ronald.«

Mir stockt der Atem. Auf der anderen Seite des Tischs versteift sich Lily.

»Ronald?« Ich lasse die Gabel sinken und konzentriere mich darauf, nicht zu zittern. »Bist du sicher, dass sie ›Ronald‹ gesagt hat?«

Bren behält das Knoblauchbrot im Auge, wendet jedoch den Kopf, als sie meine Frage hört. »Natürlich bin ich sicher. Warum? Was ist los?«

Was los ist? Ich bin kurz davor, die Fassung zu verlieren. Bleib cool, Wicket! Reiß dich zusammen!

Ich verziehe den Mund und versuche, nachdenklich auszusehen. »Oh, Ronald. Er sitzt einige Reihen von mir entfernt.«

»Du kennst ihn also.« Die Muskeln in Brens Hals entspannen sich.

»Ja, ich hatte nur seinen richtigen Namen vergessen.« Ich stochere in den Spaghetti herum. Mein Heißhunger hat sich in Luft aufgelöst. Wenn es so weitergeht, esse ich nie wieder was. »Wir nennen ihn Ron.«

Wir nennen ihn auch Joe und er ist der beste Freund meines Vaters. Lily und ich sollten eine solche Nachricht erwarten. Es läuft folgendermaßen ab: Joe schickt seine Freundin – obwohl *Freundin* es nicht ganz trifft. Die *derzeit Angesagte* sollte es wohl heißen. Wie dem auch sei, Joes Freundin soll mit uns Kontakt aufnehmen und sich dabei als Ronald Whites Mutter vorstellen. Sie würde sich an Bren wenden und sie bitten, uns zu grüßen. Bren würde glauben, mit einer netten Peachtree-City-Mama zu reden statt mit einer Drogensüchtigen, und den Gruß an uns weitergeben.

Und ich wüsste, dass mein Vater zurück ist und dass ich zu Joe kommen soll.

Ich starre auf meinen Teller und höre, wie mir das Blut in den Ohren rauscht. Mein Vater ist wieder da. Er ist zurück und er will auch uns zurückhaben.

16

Ich fühle ihn selbst dann, wenn er nicht da ist.

– Tagebuch von Tessa Waye, Seite 19

»Wir haben eine halbe Stunde miteinander geplaudert«, fährt Bren fort und unterbricht sich kurz, um die Spaghettisoße zu kosten. »Seltsam nur, dass wir uns nie bei den Elternversammlungen begegnet sind.«

Himmel, sie waren ihr nahe genug, um ihr etwas anzutun. Bren hätte zu Schaden kommen können. Diese Vorstellung beschert mir weiteres Unbehagen.

»Lily?« Bren bemerkt, dass meine Schwester ihren Teller beiseitegeschoben hat. »Hast du keinen Hunger mehr? Schmeckt es dir nicht?«

»Doch, aber ich habe nicht so viel Hunger, wie ich dachte.« Lilys Stimme klingt einigermaßen gefestigt, aber ihr Gesicht ist verkniffen, als halte sie nur mit Mühe Tränen zurück. Ihr Lügen braucht erhebliche Nachbesserung.

»Hast du was dagegen, wenn ich damit nach oben gehe, Bren?« Ich deute auf meine Spaghetti und weiß, dass ich mir eine ganze Menge herausnehme, aber ich weiß auch, dass ich wahrscheinlich damit durchkomme. Bren möchte nicht, dass wir »wie Zigeuner essen«, wie sie es nennt, aber Dr. Norcut hat ihr gesagt, dass Lily und ich aufgrund unserer Erlebnisse Essstörungen bekommen könnten. Deshalb lässt sie uns einen gewissen Freiraum, wenn wir nicht am Küchentisch sitzen wollen.

In Brens Augenwinkeln bilden sich Enttäuschungsfalten, aber sie nickt. »In Ordnung. Aber denk daran, später den Teller herunterzubringen.«

Wir gehen auf mein Zimmer, wo ich die beiden Teller auf den Computertisch stelle. Lily schließt die Tür, und eine Zeit lang schweigen wir.

»Willst du gehen?«, fragt meine Schwester schließlich.

»Natürlich nicht.«

»Und wenn er wütend wird?«

Ja, was dann? Ich schüttele den Kopf. Tu so, als wäre es keine große Sache, als würdest du nicht bei jedem Schatten zusammenzucken, der er sein könnte. »Und? Er kann uns nichts anhaben. Mach dir keine Sorgen!«

Lily schneidet eine Grimasse und sieht mich an, als hätte ich gerade behauptet, der Himmel sei grün. »Aber ... wir müssen gehen. Dad hat es gesagt.«

Ich drücke ihr den Teller in die schlaffen Hände. Lily muss etwas essen. »Wir müssen ihm nicht mehr gehorchen.«

»Weiß er das?«

Ich konzentriere mich darauf, den Computer hochzufahren, aber dabei höre ich alle Fragen, die Lily nicht stellt, wie zum Beispiel: *Wem willst du etwas vormachen?* Oder: *Weißt du nicht mehr, wie Dad war?* Und vor allem: *Was, wenn er herkommt?*

Ein unerträglicher Gedanke.

Wir haben viel zu verlieren. Vielleicht muss ich wirklich gehen. Wenn Joe weiß, wer Bren ist, dann weiß er bestimmt auch, wo wir wohnen. Und wenn er auf der Suche nach uns hierherkäme ... Meine Hände schließen sich fest um die Armlehnen des Rollsessels.

Nein, das darf nicht passieren. Er darf nicht kommen. Wir können nicht riskieren, dass Bren es mit der Angst zu tun bekommt. Es wäre eine Katastrophe. Wir müssten erneut umziehen, zu einer anderen Pflegefamilie. Bei Bren und Todd sind wir sicherer. Lily ist bei Bren und Todd sicher.

Was bedeutet, dass ich gehen muss.

Ich kann nicht darüber nachdenken. Wenn ich das tue, zerspringt mir der Kopf. Ich muss mich auf Tally und Lily konzentrieren und darauf, wie ich meine Schwester schützen kann, denn tief in mir wohnt die Gewissheit – ich bin die größte Chance, die sie hat.

Wisst ihr, Erwachsene vermurksen die Dinge häufig, sobald sie sie zu reparieren versuchen. Nein, das stimmt nicht ganz. Es müsste heißen: Sie vermurksen die Dinge *vor allem dann*, wenn sie sie in Ordnung zu bringen versuchen. Man denke nur daran, wie die Leute versucht haben, uns vor unserem Vater zu retten und meiner Mutter zu helfen. Fehlschläge und Versagen, so weit der Blick reicht.

Ich schätze, eigentlich ist es gar nicht die Schuld der Erwachsenen. Es liegt daran, dass sie an Regeln gebunden sind.

Das bin ich nicht.

Ich schaffe mir meine eigenen Regeln. Ich bestimme selbst. Ich beherrsche die Welt. Ich finde den Burschen.

Mein Blick schweift zu Lily, die auf dem Boden meines Zimmers sitzt und liest. Sie hat mich verraten, aber sie wollte damit jemanden retten. Sie hält nichts von meinem Hacken, glaubt aber, dass ich helfen kann. Ich weiß nicht recht, was ich von so viel Zuversicht halten soll.

»Du hast Tally Waye von mir erzählt.«

Lily blickt auf. »Ja.«

»Es sollte ein Geheimnis sein, Lil. Welchen Teil von ›Sag niemandem was‹ hast du nicht verstanden?«

»Ich wollte dir Gelegenheit geben, einmal etwas Gutes zu tun.«

Einmal? Was soll das heißen, *einmal*? »Ich helfe Menschen.«

»Ja, aber wie viele von ihnen brauchen wirklich Hilfe? Tessa hatte einen Freund, der sie zum Weinen brachte.«

»Einen Freund? Hat sie dir jemals seinen Namen genannt?«

»Nein. Aber du solltest ihn finden und ihm klarmachen, was er getan hat.« Lily streicht sich eine Strähne ihres blonden Haars hinters Ohr. Es ist eine kleine Geste, eigentlich gar nicht der Rede wert, doch sie sieht dadurch so ... verletzlich aus.

Hat sie schon immer so ausgesehen?

Oder liegt es daran, was ich weiß?

Wie dem auch sei – ich muss etwas tun. Ich hole die Tagebuchseiten hervor und zwinge mich, sie zu lesen, aber ... es nutzt nichts. Der Text schüttet nur Gefühle aufs Papier. Ich will nicht lesen, auf welche Weise Tessa den Burschen wahrgenommen hat. Ich will auch nicht lesen, wie es zwischen ihnen gelaufen ist. Ich brauche konkrete Hinweise.

Zum Glück gibt es noch eine andere Möglichkeit. Ich bringe den Rollsessel näher zum Schreibtisch, schalte den Computer ein und hacke mich in Tessa Wayes E-Mail-Account.

17

Ich habe alles, was man sich wünschen kann. Ich sehe normal aus. Die Leute glauben, ich sei glücklich. Da stellt sich mir die Frage: Wie viele andere Mädchen tragen eine Maske?

– Tagebuch von Tessa Waye, Seite 51

Dreißig Minuten später bin ich drin.

Eigentlich wäre das Grund für einen kleinen Freudentanz. Ich habe den Dirty-Bird-Tanz aus dem Fernsehen gelernt, vom Football-Anschauen mit Joe. Den Funky Chicken verdanke ich Lauren. Aber diesmal?

Diesmal ist mir nicht nach Tanzen zumute. Diesmal bin ich einfach nur traurig.

Und superparanoid.

Diesmal kann ich mir nicht den kleinsten Fehler leisten. Es geht nicht nur um den Polizeiaspekt. Ich bin ziemlich sicher, dass ich den Schnüfflern mit der Dienstmarke ausweichen kann, selbst wenn sie alle Accounts überprüfen. Die Sache betrifft Tessas Familie. Lauren ist nicht die Einzige, die zu viel Therapie hinter sich hat. Ich weiß, womit ich es hier zu tun habe. Wahrscheinlich könnte ich es in Norcut-Sprache buchstabieren.

Der Selbstmord meiner Mutter liegt vier Jahre zurück, aber ich erinnere mich noch ganz deutlich an die Stunden und Tage danach. Als ich dachte, ich würde darüber hinwegkommen, was nicht stimmte. Als mir immer wieder der Gedanke durch den Kopf ging, dass ich es hätte kommen sehen und verhindern sollen.

Doch man kann so etwas nicht verhindern, wie Norcut immer wieder betont hat.

Wäre ich doch nur imstande, das zu glauben!

Sooft die Leute auch vorgeben, alles zu verstehen ... In Wirklichkeit haben sie keine Ahnung. Niemand weiß, was es bedeutet, zwischen der Vergangenheit und der Gegenwart zu hängen – zwischen dem, was man hatte und was man jetzt hat. Die neue Realität hockt oben auf dem alten Leben, aber du kannst dich einfach nicht an den Gedanken gewöhnen, dass du keine Mutter – oder keine Tochter – mehr hast. Es gelingt nicht, sosehr du dich auch bemühst.

Und wie solltest du ohne sie leben?

Hätten Tessas Eltern erfahren, dass sich jemand in Tessas Mail-Account eingeloggt hat ... Sie hätten sofort gedacht, dass ihre Tochter noch lebt und ihre E-Mails überprüft hat. Das ist gegen jede Vernunft, ja, aber ich hätte genauso reagiert. Ich hätte gehofft, bis die Realität die Hoffnung gepackt und zerrissen hätte.

Dann würde ich mich fragen, welche widerwärtige Person so etwas täte. Vielleicht jemand von der Presse oder ein gehässiger Klassenkamerad? Tessas Eltern würden sich Sorgen machen, Punkt. Und das möchte ich ihnen ersparen.

Deshalb bin ich besonders vorsichtig, als ich mir alles

ansehe: die gelöschten und gesendeten Mails, den ganzen archivierten Kram. Doch ich finde nichts, absolut gar nichts, womit sich etwas anfangen ließe. Wie ist das möglich?

Bestimmt hat Tessa mit dem Burschen in Kontakt gestanden. Ich muss nur herausfinden, wie dieser Kontakt aussah. Die Verbindungsaufzeichnungen von Handys sind meistens ein guter Anfang, und an solche Daten komme ich bestimmt leicht heran, sobald ich Zugang zum E-Mail-Account der Zielperson habe. Ich brauche nur auf den »Passwort vergessen?«-Link des Betreibers zu klicken, empfange die neuen provisorischen Zugangsdaten über den gehackten Mail-Account – und voilà, schon wäre ich drinnen.

Doch in diesem Fall funktioniert es nicht. Tessas Handy gehörte zum Familientarif der Wayes, und es würde mich zu viel Zeit kosten, nach der entsprechenden E-Mail-Adresse des Netzbetreibers zu suchen.

Ich reibe die Haut zwischen den Augen und fühle den Beginn der Kopfschmerzen, wahrscheinlich erste Entzugserscheinungen. Mir fehlen mindestens zwei Tassen zu meinem normalen Koffeinlevel. Ohne diese Dosis kann ich nicht klar genug denken.

Ich weiß nicht, wie lange ich auf den Monitor gestarrt habe, aber Lily schläft schon seit Stunden in meinem Bett. Vor einer Weile habe ich gehört, wie Bren und Todd einen Film eingelegt haben, aber auch dort ist es inzwischen still geworden.

Ich lasse die Fingerknöchel knacken und beschließe, die Sache anders anzupacken. Wenn das mit der E-Mail eine Sackgasse ist, muss ich es mit etwas anderem versuchen. Ich öffne ein neues Fenster und logge mich in Tessas Facebook-Account ein, was leicht genug ist: Sie hat dafür dasselbe Passwort verwendet wie für ihren Mail-Account. Dort lese ich alle geposteten Kommentare. In vielen ist die Rede davon, dass sie besser nicht aufgegeben und lieber ihre Freunde um Hilfe gebeten hätte. Immer wieder heißt es, wie sehr sie vermisst wird. Ich sollte nicht weiterlesen, aber aus irgendeinem Grund kann ich nicht anders.

Arme Tessa! So erinnert man sich an dich? Matthew Bradford schreibt, es tue ihm leid, dass sie es »nicht ausgehalten hat«. Jenna meint, sie sei »voller Angst« gewesen. So ein Unsinn. Tessas Sprung drückte mehr Mut aus, als alle ahnen.

Ich klicke auf den Freunde-Link und sehe mir die Namensliste an. Fast alle kenne ich von der Schule.

Footballspieler ... Footballspieler ... Griff. Hat Tessa ihn eingeladen, ihr Freund bei Facebook zu werden, oder ging die Initiative von ihm aus?

Es sollte eigentlich keine Rolle spielen, aber es spielt doch eine Rolle.

Ich scrolle weiter nach unten. Cheerleader ... Oh, meine Güte, Layla Howard! Sie hat praktisch keine soziale Kompetenz und noch weniger Gefühl für Mode – im Vergleich mit der armen Layla bin ich normal. Es gefällt mir, dass Tessa mit ihr befreundet war, wenn auch nur bei Facebook. Bestimmt hat sich Layla darüber sehr gefreut.

Dann bemerke ich den Namen unter Layla: Michael Starling. Nie gehört. Ich klicke darauf und gelange zu einer fast leeren Profilseite. Ganz oben stehen einige Informationen – Geburtstag und so weiter –, aber es gibt keine Postings und keine anderen Freunde außer Tessa, obwohl Michael behauptet, unsere Highschool zu besuchen.

Interessant. Ich klicke auf das eine Bild ganz oben, das daraufhin größer wird und einen gut aussehenden blonden Typen zeigt, achtzehn oder neunzehn Jahre alt. Der Name sagt mir noch immer nichts, aber der Bursche wirkt seltsam vertraut. Und ich habe den Eindruck, dass etwas nicht stimmt.

Etwas erscheint mir inszeniert, gestellt. Und dann fällt es mir ein. Den Typen kenne ich nicht, aber ich kenne das Bild, insbesondere das Hemd, das der Bursche trägt. Lauren hat es mir gezeigt, als sie ein Geburtstagsgeschenk für ihren Bruder bestellte und meine Meinung hören wollte. Ich öffne Google Images und suche nach Ralph-Lauren-Polohemden – da ist es. Das dritte von unten. Michael Starling benutzt ein Ralph-Lauren-Modell für sein Profilbild.

Komisch. Alle anderen Facebookfreunde von Tessa stammen von unserer Schule. Wenn Michael keine Freund-eines-Freundes-eines-Freundes-Ausnahme ist, hätte Tessa das Foto als ein Fake erkennen müssen. Also: Ist es ein Fake, weil Michael ein hundertfünfzig Kilo schwerer Stubenhocker ist und sich deshalb hinter einem attraktiv aussehenden Modell versteckt? Oder ist es ein Fake, weil Michael so auszusehen versuchte wie die anderen Freunde?

Manche Eltern kontrollieren die Facebook-Accounts ihrer Kinder, und ich nehme an, dass das bei Tessa auch der Fall war. Mit einigen oberflächlichen Informationen und dem Hinweis, dass Michael unsere Schule besucht, scheint er so weit in Ordnung zu sein. Wahrscheinlich wäre Tessas Eltern bei ihm überhaupt nichts aufgefallen. Könnte er der namenlose *Er* sein?

Vielleicht. Aber das alles ist noch nicht genug. Ich kehre zu den Postings zurück und scrolle weiter nach unten zu denen, die schon länger zurückliegen. Besonders viele sind es nicht, was mir seltsam erscheint, wenn ich bedenke, wie beliebt Tessa war. Fand sie Facebook blöd? Oder gibt es einen anderen Grund? Sie war recht wählerisch in Bezug auf ihre

Tagebucheintragungen. Vielleicht hielt sie es mit Facebook ebenso.

Ich klicke auf den Link für ältere Nachrichten und sehe mir die Postings von vor fast einem Jahr an. Interessanterweise war Tessa zu jener Zeit aktiver. Es gibt die üblichen Aufrufe an Freunde und Kommentare über Pläne fürs Wochenende, aber ich entdecke auch einen Link zu einem Artikel im *National Night Out*, und Tessa hat ihn »Noch ein Wochenende mit den ›Rents‹« genannt. Der Artikel selbst ist sehr oberflächlich: jede Menge Gerede über Beteiligung der Gemeinschaft und dergleichen, was mich nicht weiterbringt.

Doch dann sehe ich das Bild fast am Ende des Artikels. Darunter steht »Führende Kommunalpolitiker gegen das Verbrechen«. Es ist das übliche Gruppenbild: Alle haben Aufstellung bezogen und lächeln. Es überrascht mich ein wenig, Bren und Todd auf der rechten Seite zu sehen. Sie lächeln ebenfalls und wirken recht fröhlich. Todd legt großen Wert auf die Arbeit für das Gemeinwohl, und deshalb ist es nicht weiter verwunderlich, dass er auf dem Bild zu sehen ist. Weiter links sehe ich jemanden, den ich nicht kenne, und neben ihm steht Jim Waye.

Er befindet sich genau in der Mitte des Bildes, mit einem fernsehgerechten Strahlemannlächeln und den Arm um Tessas Schultern gelegt, die ein wenig steif wirkt und den Blick zur Seite gerichtet hat. Sie scheint jemanden zu beobachten.

Ich vergrößere das Bild mit einem Doppelklick. Tessas Blick gilt Carson. Der Detective – die Hände in den Hosentaschen, die Stirn gerunzelt – steht ganz links. Er scheint dem Fotografen überhaupt keine Beachtung zu schenken und sieht in Tessas Richtung. Zufall?

Davon wäre ich unter anderen Umständen vielleicht ausgegangen, doch ich erinnere mich an Tallys Hinweis darauf, dass Carson oft an ihrem Haus vorbeikam. Ich beuge mich zum Monitor vor und versuche, in Carsons Gesicht Einzelheiten zu erkennen.

Er scheint verärgert zu sein. Warum? Vielleicht geht ihm Jims Aufmerksamkeitsheischerei gegen den Strich. Oder er ist einfach nur müde. Oder er ist eifersüchtig, weil jemand Tessa berührt.

Der letzte Gedanke bleibt haften.

Aber wie bei Michael Starling handelt es sich um keine besonders verheißungsvolle Spur. Ich brauche mehr. Ich schließe das Bild und klicke mehrmals auf die Zurück-Schaltfläche des Browsers, bis ich wieder auf Tessas Facebookseite bin. Es gibt dort keine neuen Postings, und für einen langen Moment lese ich noch einmal Jennas Kommentar.

Vielleicht ist das der Grund, warum ich wieder das Tagebuch öffne – weil ich festhänge. Ich blättere und sage mir, dass dies nur ein weiterer Job ist. Obwohl ich mich bei jedem Wort frage, ob auch meine Mutter auf diese Weise empfunden hat. Oder schlimmer noch – ob Lily so reagieren wird, wenn *er* in ihre Nähe gerät.

Ich brauche weniger als eine Stunde, um fertig zu werden, und am Ende bin ich genauso schlau wie vorher. Es gibt keinen einzigen nützlichen Hinweis. Der Typ scheint älter zu sein: An einer Stelle schreibt Tessa, dass »er fürchtet, alles zu verlieren«, wenn jemand dahinterkommt, und das klingt nicht nach einem Schüler. Andererseits – sie begannen als Freunde, und dann wurde mehr daraus. Das wiederum deutet auf einen Klassenkameraden hin.

Tessa wollte ihn, aber nachdem sie miteinander geschlafen hatten, kam es zu einer langsamen Veränderung, und schließlich fürchtete sie sich vor ihm. Sie wollte die Beziehung beenden, und an dieser Stelle begann die Gewalt. Was Vergewaltigung bedeutet, wenn der Typ wirklich älter war. Und selbst wenn sie im gleichen Alter gewesen sind: Es wäre immer noch sexueller Missbrauch. Als sie Nein sagte, schlug er sie, und zwar dort, wo niemand die blauen Flecken sah.

Ich lehne mich zurück und strecke mich, bis mein Rückgrat knackt. Keine Ahnung, wie es weitergehen soll. Ich habe nichts in der Hand, nicht einmal die Andeutung einer Spur. Und ich weiß so gut wie nichts, abgesehen davon, dass die Zielperson eine besondere Art von Ungeheuer ist, ein Unhold, der seine Opfer vor aller Augen versteckt.

Ich brauche mehr Informationen, aber wie soll ich sie bekommen, wenn der Typ so gut verborgen ist? Wie kann ich ihn aus den Schatten locken?

Mit einem Köder.

Ich rücke wieder näher an den Computer heran und wecke ihn mit einigen Mausbewegungen aus dem Ruhezustand. Eigentlich hacke ich nie planlos, aber als meine Finger über die Tasten fliegen, kann von einem Plan keine Rede sein. Was ich schreibe, beruht nicht einmal auf einem guten Einfall. Es ist ein Schuss ins Blaue, um zu sehen, ob jemand zurückschießt.

Mit anderen Worten: Es ist wie beim Basketball ein letzter Wurf aus großer Entfernung, um das Spiel noch zu gewinnen, und ich hasse so etwas.

Ich klicke auf Tessas Facebook-Kommentarbox, schicke eine stumme Entschuldigung an die Adresse von Mrs Waye und stelle beide Füße fest auf den Boden, als verleihe mir das mehr Halt in der Realität. Dann schreibe ich:

Ich weiß, wer mich umgebracht hat.

18

Nachdem wir es getan hatten, bin ich gelaufen. Ich bin gelaufen und gelaufen und gelaufen. Bestimmt habe ich zwei Meilen zwischen uns gelegt, aber es spielte keine Rolle. So groß die Entfernung auch war, ich weinte unter einem Himmel, der die gleiche Farbe hatte wie seine Augen.

– Tagebuch von Tessa Waye, Seite 33

Joe wohnt im westlichen Teil von Peachtree City, in einem Viertel namens Wynnmeade, und bis eines Morgens die Bullen aufkreuzten, um meinen Vater zu verhaften, wohnten dort auch Lily und ich. Es ist eine merkwürdige Gegend. Wenn man fünf Minuten weiter in die Stadt hineinfährt, findet man mehrere Millionen Dollar teure Villen. Aber in Wynnmeade gibt es viele hispanische Familien mit neun oder zehn Personen pro Haushalt. Man kann dort Meth von einem der Dealer meines Vaters kaufen. Während andere Kinder Ferienlager besuchten, lernte ich zu hacken. Während andere Väter ihren Töchtern das Fußballspielen beibrachten, zeigte mir meiner, wie man betrügt. Ich glaube, die Zeitungen nannten das Viertel einmal »Schandfleck«, aber für Lily und mich war es immer unser Zuhause.

Ich habe die Verandatür fast erreicht, als sie sich öffnet. Joe Thompson, bester Freund meines Vaters und mein *Mentor*, schlendert über den welligen Boden der Veranda. Die Bretter knarren unter seinen Füßen. Joe war schon früher ein gewichtiger Bursche, aber seit unserer letzten Begegnung scheint er fünfundzwanzig Kilo zugelegt zu haben. Er sieht aus wie ein Wal, dem man eine menschliche Gestalt aufgezwungen hat.

»Na so was, wenn das nicht Wicket Tate höchstpersönlich ist!«

»Lass den Quatsch, Joe!« Ich stehe unten vor der Treppe und starre zu ihm hoch, mache auf cool und selbstsicher, obwohl ich ordentlich Muffensausen habe und vermutlich aussehe, als hätte man mich durchs Gebüsch geschleift. Fünf Meilen bei über dreißig Grad haben mir zugesetzt, aber es kam natürlich nicht infrage, meine Pflegeeltern zu bitten, mich hierherzufahren. »Was willst du?«

»Ich wollte feststellen, ob du kommst, wenn man dich ruft.«

Ich antworte nicht, weil es nichts zu antworten gibt. Es gefällt mir ganz und gar nicht, dass mich dieser Typ einfach so herumkommandieren kann, und das weiß Joe auch.

Er streicht sich mit einer Hand über den Mund, kann aber sein Grinsen kaum verbergen. Etwas Dunkles und Zufriedenes steckt hinter seinen Augen. Er sieht aus wie jemand, der sich mit Geheimnissen vollgestopft hat. »Ich meine, du wohnst in einem großen schönen Haus und trägst schicke Sachen. Ich dachte mir: Vielleicht hält sich die junge Dame für zu fein für ihre Familie.«

Familie. Na toll. Bei der Vorstellung verspüre ich den dringenden Wunsch, mich gründlich abzuschrubben.

»Hast du mich beobachtet, Joe?« Ich weiß nicht, was mich mehr nervt: dass er mich im Auge behalten hat oder dass ich so sehr von Carson abgelenkt wurde und mir dadurch nichts auffiel.

»Hab ich, ja.« Joe fordert mich heraus, und ein Blick auf seine riesigen Pranken teilt mir mit, dass ich besser zurückstecken sollte. Als er mich das letzte Mal geschlagen hat, hatte ich eine Woche lang Ohrenschmerzen.

Joe mustert mich erneut von Kopf bis Fuß, und ich glaube, die Gedanken durch die Fenster seiner Augen zu sehen: neue Kleidung, ja, aber dasselbe Mädchen. Er hält mich für feige und wahrscheinlich hat er recht.

»Komm rein!« Mit der einen Hand drückt er die Fliegengittertür auf, mit der anderen bedeutet er mir, unter seinem ausgestreckten Arm hindurchzugehen. Ich hätte seiner Aufforderung sofort nachkommen sollen, wie eine gehorsame kleine Komplizin, doch ich rühre mich nicht von der Stelle. Ich weiß gar nicht, ob ich mich bewegen kann. Mir ist klar: Wenn ich über die Schwelle trete, kehre ich in mein altes Leben zurück.

Joe schenkt mir ein wissendes Lächeln. »Hab dich mit der Lady gesehen, bei der du wohnst«, sagt er. »Ihr scheint richtig dicke miteinander zu sein. Und dann gibt es da noch ein dunkelhaariges Mädchen, mit dem du oft unterwegs bist. Hat ein so hübsches Lächeln, dass ich's ihr am liebsten wegschneiden täte.«

Bren und Lauren. Für zwei Sekunden schäme ich mich. Wie dumm von mir, Freundschaft zu schließen. Wie dumm von mir, jemanden nahe an mich heranzulassen. Das macht mich verwundbar.

Und es macht auch Bren und Lauren verwundbar.

Ich sehe zu Joe hoch und begreife, dass ich nicht in mein früheres Leben zurückkehre. Ich habe es nie verlassen. Was immer Joe von mir will, ich muss mich fügen.

Das wissen wir beide.

»Warte im Wohnzimmer!«, sagt er, als ich zu ihm gehe. »Du bist genau zum richtigen Zeitpunkt gekommen. Es findet ein Treffen statt. Heather ist bereits da und wir warten noch auf jemand anderen.«

Ich ducke mich unter Joes Arm hinweg und betrete das Haus. Drinnen liegen überall leere Bierflaschen und Pizzaschachteln auf dem Boden herum. Eine junge Blondine – Heather, nehme ich an – hängt im einzigen Sessel. Sie blickt auf, als ich hereinkomme, und kneift die Augen zusammen.

Vermutlich werden wir nicht unbedingt zu besten Freundinnen. Ich achte nicht auf sie, marschiere zur Couch und muss dort mehrere Pornohefte und Computerkataloge beiseiteschieben, bevor ich mich setzen kann. Der Stoff unter meinen Beinen fühlt sich an manchen Stellen steif und an anderen klebrig an. Ich bete zu Gott, dass es nur verschüttetes Soda oder vielleicht Soße ist. Über die anderen Möglichkeiten wage ich nicht nachzudenken.

»Was willst du, Joe?« Ich versuche, einigermaßen entspannt dazusitzen, während ich Joe beobachte, der am vorderen Fenster steht. Er wirkt nervös und das gefällt mir nicht. Es veranlasst mich, nach dem nächsten Ausgang zu suchen.

Joe späht immer wieder nach draußen. Nach wem oder was hält er Ausschau? Fürchtet er die Polizei? Carson? Es wäre ganz und gar nicht gut für mich, hier aufzufliegen, in Joes Gesellschaft. Allein beim Gedanken daran bricht mir erneut der Schweiß aus.

»Ich kann nicht lange wegbleiben, Joe, wenn niemand Verdacht schöpfen soll. Also: Was liegt an?«

»Mach dir nicht gleich in die Hose! Der kleine Mistkerl müsste gleich hier sein.«

Entzückend. Ich frage mich, wie mein Spitzname lautet. Nun, eigentlich will ich das gar nicht wissen – bestimmt klingt er noch schlimmer. Aber ich möchte mehr über Joes neues Häschen erfahren. Heather sieht nicht besonders gut aus. Sie hat die Beine angezogen und die Arme darum geschlungen. Deutlich sind bei den Knien die Knochen zu sehen. Ziemlich mager, die Kleine. Ich tippe auf eine Süchtige.

Ich strecke ihr die Hand entgegen. »Ich bin Wicket Tate.«

»Ich weiß«, sagt sie und starrt meine Hand an, als könne sie beißen. Hinter uns höre ich Joe leise lachen. Muss ziemlich komisch aussehen: ich, wie ich versuche, Freundschaft mit einem ausgeflippten Junkie-Mädchen zu schließen. Ich sollte es besser wissen. Ich *weiß* es besser.

Aber ich hab's trotzdem versucht.

Na schön. Wie auch immer. Ich lege den Kopf nach hinten an ein verblasstes Couchkissen und gebe mir alle Mühe, tief durchzuatmen. In gewisser Weise funktioniert es sogar. Mein Herz schlägt nicht mehr ganz so schnell. Norcut wäre stolz auf mich. »Ich nehme an, das Ganze hier hat etwas mit einem Job zu tun.«

Joe schnaubt. »Bist ein richtiges Genie, scheint mir.«

Nun, wenn ich mich mit den Leuten in diesem Raum vergleiche ... »Seit wann besprechen wir Jobs in der Gegenwart von Junkies?«

Heather erwacht zum Leben und krümmt die Finger wie Klauen. »Ich bin keine Junkie!«

»Halt deine verdammte Klappe, Wick!« Joe kommt einen

Schritt auf mich zu und ich spanne die Muskeln an. Mit so viel Distanz zwischen mir und dem dicken Dreckskerl könnte ich ihm ohne größere Schwierigkeiten entkommen. Ich bin oft genug in Joes Haus gewesen und weiß, dass ich über die Couch springen, zur Küche laufen und dort durch die Hintertür nach draußen rennen kann.

Aber er wüsste trotzdem, wo ich zu finden bin.

Joe richtet einen finsteren Blick auf mich. »Mit Heather ist alles bestens. Sie gehört zum Job. Wir *brauchen* sie für den Job.« Er deutet auf die Blondine. »Lass sie mal deine Stimme hören, Schätzchen!«

Heather sinkt tiefer in ihren Sessel und räuspert sich mehrmals. Als sie schließlich spricht, hat ihre Stimme alle Kanten und rauen Stellen verloren. Sie klingt weich und glatt.

»Das war Bonnie Tylers *Total Eclipse of the Heart* und ich bin Larissa Miller und verabschiede mich nun von Ihnen. Seid südlich und süß!« Mit zitternder Hand zupft Heather an einer fleckigen Stelle ihres Tanktops. »Ich werde Radiomoderatorin sein und meine eigene Talkshow bekommen, so wie Nancy Grace.«

O ja, träum schön weiter, Heather! Ich sehe Joe an. Will er mit dieser Tussi einen Telefonschwindel durchziehen? Ist er high oder was? Ich bin schockiert, aber Joe deutet die Zeichen falsch und glaubt, ich sei beeindruckt.

»Du hast richtig gehört«, sagt er. »Heather hat die Stimme eines Engels. Bei ihr schöpft niemand Verdacht. Also halt die Klappe, Wick!« Von draußen nähert sich das Brummen eines Motorrads, das auf der Zufahrt hält. Joe versteift sich, eilt zum Fenster und schiebt den Vorhang beiseite. »Oh, gut! Da kommt der kleine Mistkerl. Der Bursche kann fast genauso gut hacken wie du, Wick.«

Joe öffnet die Tür, ich sehe auf und bin bereit, den *kleinen Mistkerl* zu begrüßen. Vielleicht nenne ich ihn KM oder Pequeño Shit in der Multikultiversion.

Aber als der Neuankömmling hereinkommt, weiß ich sofort, dass ich ihn nicht so nennen werde. Ich habe bereits einen Namen für ihn und er lautet ... Griff.

19

Gibt es noch mehr Mädchen wie mich? Hatte er andere vor mir? Oder bin ich wirklich etwas Besonderes für ihn?

– Tagebuch von Tessa Waye, Seite 23

Fast hätte ich geglotzt. Das ist doch unmöglich. Griff kann kein Hacker sein. Er ist zu still. Seine Noten in der Schule sind zu gut. Er ist zu ...

Er ist zu sehr wie ich. Diese Erkenntnis lodert in mir auf. Wir verstecken uns hinter den gleichen Angewohnheiten und der gleichen Maske. Ich verdiene Geld, indem ich hinter die Fassaden von Menschen blicke, und dies hätte ich gewiss nicht erwartet.

»Hast du das neue Firewall-Programm?«, fragt Joe.

Griff nickt und zieht einen USB-Stick aus der Jeanstasche. Er reicht ihn Joe, der ihn in eins der Notebooks auf dem Couchtisch steckt und sich dann die Dateien ansieht, während wir anderen uns anstarren.

Ich schätze, dies ist der Zeitpunkt, an dem Griff und ich uns mit einem »Hallo« hätten begrüßen sollen. Ich weiß nicht, ob es ihn überrascht, mich hier anzutreffen. Sein Gesicht bleibt leer, und er gibt keinen Mucks von sich. Er wirkt fast normal, aber die Augen ... Sie sind anders, sie blicken hart und wachsam, als sähe er mich zum ersten Mal.

Was in gewisser Weise auch der Fall ist.

Bei dem Gedanken zucke ich innerlich zusammen. Ich bin beunruhigt und richte den Blick auf Joe. Er und sein einfacher, dummer Schwindel! Aber er ist gar nicht so einfach und dumm, wenn ich mir die Sache aus der Nähe ansehe. Es spielt sich folgendermaßen ab: Joe hat eine legale karitative Einrichtung gegründet, sogar mit einer eigenen Website. Er erzählt allen, dass er Geld für Tornado-Opfer sammelt. Georgia hat es in diesem Frühjahr hart getroffen.

Betrugsmäßig ist es doppelt geschickt. Erstens: Für die Polizei sieht es so aus, als sei alles in bester Ordnung. Natürlich könnte sie misstrauisch werden, aber sie braucht Beweismaterial für einen Haftbefehl und die Beschaffung von Beweismaterial dauert. Schnelligkeit ist bei einem guten Kreditkartenbetrug von wesentlicher Bedeutung. Wenn die Polizei alle benötigten Unterlagen hat, sind wir längst verschwunden. Zweitens: Mit dieser Masche trifft man direkt ins Herz. Fast alle haben die schrecklichen Bilder gesehen. Ganze Ortschaften sind von den Tornados verwüstet worden. Die Leute sind eher zu Spenden bereit, wenn sie glauben, Nachbarn damit zu helfen.

Und angesichts von Joes offiziell aussehender Website und den Wohltätigkeitspapieren haben die Betrugsopfer keine Bedenken, ihre Kreditkartendaten preiszugeben. Das ist das Schöne an dem Plan: Er braucht die Informationen gar nicht zu stehlen. Die Leute geben sie ihm aus freien Stücken.

»Ich möchte sicher sein, dass alles glattläuft. Heather ruft die Leute an und fragt sie nach den E-Mail-Adressen.« Joe zieht Heather aus dem Sessel und lässt sich selbst hineinfallen. Er schwitzt. »Ich versichere ihnen, dass wir nicht um Geld im Voraus bitten. Wir führen sie zu unserer Website und bitten sie, dort zu spenden.«

Das sind die Spenden, die der Steuerbehörde gemeldet werden und zeigen sollen, dass Joes Wohltätigkeitsorganisation tatsächlich sauber ist. Ich reibe mir die Stirn und habe das Gefühl, dass die Haut dort straffer gespannt ist als sonst. Hinter den Augen spüre ich ein erstes Pochen, das Kopfschmerzen ankündigt. Bravo, Joe! Du hast echt Fortschritte gemacht seit dem Dealen mit Meth und dem Stehlen von Geldautomaten-PINs.

»Wenn wir die E-Mail-Bestätigungen versenden und wenn die reichen Ärsche dann auf den Anhang klicken, um die Spendenquittungen auszudrucken ... dann hast du sie, Wick«, sagt Joe und glotzt mich mit gerötetem Gesicht an.

Ich will es nicht sehen und schließe die Augen, aber es hilft nicht. Sein Gesichtsausdruck scheint in die Rückseite meiner Lider eintätowiert zu sein. Ich kenne den Blick, denn ich hab's bei mir selbst erlebt. Joe ist vom Jagdfieber gepackt, und ich hasse, hasse, *hasse* den Umstand, dass wir dies gemeinsam haben.

»Griff kennt sich bestens mit Firewalls aus«, fügt Joe hinzu.

Wirklich? So gut wie mit dem Zeichnen? Ich öffne die Augen und atme tief durch. Als Künstler hat er mir besser gefallen.

»Ich kann euch nicht helfen, Joe«, sage ich. »Ich stehe unter Beobachtung.«

»Meinst du den dünnen Cop?« Joe spuckt die Frage aus,

als spiele Carson überhaupt keine Rolle, als wäre er nicht gefährlich. Joe hat keine Ahnung und das macht mir noch mehr Angst.

Ich konzentriere meinen Blick auf die Stelle zwischen seinen Augen. »Ja.«

»Er ist noch kein Problem. Er hat noch keinen Haftbefehl, stimmt's? Es ist nichts durchgesickert, oder?« Joe beugt sich vor. Schweiß perlt auf seiner Oberlippe. »Gerade du solltest darüber Bescheid wissen.«

Wir starren uns an. Ich weiß, wohin das führt. Wenn ich ganz ehrlich zu mir selbst bin, muss ich gestehen: Ich hab's gewusst, noch bevor ich den Mund aufgemacht habe, um den Einwand zu erheben. Ich weiß gar nicht, warum ich diesem ganzen Mist zu entkommen versuche. Wenn du für die falschen Leute nützlich wirst, sitzt du in der Falle und kannst dich nicht mehr befreien.

»Nun?« Joe wird sauer und seine großen Hände verwandeln sich in Fäuste. Ich weiche instinktiv zurück. »Haben dich die Bullen hierher verfolgt?«

Meine Nervosität löst sich auf und fast hätte ich laut gelacht. Schön wär's. Andererseits ... Wenn ich behaupte, beschattet zu werden – dann würde ich Aufsehen erregen und wäre nutzlos für sie. Ein Ausweg?

Für einen kurzen, glorreichen Moment stelle ich mir vor, dass ich mich aus der Sache herauswinden kann, aber dann kehrt die Realität zurück. Ich weiß zu viel, als dass sie mich einfach so gehen lassen. Ich würde nicht nur Aufsehen erregen, sondern wäre eine konkrete, unmittelbare Gefahr. Ein Blick auf Joes Fäuste teilt mir mit, was unliebsamen Personen zustoßen könnte.

Ich schlucke. »Nein, sie sind mir nicht gefolgt.«

»Dann haben wir nichts zu befürchten, zumindest für eine Weile.« Joe legt beide Hände auf den Bauch. Für eine Sekunde sieht er aus wie Buddha im Unterhemd. »Bloß nicht weich werden, Wick! Sonst muss ich dafür sorgen, dass du wieder hart wirst. Es gibt verschiedene Möglichkeiten, dir wehzutun, und ich erinnere mich gut, wie dich dein alter Herr an die Kandare nahm.«

Ich nicke und wünsche mir, dass Joe endlich die Klappe hält, denn ich weiß, worauf er abzielt. Ich war fünf, als mein Vater meine einzige Puppe zerriss, und ich war acht, als er meinen Hund verschwinden ließ, und zehn, als er Lily den Arm brach. Und das alles geschah als Strafe für mich.

Joe hat dabei zugesehen. Wir wissen beide, wie es funktioniert. Liebe ist ein Hebel. Anteilnahme ist gefährlich. Nicht nur für mich selbst, sondern auch – und vor allem – für die Leute, die ich mag.

»Du glaubst vielleicht, dass dich dein Vater nicht erreichen kann, weil er auf der Flucht ist, aber da irrst du dich. Er hat schließlich mich und ich habe immer Zugang zu seinen Leuten.«

Zu seinen Leuten. Seinen Drogendealern und Junkies. Leute, die Joe und meinen Vater fürchten, und andere Leute, die sich bei ihnen einschmeicheln wollen. Mein Leben bedeutet ihnen nichts. Und Bren, Todd und Lauren bedeuten ihnen noch viel weniger.

»Ich kann dir alles nehmen, wirklich alles, verstanden?« Joes Blick durchbohrt mich. »Hast du verstanden?«

»Ja«, bringe ich hervor, und wenn ich es nicht besser wüsste, hätte ich geglaubt, dass sich Griff ein wenig versteift. Aber ich weiß es besser. Wie konnte ich nur annehmen, ihm läge etwas an mir?

Ich sehe Joe an und höre zu, während er alles erklärt, und plötzlich habe ich es glasklar vor Augen: Hier ist mein Platz. Ich gehöre hierher und werde immer hierher gehören.

20

Alle halten mich für ein braves Mädchen. Wenn sie nur wüssten.

– Tagebuch von Tessa Waye, Seite 11

Eine Stunde später sind Griff und ich auf Joes Veranda und müssen im Sonnenschein so blinzeln, als sei Tageslicht der natürliche Feind von Hackern. Ich betrachte Griffs blasses Gesicht und meine ebenfalls recht blassen Arme und denke, dass da durchaus etwas dran sein könnte.

»Alles in Ordnung mit dir?«, fragt Griff.

Ob mit mir alles in Ordnung ist? Zuerst überrascht mich die Frage. Dann macht sie mich traurig, denn ich habe keine Ahnung, wie ich sie beantworten soll.

»Ja, klar.« Eigentlich hätte ich mich in seiner Gegenwart inzwischen besser fühlen sollen. Offenbar mag er mich. Er stiehlt, er betrügt. Er nutzt die natürliche Hilfsbereitschaft der Menschen aus. Aber dadurch fühle ich mich nicht besser. Ich sehe einen der wenigen Menschen an, mit denen ich über fast alles sprechen kann, und mir kommt kein einziges vernünftiges Wort in den Sinn.

»Was hältst du von dem Job?«

Ich schneide eine Grimasse. »Oh, scheint toll zu sein. Ich bin echt begeistert, dass Joe ein Junkie-Mädchen bumst, das bei dieser Sache eine wichtige Rolle spielt.«

Es klingt bitter und so fühle ich mich auch. Joe geht ein großes Risiko ein. Einem Junkie kannst du nicht trauen. Wenn etwas schiefgeht, dann bestimmt bei Heather. Zu viele Schicksale sind mit dieser Sache verknüpft. Lauren, Lily, Bren, Todd. Ihre Namen sind in meinem Kopf und mein Herz fühlt sich wie umklammert.

Griff nickt in Richtung des Motorrads auf der Zufahrt. »Soll ich dich nach Hause bringen?«

Ha! Bren träfe der Schlag, wenn ich auf dem Soziussitz eines Motorrads heimkäme. Ich massiere mir die steifen Nackenmuskeln und stelle mir vor, wie sie reagieren würde, wenn sie wüsste, woran ich beteiligt bin.

Ich lasse die Hand sinken. »Das ist kein guter Vorschlag.«

»Warum?« Griff spricht so ruhig wie immer, aber seine Augen blicken noch immer hart.

Weil ich dir nicht über den Weg trauen sollte. Weil du deine Fähigkeiten für etwas Übles verwendest. Aber wenn ich den Blick auf dich richte, sehe ich noch immer den Jungen, der Matthew Bradford daran gehindert hat, seine Freundin zu schlagen. Ich sehe den Jungen, in den die Lehrer vernarrt sind, und das macht dich ...

Gefährlich?

Ich will es nicht wissen. Dass er in diese Angelegenheit verwickelt ist, enttäuscht mich mehr, als mir lieb sein kann. Ich möchte ihn fragen, wie es dazu kam, fürchte aber, dass die Einzelheiten zu viel für mich wären. Vorher hat er mir besser gefallen. »Du musst nicht nett sein, Griff.«

Etwas verändert sich in seinen flaschengrünen Augen, aber ich achte nicht darauf, stapfe zum Bürgersteig und gehe so schnell, dass ich nicht länger darüber nachdenken muss.

Griff folgt mir.

»Ich fahre dich nach Hause. Zu Fuß wärst du fast eine Stunde unterwegs.« Er greift nach meinem Oberarm und ich ziehe den Arm weg.

Was nichts nutzt. Er packt nur fester zu, so fest, dass es wehtut. »Es sind vierzig Minuten zu Fuß.«

»Also lass uns mit dem Motorrad fahren!« Griff streicht sich das Haar aus den Augen. Seit drei Jahren kenne ich diesen Burschen und er hatte immer zu langes Haar. Was mir allerdings erst heute auffällt. »Dann werden aus vierzig Minuten zehn.«

»Nein.«

»Dann begleite ich dich.«

Ich weiche einen weiteren Schritt zurück, aber auch das nutzt nichts. Griff folgt mir. Was soll das? Ist er ein Krimineller mit Gewissen? Will er nicht, dass ich allein und schutzlos durch die böse Stadt gehe? »Nein.«

»Warum nicht?«

»Weil dein Motorrad hier steht.«

»Na und?« Er ist mir wieder zu nahe. »Ich hole es später.«

»Wenn es dann noch da ist.« Ich starre ihn wie einen Idioten an und vielleicht ist er das tatsächlich. »Du solltest wissen, wie leicht Motorräder gestohlen werden. Ich meine, man braucht nur einen Van und zwei kräftige Männer, die es hineinheben ...«

Griff lächelt strahlend. »Genau. Und deshalb solltest du Ja sagen und damit verhindern, dass meine Maschine gestohlen wird. Komm schon!«

Widerstrebend gebe ich nach und folge ihm. Lieber Himmel, es ist eine Fahrt nach Hause, nicht zum Traualtar! Es bedeutet nichts weiter. Doch so fühlt es sich an. Bisher haben wir kaum miteinander gesprochen, und nun weiß ich, wer Griff wirklich ist. Noch immer aber betrachte ich ihn als guten Jungen.

Seine Honda hat keine Verkleidung und macht den Eindruck, aufs Wesentliche reduziert zu sein. Kaum Chrom, kein Zubehör. Selbst der Streifen mit dem Namen ist nur das: ein Streifen, mit schwarzer Farbe aufgemalt. Für Griff hätte ich mir so etwas eigentlich nicht vorgestellt.

Aber es passt perfekt zu ihm.

»Gefällt es dir?« Er reicht mir einen zweiten Helm. Ich zögere und hätte fast gefragt, ob alle von ihm aufgegabelten Tussis diesen Helm tragen, aber ich bleibe still. Es geht mich nichts an und eigentlich will ich es auch gar nicht wissen.

»Ja, es ist eine coole Maschine.« Ich setze den Helm auf. Er sitzt recht eng, was bedeutet, dass er gut vor Kopfverletzungen schützt, aber mein Haar wird es mir nicht danken.

»Unterscheidet sich von anderen Bikes«, füge ich hinzu. »Solche Hondas sieht man nicht oft.«

In Griffs Gesicht scheint eine Sonne aufzugehen, so sehr freut er sich über meine Worte. Mir ist das peinlich.

»Da hast du recht«, sagt er. »Es ist ein altes Modell. In dieser Gegend stehen alle auf Harleys, aber dies ist eine Honda CB 400 von neunzehnhundertachtundsiebzig. Mein Vater und ich haben alle Teile entfernt, die nicht unbedingt gebraucht werden, und die Maschine zu einem Cafe Racer umgebaut.«

Ich lächle, obwohl ich keine Ahnung habe, was das bedeutet. Das Lächeln fällt mir immer leichter bei ihm, aber darüber will ich jetzt nicht nachdenken. Griff lächelt ebenfalls, doch als ich mich hinter ihn setze, werden seine Schultern steif.

Wundervoll, meine Berührung stößt ihn ab. Ich versuche, etwas fortzurücken, aber Griffs rechter Arm zieht mich näher. Plötzlich bin ich an seinen Rücken gedrückt und das Herz schlägt mir bis zum Hals.

»Alles okay?«

»Äh, ja.« Ich taste mit der rechten Hand nach dem Haltegriff, doch der fehlt bei dieser Maschine. Wenn ich nicht runterfallen will, muss ich mich an Griff festhalten. »Woher hast du gewusst, wo ich wohne? Und woher hast du gewusst, welches Fenster meins ist?«

»Ich weiß viel über dich.«

Vor allem jetzt. Griff startet den Motor, und das Bike drängt nach vorn, als wolle es abheben. Er wirft einen kurzen Blick über die Schulter und lächelt wieder.

Es liegt vermutlich am Helm, dass mein Gesicht so glüht. Auf keinen Fall kann ich seinetwegen rot geworden sein. »Du weißt viel über mich? Hast du mir nachspioniert, Griffin?«

Aus seinem Lächeln wird ein Grinsen. »Ich mag es, wenn du fies wirst. Hab keine Angst und halt dich fest, Wick.«

»Als ob du mir Angst machen könntest«, erwidere ich und zwinge mich, einen Arm um ihn zu schlingen. Griff ist nicht unbedingt super gebaut. Er sieht nicht aus wie einer der Football- oder Rugbyspieler, die mit riesigen Bizeps und ohne Hals herumrennen. Er ist ... schlank. Drahtig. Und als ich den Arm um ihn geschlungen habe, merke ich auch, dass er unglaublich fest ist.

Ich weiche ein wenig zurück. So viel Persönliches muss ich nicht unbedingt wissen. Aber dann muss ich *beide* Arme um ihn schlingen, denn Griff fährt auf die Straße, gibt ordentlich Gas und brennt einen dunklen Streifen auf den Asphalt.

Nicht schlecht. Sogar toll. Wir rauschen um die nächste Ecke, und weiter geht's in Richtung Highway. Mein Puls rast plötzlich. Wir kommen schneller voran, als ich dachte. Viel schneller. Griff scheint die Geschwindigkeit zu gefallen – und mir auch, wenn ich ehrlich bin. Je eher ich von Joe, meinem Vater und ihrem Plan wegkomme, desto besser.

Aber ihr Schatten verfolgt mich, bleibt an mir haften. Ich drücke die Wange zwischen Griffs Schulterblätter und werde die Furcht einfach nicht los. Je schneller wir werden, desto schneller folgt sie mir.

21

Er sagt, dass ich schön bin, aber dadurch fühle ich mich hässlich.

– Tagebuch von Tessa Waye, Seite 40

Na schön, es ist spitze, ich muss es zugeben. Griffs Maschine ist verdammt schnell, und er kann auch verdammt gut damit umgehen. Wir schwingen durch die Kurven, als hätten wir gar kein Gewicht, und wie geölt schlängeln wir uns durch den Verkehr. Ja, es ist hammergeil, wirklich nicht übel.

Doch es dauert eine Weile, bis ich mich zu entspannen wage. Bei der ersten roten Ampel löst sich der Knoten in meinen Schultern. Ich richte mich auf und bemerke zu spät zwei Typen in einem Minivan, die Griffs Motorrad bewundern. Von links beäugt uns ein Cop. Ich sehe wieder zu den beiden Burschen im Minivan hinüber, bis mir einer von ihnen zuwinkt.

»Freunde von dir?« Griff gibt Gas, als die Ampel auf Grün umspringt, und ich hoffe, dass wir schnell genug sind, damit er mein Lachen nicht hört.

Schade, wie schnell die Begeisterung schwindet, als wir

die Zufahrt vor Brens und Todds Haus erreichen. Ich steige ab und fühle mich schwer genug, durch den Beton zu sinken. »Wie bist du an Joe geraten?«, frage ich Griff.

»Wir trafen uns bei der Schule.«

»Im Ernst?« Ich nehme den Helm ab und gebe ihn Griff zurück. »Wollte er dort klauen?«

»Nein, ich glaube, er suchte dich.«

Mich? Ich erschrecke, will mir es aber nicht anmerken lassen. Plötzlich frage ich mich, ob Joe auch nach Lily Ausschau gehalten hat.

Griff beobachtet mich. Er dreht den Helm in seinen Händen hin und her, und ich sehe, dass sich Falten in seinen Augenwinkeln bilden. »Der Bruder meiner Mutter holte mich ab. Er kennt Joe und sie redeten miteinander. Mein Onkel Paul erzählte ihm, dass ich gut mit Computern umgehen kann. Eins führte zum anderen.«

»Nein, es führt nicht eins zum anderen.« Ich sehe Griff an, halb traurig und halb verärgert. »Wir betrügen Menschen. Wieso lässt sich ein netter kleiner Junge wie du auf Kreditkartenschwindel ein?«

»Erstens bin ich kein kleiner Junge.« Griff steigt ebenfalls ab, legt meinen Helm auf den Sitz und ergreift schnell wie der Blitz meine Hand. »Und zweitens bin ich nicht nett.«

Oh, klar. Mich nach Hause zu bringen, war natürlich so richtig gemein von ihm. Ich bedenke ihn mit meinem abweisendsten Blick, der Typen gewöhnlich auf Abstand hält, sie sogar in die Flucht schlägt. Aber Griff lässt sich nicht beeindrucken und kommt näher.

»Ich bin nicht nett«, wiederholt er. »Wäre ich nett, stünde ich nicht hier, und du gingst mir noch immer aus dem Weg.« Er wartet auf Zustimmung oder Ablehnung, und als er weder das eine noch das andere bekommt, hebt er die Schultern. »Ich brauche das Geld. Ich brauche es ganz dringend.«

Ich entspanne mich, als ich dieses Eingeständnis höre, ich entspanne mich mehr, als ich es eigentlich dürfte. Ich kenne Griff seit drei Jahren, aber bis zu diesem Moment ist es mir nie leichtgefallen, mit ihm zu reden. Jetzt weiß ich, dass er so ist wie ich, und deshalb ... Himmel, Norcut wäre hin und weg.

Ich deute auf das Bike. »So schlecht scheint es dir nicht zu gehen.«

»Es stammt von meinem Vater. Das Einzige, was mir blieb, als er nach Kalifornien abdampfte. Meine Mutter glaubt noch immer, dass er uns retten wird. Sie ist so verdammt deprimiert, dass sie dauernd im Bett liegt. Hat ihren Job verloren, weil sie nicht mehr zur Arbeit ging, und die Lebensmittelmarken reichen nicht ewig.«

»Entschuldige, ich wollte nicht ...«

»Ich weiß. Tut mir leid, ich hätte dich nicht so anfahren sollen. Ich bin nur müde.« Griff lässt die Schultern hängen, und zum ersten Mal bemerke ich die Ringe unter seinen Augen und die blasse, gespannte Haut um den Mund.

Und doch streicht er mir über die Hand, als wolle er mich trösten.

»Joe hat mir ja viel erzählt ...«, sagt er nach einem Moment. »Aber ich hätte nie damit gerechnet, dich dort sitzen zu sehen.«

Ich hebe und senke die Schultern, als wäre es keine große Sache. »Das Leben steckt voller Überraschungen.«

»Kann man wohl sagen.«

Wir sehen uns an, und niemand von uns spricht, aber ... aber ... »Du solltest aufhören, solange du noch kannst, Griff. Es ist nicht gut für dich. Ich bin nicht gut für dich. Ich weiß es zu schätzen, dass du mich nach Hause gebracht hast. Aber dadurch ändert sich nichts. Du solltest dich von mir fernhalten.«

Ich will die Hand zurückziehen, doch er lässt sie nicht los. Bei jedem anderen wäre ich durchgedreht und ... na schön, vielleicht *bin* ich ein bisschen durchgedreht. Ein vertrauter Kloß aus Panik steckt mir im Hals, aber ich spüre auch noch etwas anderes. In mir erzittert etwas, als seine Finger wandern und die Innenseite meines Handgelenks erreichen.

Ein Feuer brennt dort, wo immer er mich berührt. Ich habe das Gefühl, die Sonne verschluckt zu haben. Griffs Fingerspitzen streichen mir Licht auf die Haut.

»Bist du sicher, dass du nicht gut für mich bist?« Seine Stimme klingt jetzt tiefer und rauer, aber er hält mich so sanft, als könne ich zerbrechen.

Vielleicht hat er recht. Irgendwie fühle ich mich komisch in seiner Nähe ... glücklicher und schlimmer. Liegt es daran, dass ich weiß, wer er wirklich ist? Oder dass er weiß, wer ich bin?

»Ich bin total sicher, dass ich dir nicht guttue«, wiederhole ich und schiebe ihn von mir fort. Das wäre gar nicht nötig gewesen, denn er lässt mich los. Für einen Moment bedaure ich das. Die Beine drohen unter mir nachzugeben. »Und ich glaube, du bist auch nicht gut für mich.«

Ich eile zum Gehsteig und rechne damit, jeden Augenblick den Motor seiner Maschine zu hören. Doch es bleibt still hinter mir. Griff beobachtet mich. Ich will weglaufen, möchte aber gleichzeitig zu ihm zurückkehren und ihm sagen, er soll aufhören.

Ich habe fast die Haustür erreicht, als er antwortet. Ich höre das vertraute Lachen und dahinter ein Geräusch, als bräche etwas in Stücke. »Ich glaube, du irrst dich, Wick. Ich glaube, du bist großartig für mich.«

22

Es wird immer schwerer, auf normal zu machen.

– Tagebuch von Tessa Waye, Seite 62

»Wer war das?« Ich habe noch nicht die Schuhe ausgezogen, als Bren neben mir erscheint. »War es der Griffin-Junge?«

Der Griffin-Junge? Ich will mich schon an ihr vorbeizwängen, doch bei der Frage halte ich inne. »Woher kennst du Griff?«

»Ich habe seine Mutter im Lehrer-Eltern-Ausschuss kennengelernt. Sie kam zu spät und wirkte hilflos. Wir redeten miteinander, und sie wollte sich bei mir melden. Seitdem habe ich nichts mehr von ihr gehört.« Bren schiebt den Vorhang beiseite und beobachtet Griff mit dem aufmerksamen Blick, den sie sonst für Arbeitsverträge reserviert hat. »Wie hieß sie doch noch? Karen? Kelly?«

»Kim.«

Ich bemerke Lauren erst, als sie spricht. Ich wende den Kopf und unsere Blicke treffen sich. Na toll. Ohne eine Erklärung komme ich wohl kaum davon. Lauren scheint sich zusammenzureißen, um nicht laut loszulachen.

»Ja, genau!« Bren sieht Lauren erleichtert an. »Kim. Kim Griffin. Ihr Sohn ist ein netter Junge. So höflich. Und seine Augen ... Wirklich sehr anziehend.«

Netter Junge, so höflich. Mit anziehenden Augen. Ich glotze Bren an und komme kaum klar mit ihren Worten. Mit so etwas habe ich nicht gerechnet. Sie hätte mich zur Rede stellen sollen. Ich meine, er ist ein Junge. Wir haben nie über Jungs gesprochen, aber bestimmt gibt es Regeln. Außerdem hat er mich mit dem Motorrad nach Hause gebracht. Darüber haben wir ebenfalls nie gesprochen, aber hundertprozentig hat Bren auch Regeln in Bezug auf Motorräder. Ihre Reaktion ergibt keinen Sinn. Bren ist nicht sauer auf mich, ich stecke nicht in Schwierigkeiten.

»Wir gehen nach oben.« Lauren hakt sich bei mir ein und zieht mich die ersten Treppenstufen hoch. Aus der Nähe sehe ich, dass ihr blaues Auge nicht mehr nur blau ist, sondern *bunt*. Sie machte sich nicht einmal die Mühe, es mit Abdeckcreme zu verbergen. Ich kenne ihre Mutter als Perfektionistin – der Anblick muss sie in den Wahnsinn treiben. »Ich habe ein Projekt in Geschichte, das ich Wick zeigen möchte.«

»Gut. Viel Spaß.« Bren sieht mich noch immer an. Ihr Mund ist leicht geöffnet, ihre Augen sind groß, und ich weiß nicht, was ich davon halten soll. Meine Pflegemutter wirkt überrascht ... und irgendwie auch glücklich.

»Was ist los?«, frage ich leise. »Warum starrt mich Bren so an, als käme jeden Augenblick ein Alien aus meiner Brust gekrochen?«

»Dich hat ein Junge nach Hause gebracht.« Lauren vibriert fast vor Aufregung und zieht mich enger an sich. »Ein süßer Junge. Vermutlich platzt Bren fast vor Freude. Weil du dich endlich wie ein ganz normaler Teenager verhältst.«

»Das macht sie glücklich?«

Lauren schließt die Tür meines Zimmers hinter uns und lächelt. In ihren Augenwinkeln bilden sich violette Falten. »Wenn du Bren richtig glücklich machen willst ... Bitte sie, dir das Haar zu flechten.«

»Oh, toll! Und alle halten mich für eine Klugscheißerin.«

»Ich komme damit durch, weil ich bezaubernd bin. Kann nichts dafür. Es ist meine Bürde. Also ... Griff und du, seit wann sprecht ihr miteinander?«

Seit ich herausgefunden habe, dass er ebenso schrecklich ist wie ich. Und ist das wirklich der Grund? Kann ich jetzt mit ihm reden, weil wir uns ähneln? Es fällt mir schwer, den neuen Griff mit dem Jungen in Einklang zu bringen, den ich mochte. Er ist verdorben. So wie ich. Er betrügt.

Aber er ist auch der netteste Bursche, den ich kenne.

Meine Finger tasten dorthin, wo ich seine Hand gespürt habe. Die Haut fühlt sich noch immer warm an, und mir wird noch wärmer, als ich die Stelle berühre, die er berührt hat. »Wir haben immer miteinander gesprochen. Wir besuchen beide den Computerraum.«

Lauren nickt, doch ihr Blick zeigt, dass sie mehr von mir erwartet. »Na ja, meinetwegen. Wir müssen reden, aber ... Ist alles in Ordnung mit dir? Du siehst richtig krank aus.«

»Es geht mir gut.« Wir gaffen uns an, und ich gebe nach, sinke in meinen Rollsessel und reibe mir die Schläfen. »Nein, es geht mir nicht gut. Mein Vater ist zurückgekommen.«

Lauren schnappt so erschrocken nach Luft, als hätte ich gerade behauptet, dem Teufel höchstpersönlich begegnet zu sein.

Was vielleicht gar nicht so weit hergeholt ist.

»Bist du bei ihm gewesen?«

»Nicht direkt bei ihm, sondern bei seinem Partner. Er hat eine neue Betrugsmasche ausgetüftelt.«

»Und wie passt Griff ins Bild? Ich meine, ihr beiden seid euch vermutlich nicht zufällig über den Weg gelaufen.«

»Er war ebenfalls dort.« Für eine Sekunde will ich nicht mehr sagen. Ich stopfe meine Gefühle in eine Ecke meines Kopfs und das gelingt mir ziemlich gut. Ich muss nur aufpassen, dass sie nicht plötzlich in mir losbrechen. Es steht mir nicht zu, dieses Geheimnis preiszugeben. Andererseits ... Lauren hat die Verbindung bereits hergestellt. »Joe hat ihn für einen Teil der Sicherheitsarbeit rekrutiert.«

»Wer ist Joe und was will er von dir?«

»Joe ist der beste Freund meines Vaters.« Wenn man es so nennen kann. Eigentlich hat Joe gar keine Freunde. Er hat Kontakte, Quellen. Mein Vater ist sein Schutz. Selbst Joe hat Angst vor ihm.

»Er braucht meine Hilfe. Er braucht unsere Hilfe«, korrigiere ich mich und denke an Griffs Rolle bei dem Plan. »Es geht um einen Kreditkartenschwindel. Joe bereitet ihn für meinen Vater vor.«

Ich sehe Lauren an und lächele schief. »Vermutlich rennst du jetzt gleich schreiend aus dem Haus.«

»Lass es nicht darauf ankommen, Wick! Ich stehe kurz davor, genau das zu tun.«

»Warum bist du dann noch hier?«

»Weil ... ich glaube nicht, dass du dich ohne guten Grund auf so etwas einlässt.« Lauren wendet sich ab, tritt an mein Bett und packt weitere neue Klamotten aus, die Bren für mich gekauft hat. »Welche Rolle spielst du dabei?«

»Ich hacke. Sie geben sich als Wohltätigkeitsorganisation aus und fordern die Leute auf, Geld für Tornado-Opfer zu spenden.« Ich schließe meinen Computer an, schalte ihn ein und drehe den Sessel zur Seite, während ich warte, bis er hochfährt. Dazu braucht er länger als andere Computer, denn er ist mit einem Haufen Firewall-Hardware verbunden, und hinzu kommt jede Menge Anti-Spyware. Trotzdem ziehe ich die Stecker, damit sich niemand Zugang verschaffen kann – es ist die einzige Möglichkeit, meine Verbindung zur Außenwelt ganz zu kappen. Ich kann nicht raus, aber es kann auch niemand rein. »Joe und mein Vater brauchen mich für die Kreditkarten.«

»Ich ... Es gefällt mir nicht, dass du mit so etwas zu tun hast. Ich meine, wolltest du nicht aufhören?«

»Hast du eine Ahnung, was passiert, wenn ich Schluss mache?« Lauren hat keine Antwort, und weil mir ebenfalls nichts einfällt, sehe ich weg. Ich wende mich wieder meinem Computer zu und rufe die E-Mails ab. Eine Banküberweisung und ihre Bestätigung. Eine Mail von einer früheren Klientin. So hat mein Leben bis vor kurzer Zeit ausgesehen.

»Dein Vater kann dir nichts anhaben, Wick. Du bist nicht mehr Teil seiner Welt.«

»Glaubst du?« Dieses Argument ist so vertraut, dass es nervt. Es sind dieselben Lügen, die ich Lily erzählt habe. Vielleicht bin ich nicht mehr Teil meiner alten Welt, aber eins steht fest: Ich bin ganz sicher kein Teil dieser neuen Welt. »Joe kennt unseren Aufenthaltsort. Er kann uns jederzeit erreichen. Ich darf ihn nicht verärgern. Denk nur daran, was er uns antun könnte!«

»Du meinst, was er Lily antun könnte.«

»Ich meine uns. Bren, Todd und dich«, füge ich hinzu. »Wenn Joe von uns weiß, dann weiß auch mein Vater Bescheid.«

Lauren nickt, als hätte sie es geschnallt, aber den getrübten Augen und aufeinandergepressten Lippen sehe ich an, dass sie nichts verstanden hat. Sie stört sich nur an meinem Hacken und erkennt nicht, wovor mein Hacken uns schützt. Ich könnte versuchen, es ihr zu erklären, aber die Worte stecken tief in mir fest.

Ich klicke auf meinen Link zu Facebook und logge mich in Tessas Account ein. Die Seite erscheint sofort auf dem Monitor, und ich stelle fest, dass mein Post mindestens zwanzig Antworten bekommen hat. Bei einem der Kommentare erstarre ich.

Wenn ich dich finde, wirst du dafür bluten.

23

Seine Versprechen machen mir Angst. Er bekommt immer, was er will.

– Tagebuch von Tessa Waye, Seite 34

Wenn ich dich finde, wirst du dafür bluten.

Hallo, Michael Starling! Ich starre auf den Schirm und schwanke zwischen Erschrecken und Aufregung. Es gibt keine weiteren Kommentare von Michael, dafür aber jede Menge von Tessas anderen Freunden. Matthew Bradford nennt uns beide »Freaks«. Holly Davis schreibt: »Wer auch immer Tessas Account gehackt hat, wird dafür zur Hölle fahren.« Auf diese Weise geht es weiter. Alle wissen natürlich, dass sich jemand Zugang zu Tessas Account verschafft hat, aber sie tippen auf jemanden von der Schule. Das könnte vorteilhaft für mich sein – solange die Wayes oder die Polizei den Account nicht als gehackt melden.

»Stammt der Post bei Tessa von dir? Ich meine den Satz: ›Ich weiß, wer mich umgebracht hat‹.«

Ich blicke auf und sehe, dass mich Lauren anstarrt.

»Wolltest du darüber mit mir reden?«, frage ich.

»Ich verstehe nicht, warum du das getan hast. Als ich sagte, du solltest etwas tun ...«

»Habe ich etwas getan. Ich weiß inzwischen, wer mir Tessas Tagebuch vor die Tür gelegt hat.«

Lauren mustert mich verwirrt. »Wer?«

»Ihre kleine Schwester Tally. Sie hat das Tagebuch gefunden, es gelesen und Kontakt zu mir aufgenommen. Tessa hat sich mit jemandem eingelassen – ich weiß nicht, wer er ist, aber er scheint älter zu sein. Als sie die Beziehung beenden wollte ... wurde er gewalttätig.«

Lauren stützt sich mit einer Hand auf dem Bett ab, rutscht aber nach vorn, als wolle sie loslaufen.

»Es kommt noch schlimmer. Tessa hat in ihrem Tagebuch über den Kerl geschrieben. Seinen Namen nannte sie nie, dafür aber den des nächsten Opfers ...«

Ich kenne diesen Teil so gut, dass es mir leichtfallen sollte – Lilys Name liegt mir auf der Zunge, aber dort will er bleiben, er will nicht nach draußen. Ich muss mich zwingen, ihn auszusprechen.

»Er hat es auf ... Lily abgesehen, Lauren. Er hat sie erwähnt. Sie ist als Nächste dran.« Ich drehe den Monitor, damit Lauren erkennt, was er anzeigt. Sie zögert kurz und kommt dann zu mir. »Ich habe versucht, Tessas engsten Kreis ausfindig zu machen, um festzustellen, wer der Unbekannte ist. Mit ihren Facebook-Freunden scheint so weit alles in Ordnung zu sein.«

»Bis auf diesen Typen.« Ich deute auf Michael Starlings Avatar. »Er hat keine anderen Freunde, nur Tessa. Das Bild ist ein Fake, ebenso der Name. Ich glaube, das könnte er sein.«

»Was er schreibt, klingt ziemlich sauer, Wick. Könnte er dich finden?«

»Nein, ich habe mich als Tessa eingeloggt. Er kann nicht wissen, dass der Post von mir stammt.«

Aber warum kriege ich plötzlich eine Gänsehaut?

»Und wenn jemand der Polizei davon erzählt? Könnte man den Post zu dir zurückverfolgen?«

»Nein, ich habe eine andere IP-Adresse verwendet. Schlimmstenfalls wird man es für einen Fall von Cyber-Mobbing halten und den Account löschen.«

Wir lesen die Worte noch einmal, und erst jetzt bemerke ich die Zeitangabe. Die Antwort wurde kaum zwanzig Minuten nach meiner Nachricht gepostet. Gut. Damit kann ich etwas anfangen. Beim Hacken muss ich mich nicht nur mit Codes und Programmen auskennen, sondern auch über die Zielperson Bescheid wissen. Besonders emotionale Gemüter sind meistens leicht zu hacken. Weil sie Fehler machen, durch die sie angreifbar werden. Mit der richtigen E-Mail, dem richtigen Telefonanruf und dem richtigen Schachzug kann ich sie zu bestimmten Reaktionen veranlassen.

Wie soll ich bei diesem Burschen vorgehen?

»Ich verstehe noch immer nicht, warum du ... ausgerechnet solche Worte benutzt hast.« Lauren hat am Fingernagel geknabbert, nimmt den Finger aus dem Mund und deutet damit auf den Monitor. »›Ich weiß, wer mich umgebracht hat.‹ Das klingt ... wie soll ich sagen ... ganz schön provokant. Es trifft nicht nur den Typen, der Tessa Gewalt angetan hat, sondern vielleicht auch ihre Mutter.«

Ich denke an Mrs Wayes schmerzvolles Lächeln und habe plötzlich ein hohles Gefühl im Bauch. Dann stelle ich mir Mrs Wayes Fäuste vor und verziehe das Gesicht. »Es wird sicher nicht leicht für sie, aber bestimmt hält sie es für die blödsinnige Geschmacklosigkeit eines Schülers. Wenn ich den

Burschen wütend mache, Lauren ... Dann ist er leichter zu finden.«

»Oder du könntest mit diesem ganzen Kram zur Polizei gehen und die Hintergründe erklären.«

»Einer der Detectives – ein gewisser Carson – könnte in die Sache verwickelt sein. Er ist immer wieder vor dem Haus der Wayes erschienen. Tally hat ihn bemerkt und Verdacht geschöpft.«

»Was glaubst du?«

»Carson ist auch hier aufgekreuzt. Vielleicht hat er Dreck am Stecken. Er könnte sogar etwas mit dieser Angelegenheit zu tun haben.«

Lauren lässt sich auf dem Boden nieder und wirft mir einen halb entsetzten, halb begeisterten Blick zu.

»Selbst wenn ich das Tagebuch der Polizei übergäbe ... Es würde überhaupt nichts nutzen. Der Name des Vergewaltigers wird darin nicht genannt. Ich fürchte, es könnte die Cops auf eine falsche Fährte lenken. Sie würden Phantomen nachjagen. Glaub mir, ich kenne mich damit aus, denn meistens bin ich es, der die Jagd gilt.« Ich streiche mir mit beiden Händen durchs Haar und reibe mir die Kopfhaut, bis ich vermutlich so aussehe, als hätte ich die Zunge in einen Toaster gesteckt.

Ich sehe Lauren an. »Hast du eine Ahnung, wie oft meine Mutter die Polizei angerufen hat, weil sie sich von meinem Vater bedroht fühlte? Ziemlich oft. Zehnmal und noch öfter. Sie erwirkte ein Kontaktverbot, aber das hielt ihn nicht von ihr fern. Er schlug uns, stahl ihren Gehaltsscheck und verschwand wieder. Manchmal ist das Böse nicht zu besiegen, indem man sich an die Regeln hält.«

Ich rechne damit, Ablehnung in Laurens Gesicht zu entdecken, aber sie hebt das Kinn. »Ja, die Polizei hält sich an die Regeln und dieser Bursche nicht.«

»Genau. Nur ich kann Lily retten.«

24

Es gefällt mir, wie er mich ansieht. Er scheint zu verhungern und ich bin Nahrung für ihn.

– Tagebuch von Tessa Waye, Seite 10

Ich bleibe lange wach, nachdem Lauren gegangen ist. Die Frage, wie ich den Mistkerl finden soll, dreht in meinem Kopf unablässig Kreise. Ich muss ihn ausfindig machen, aber wie? Mit der IP-Adresse, die er benutzt hat, lässt sich nichts anfangen. Ich bin der Proxy-Server-Verbindung von New York nach London und von dort aus zu einem kleinen Ort auf den Jungferninseln gefolgt, dann hab ich's aufgegeben. Er benutzt ein Programm, das seine Verbindung durch verschiedene Server leitet, die auf der ganzen Welt verteilt sind. Wie nervig, wenn Anfänger so was machen! Halten sich dadurch für top. Gerade deshalb begehen sie früher oder später Fehler und dann habe ich den Burschen.

Aber wie lange muss ich bis dahin warten? Ich drehe mich auf die andere Seite und stecke den Kopf unters Kissen. Michael Starling, so nennt er sich. Jemand, der sich so sehr schützt, hat etwas zu verbergen – er muss der Schuldige sein. Aber diese Überlegungen bringen mich leider nicht zum richtigen Namen hinter dem falschen.

Ich werfe das Kissen beiseite, lange nach dem Kugelschreiber und schreibe auf, was ich weiß, Punkt für Punkt.

Er mag junge Mädchen.

Er hat Zugang.

Tessa erwähnt einmal, dass er groß ist. Und er soll heiß sein, das hat sie mindestens zwanzigmal betont.

Attraktiv.

Ich blicke auf meine Liste. Prächtig. Tessas Vergewaltiger könnte Mitglied einer Boygroup sein. Ich stelle es nicht richtig an. Kurz entschlossen blättere ich um und beginne von vorn. Mögliche Verdächtige.

Ein Freund.

Durchaus denkbar. Es würde einiges von dem erklären, was ich weiß: Zugang, dass er junge Mädchen mag und attraktiv ist. Aber es erklärt nicht alles, was ich weiß: dass er älter ist, dass ihnen beiden daran lag, ihre Beziehung zu verbergen, und dass er viel zu verlieren hatte.

Ein Lehrer.

Auch das wäre möglich, und es erscheint mir wahrscheinlicher als irgendein Schüler. Aber wenn der Unbekannte ein Lehrer ist – welcher? Ich gehe davon aus, dass die Sache vor etwa einem Jahr begann, als Tessa nicht mehr so häufig bei Facebook war, doch das lässt den Möglichkeiten breiten Raum.

Ein Verwandter.

Hier ergibt sich ein ähnliches Problem wie bei der Lehrer-Hypothese. Es lässt sich nicht ausschließen, aber wie soll ich die Möglichkeiten eingrenzen?

Vier ...

Hm, ich habe keinen vierten Punkt.

Oder vielleicht doch. Sollte ich mir Tessas Leben außerhalb der Schule vornehmen? Könnte Nummer 4 jemand sein, den ihre Familie kennt?

Ich denke darüber nach. Was, wenn es Todd ist?

Ein seltsamer Gedanke, noch erschreckender als die anderen. Absurd? Kommt darauf an. Er hatte Kontakt und Vertrauen, somit auch Gelegenheit.

Aber ist es Todd? Der Mann, in dem alle einen Helden sehen? Der neulich Abend fast geweint hätte? Er arbeitet als Betreuer, um Himmels willen. Ich weiß zwar, dass ihn das nicht entlastet – es ist kein folgerichtiger Unschuldsbeweis –, aber mir fällt vieles ein, das nicht in ein solches Bild passen will. Er ist zu nett, zu verdammt sauber. Er hat ... keine Ahnung von Computern.

Ich klopfe mit dem Kugelschreiber auf die Seite und begreife, dass ich weitere Hinweise brauche. Nach kurzem Zögern nehme ich das Tagebuch vom Nachtschränkchen und gehe noch einmal die ersten zwanzig Seiten durch.

Da ist es. Auf der Seite einundzwanzig. Tessa schreibt, dass ihre Mutter ihn liebt, er aber nur sie will, Tessa. Ich sollte Tally danach fragen.

Vielleicht wäre es hilfreich, aus ganz anderem Blickwinkel an die Sache heranzugehen und nach Männern zu suchen, vor denen sich Tessa fürchtete.

Ihr Vater.

Ihn hat sie ganz sicher gefürchtet. Das wusste auch Todd. Und Mr Waye hatte zweifellos Zugang. Als ich genauer darüber nachdenke ... Auch Tessas Vater wird im Tagebuch nie namentlich erwähnt, obwohl sie beklagt, dass ihre Mutter nicht für sie eintreten kann oder will.

Vielleicht hatte Tessa Angst davor, den Namen des Vergewaltigers zu nennen … weil er ihr Vater ist.

Oder vielleicht traue ich Mr Waye ein so schreckliches Vergehen zu, weil er Tessa die Freundschaft mit mir verbat.

Ich setze mich zurück. Zu glauben, dass Mr Waye der Schuldige sein könnte, erscheint mir reichlich übertrieben, aber er gehört zweifellos auf die Liste der Menschen, vor denen sich Tessa fürchtete.

Ich kaue am Endstück des Kugelschreibers und lese die Liste noch einmal. Wer auch immer der Bursche ist, er versteht es, seine Spuren zu verwischen. Er verschleiert seinen Standort. Die Verwendung von Software, mit der er seine IP tarnt, macht ihn nicht zum Genie, aber er wird dadurch klüger als der durchschnittliche User. Er muss auch Zugang zu Tessa gehabt und ihr Vertrauen gewonnen haben. Wenn Verwandte oder Lehrer nicht infrage kommen …

Wie wäre es mit einem Polizisten?

Unbehagen erfasst mich. Hatte Tessa Angst vor Carson?

Mir fällt das Bild ein, auf dem er sie anstarrt, und ich denke an Tallys Hinweis, dass er mehrmals vor ihrem Haus erschien. Polizisten gelten immer als vertrauenswürdig, doch Carson hat bereits bewiesen, dass er vor einem Einbruch nicht zurückschreckt. Er wollte unsere Hintertür öffnen. Und als sie abgeschlossen war, grinste er über unsere Versuche, uns zu schützen. Weil er bereits wusste, wie er Lily erreichen kann? Das war die Nacht, in der Tessa starb. Wollte er sich in derselben Nacht meine Schwester vornehmen?

Habe ich vielleicht zu viele Folgen von *Criminal Minds* gesehen?

Ich zerknülle den Zettel mit der Liste und stopfe ihn in meine Schultasche, damit Bren ihn nicht zufällig im Papierkorb entdeckt. Offenbar leide ich allmählich an Verfolgungswahn.

Vielleicht aus gutem Grund.

Ich schalte das Licht aus und reibe mir die Augen, bis ich tausend Sterne sehe. Inzwischen ist es zwei Uhr nachts. Morgen früh in der Schule werde ich wie ein Zombie aussehen, wenn ich mich nicht sofort schlafen lege, aber ich komme einfach nicht zur Ruhe. Der Körper ist müde, doch das Gehirn arbeitet auf Hochtouren.

Scheinwerferlicht streicht am Fenster vorbei, und plötzlich liegen meine Nerven blank.

Zwei Uhr morgens. Carson ist pünktlich wie immer.

Ich ziehe den Rollsessel näher zum Fenster und rechne damit, dass Carson an der üblichen Stelle hält. Doch der Wagen fährt weiter, an unserem Haus vorbei und um die Ecke. Die Straße ist leer.

Oder?

Etwas bewegt sich in den Schatten, und ich beobachte, wie ein Mann zwischen den Bäumen beim Nachbarhaus zum Vorschein kommt. Langsam geht er über die leere Straße und sieht zu unserem Haus herüber.

Es ist nicht Carson.

Es ist Jim Waye.

25

Meine Freundinnen glauben zu wissen, wer ich bin. In Wirklichkeit wissen sie nur, wer ich sein möchte.

– Tagebuch von Tessa Waye, Seite 41

In der Schule ist die Hölle los. Jenna Maxwell weint schon wieder. Betreuer eilen hin und her. Und am kommenden Tag müssen alle Schüler in der Aula an einem Cyber-Mobbing-Workshop teilnehmen.

»Du könntest recht gehabt haben mit dem Hinweis, dass der Facebook-Post ›provokant‹ gewesen ist.«

»Ach, glaubst du?« Lauren wartet nach der vierten Stunde auf mich und hat die Arme verschränkt. »Falls du möglichst viel Aufmerksamkeit auf diese Sache ziehen wolltest, Wick – das ist dir gelungen.«

»Darum ging es nicht.«

»Ich weiß.« Lauren schließt kurz die Augen, und als sie sie wieder öffnet, ist ihr Blick traurig und besorgt. »Ich weiß, dass du etwas anderes im Sinn hattest, aber dadurch geht es mir nicht besser. Sobald dir jemand auf die Schliche kommt, steckst du echt in der Klemme. Ich fürchte, du läufst mit einer Zielscheibe auf dem Rücken durch die Gegend.«

Den Eindruck habe ich auch. Derzeit fühlt sich mein Leben vollkommen surreal an. Wohin ich mich auch drehe und wende, überall reden die Leute über Tessa, ihre Facebook-Seite und die Posts. Zwar weiß niemand, wer dahintersteckt, aber ich kriege es trotzdem mit der Angst zu tun.

In gewisser Weise bin ich an Klatsch gewöhnt. Alle wissen, dass mein Vater meine Mutter geschlagen hat und dass Mom gesprungen ist, weil sie es einfach nicht mehr aushielt. Aber diesmal kommt mir der Tratsch näher als sonst, gefährlich nahe, und das beunruhigt mich.

»Du siehst müde aus«, sagt Lauren.

»Kein Wunder, ich war fast die ganze Nacht auf. Wir hatten einen weiteren Besucher, und selbst als er verschwand … Ich konnte einfach nicht schlafen.«

»Schon wieder der Polizist?«

»Nein. Jim Waye.«

Lauren blinzelt. »Was? Warum?«

»Keine Ahnung.« Ich öffne das Englischbuch und vergewissere mich, dass es meine Hausaufgaben enthält. »Er stand auf der anderen Straßenseite und starrte zu unserem Haus herüber.«

»Meine Güte, ist das unheimlich.«

»Und ob. Wenn ich nur den Grund dafür wüsste. Ich meine, er hasst Todd, weil er ihm die Bullen auf den Hals gehetzt hat. Er ist auch nicht unbedingt ein großer Fan von mir …«

»Und wenn schon. Kein normaler Mensch zieht mitten in der Nacht los, um irgendwelche Häuser anzustarren. Der Kerl ist doch nicht ganz dicht. Weißt du eigentlich, dass er noch immer bei den Cheerleading-Proben auftaucht?«

Ich gaffe Lauren an.

»Ja, genau. Ich meine, er sah uns fast jeden Tag nach der Schule bei den Proben zu, und das war seltsam genug. Aber jetzt, da Tessa ... nicht mehr bei uns ist, kommt er trotzdem.« Lauren zupfte am Riemen ihrer Schultasche und beobachtet die Betreuer, die am Ende des Flurs herumwuseln.

»Ich muss los«, sagt sie. »Wenn ich bei Geschichte noch einmal zu spät komme, lässt mich Mrs Gavln nachsitzen, und dann flippt meine Mutter aus. Versuch brav zu sein, okay?«

»Lieber Himmel, Bren, wie jung du heute aussiehst!«, lästere ich.

Lauren stolziert durch den Flur, den Mittelfinger gehoben, und einige Neuntklässlerinnen weichen hastig vor ihr zurück.

Vielleicht hat Norcut recht mit den Problemen bei der Aggressionsbewältigung. Ich drehe mich zu meinem Spind um, bin dabei aber nicht schnell genug – Jenna Maxwell, ihr Freund und der ganze Anhang rauschen auf dem Weg zu ihren eigenen Spinden an mir vorbei.

Gewöhnlich erinnert mich Jennas Gegenwart daran, dass ich dringend woanders etwas erledigen muss. Möglichst weit weg von ihr. Die Reaktion ist so tief in mir verwurzelt, dass sich die Füße unter mir bereits in Bewegung setzen, aber mein Blick bleibt auf sie gerichtet. Ich ... starre.

Jenna war Tessas beste Freundin, und ja, das ist klar und offensichtlich. Aber nach meinem neuesten Wissen sehe ich sie mit anderen Augen. Sie hätte erkennen müssen, was sich anbahnte, hätte alles daransetzen sollen, den Vergewaltiger ihrer besten Freundin zu finden und zur Rechenschaft zu ziehen. Stattdessen steht sie neben mir und heult.

Ich hantiere mit den Büchern in meinem Spind, beobachte die Mädchen aus den Augenwinkeln und rede mir ein, dass dies alles zur Sondierung der Lage gehört. Immerhin war dies Tessas Welt, und ich muss einen besseren Eindruck von ihr gewinnen, um festzustellen, wo alles auseinanderbrach.

Aber Jenna und die anderen, sie zeigen mir eine Welt, die ich nicht kenne. Sie berühren sich dauernd, sie liegen sich in den Armen, und alles wirkt vollkommen natürlich. Dadurch wirken sie fast wie eine ganz andere Spezies. Aber vielleicht verkörpere ich das Seltsame und Fremde. Jennas Freundinnen haben nichts von meinem Zögern und meiner Unbeholfenheit. Sie streicheln Jenna und geben sich alle Mühe, sie zu trösten – auf eine Weise, die mich nachdenklich macht. Vielleicht bin ich sogar ein bisschen ... neidisch. Tessa fühlte sich sehr allein, aber wie kann man bei so vielen Freundinnen allein sein? Wie kann man sich einsam fühlen, wenn man so verdammt perfekt ist? Wenn sich die Freundinnen so rührend um einen kümmern?

»Ich begreife einfach nicht, warum sie es getan hat.« Jenna wirft die Spindtür mit der flachen Hand zu und ihre Freundinnen weichen überrascht zurück. Zorn. Das ist mir noch vertrauter als Jennas Spott.

Sie versteht nicht und es macht mich wütend. Das passiert mir manchmal. Manchmal hasse ich auch meine Mutter, weil sie gesprungen ist. Und dann wieder verstehe ich sie. Jenna wird in Hinsicht auf Tessa ebenso empfinden. Ich möchte ihr sagen, dass sie sich besser fühlen wird. Ich möchte ...

»Meine Mutter sagt, dass sie dafür in die Hölle kommt«, verkündet Jenna. »Dass sie bis in alle Ewigkeit schmoren wird.«

Die Worte schmerzen mehr als ein Schlag. Ich will an keinen Gott glauben, der sich von einer Seele abwendet, die ihn so dringend braucht. Vor allem Selbstmörder verdienen

Gottes Liebe. Sie sind die Verlorenen, die Vergessenen, jene, von denen er Kenntnis nehmen sollte.

Und hat er das getan? Oder sonst jemand?

Mir wird plötzlich übel, und ich bekomme weiche Knie. Jenna schwatzt und plappert, und ich sollte überhaupt nicht darauf achten, kann ihre Worte jedoch nicht von mir fernhalten. War dies einer der Gründe, warum sich Tessa niemandem anvertraute? Warum sie gesprungen ist?

»Sie hat die Hölle verdient«, fährt Jenna fort und streicht sich das blonde Haar hinter die Ohren. »Wer Selbstmord begeht, ist feige.«

»Du bist ein Miststück, Jenna.«

Sofort dreht sie sich zu mir um. »Was hast du gesagt?«, fragt sie.

Für eine Sekunde weiß ich nicht, was ich sagen soll. Die Worte sind mir entschlüpft, und ich bedaure sie, denn sie verraten, wer ich bin und wie sehr ich immer noch leide.

Jenna durchschaut mich jedenfalls.

Ihre Lippen formen ein Lächeln. »Was ist los, Wicket? Habe ich ins Schwarze getroffen?«

»Du solltest nicht so über Tessa reden.«

»Warum nicht?« Jenna kommt näher, und instinktiv, ohne einen bewussten Gedanken, weiche ich einen Schritt zurück. Doch meine Schultern stoßen gegen den Spind, und Jenna kommt noch näher, so dicht, dass ich ihr Zitrus-Kaugummi rieche und sehe, dass ihre Augen nicht einmal blutunterlaufen sind. Ihre Tränen waren nicht echt. Sie wollte nur Aufmerksamkeit.

Meine Hände werden zu Fäusten. Ich sollte zuschlagen – für Tessa, für meine Mutter, aber plötzlich ist mir selbst zum Heulen zumute. Wie hält es Jenna nur mit sich selbst aus?

Sie nutzt den Tod ihrer besten Freundin, um sich in den Vordergrund zu drängen. Sie trägt die angebliche Trauer wie einen Modeartikel, wie eine hübsche Kate-Spade-Handtasche.

»Glaubst du vielleicht, Tessa schert sich darum?«, höhnt Jenna.

»Sie nicht, aber ich.« Ich schlucke und trete einen kleinen Schritt vor. Vielleicht überrascht es Jenna, vielleicht ist niemand ihr gegenüber jemals so dumm gewesen, aber diesmal tritt sie den Rückzug an. »Sie war deine Freundin.«

Jenna gibt ein ersticktes Geräusch von sich. Plötzlich schießt ihre Hand nach vorn, trifft mich an der Schulter, und ich stoße mit dem Rücken gegen den Spind. Es tut nicht weh. Nicht wirklich. Aber alle gaffen. Ich sehe mich nach Hilfe um, doch Jennas Freundinnen weichen meinem Blick aus.

»Du bist nur Abschaum, Wicket.«

Aus irgendeinem Grund klingt es von Jenna noch schlimmer als von Carson. Sie wendet sich von mir ab und lächelt ihren Freund an. »Abschaum und Müll. Und was macht man mit Müll?«

Was man mit Müll macht? Was soll das heißen? Dann lacht ihr Freund und ich verstehe: Müll wirft man weg.

26

Am Anfang mochte ich seine Aufmerksamkeit. Ich habe mich frisiert und geschminkt, damit er mich schön fand. Später kümmerte ich mich nicht mehr darum und er begehrte mich noch heftiger. Er meinte, gebrochen sei ich besser für ihn.

– Tagebuch von Tessa Waye, Seite 53

Ich verabscheue es aus mehreren Gründen, in den Müllcontainer der Schule geworfen zu werden. Erstens: Es ist scheußlich. Zweitens: Es ist demütigend. Und drittens: Griff findet mich dort.

»So sieht man sich wieder.« Er blickt über den Rand des Containers. Am liebsten würde ich ihm eine verpassen, aber ich kann seine Genugtuung verstehen. Ich *gönne* ihm diesen Moment und hoffe nur, dass er mich so bald wie möglich aus diesem klebrigen Mist herausholt.

Die Situation bietet selbst einem Geek Gelegenheit, so etwas wie ein Superheld zu werden.

»Ja, ja, erspar mir dein Erstaunen!« Ich starre nach oben,

und dann fällt mir ein, dass eine holde Maid in Not ihren Retter nicht böse anstarrt. Daraufhin versuche ich, milde zu lächeln, befürchte aber, dass eine Grimasse daraus wird, als litte ich an Blähungen. Worte können nicht beschreiben, wie peinlich das alles ist. Dass er mich ausgerechnet hier finden muss … Bäh! »Als wenn dir so was nie passiert wäre.«

»Ist es auch nicht, ganz im Ernst und ganz ehrlich.« Griff streckt eine Hand nach unten, an der ich blaue und grüne Tintenflecken bemerke. Er hat wieder gezeichnet. »Was zum Geier hast du gesagt? Und zu wem hast du es gesagt?«

»Warum muss es immer meine Schuld sein?«

Griff lächelt. »Weil es hier um dich und deine große Klappe geht.«

An diesem Punkt sollte ich einen finsteren Blick auf ihn richten, stattdessen jedoch lache ich und gehe einen unsicheren Schritt auf ihn zu, wobei die Müllbeutel unter mir nachgeben. Gebete liegen mir sonst weniger, aber diesmal schicke ich einen Dank gen Himmel und verspreche, nicht mehr zu lügen, ein besserer Mensch zu werden und mein schmutziges Mundwerk in Zukunft besser unter Kontrolle zu halten.

Bitte, Gott, denke ich, lass die Müllbeutel nicht aufplatzen! Wenn ich Kantinenpizza an die Füße kriege, könnte ich kotzen.

Nein, ich lüge schon wieder. Dann *werde* ich kotzen.

»Es war keine große Sache. Jenna Maxwell lästerte über Tessa …« Ich ergreife die Hand, stütze mich mit einem Fuß an der Wand ab und ziehe mich hoch. Wenige Sekunden später balanciere ich auf der Kante des Müllcontainers, kippe nach vorn, dem Beton des Bodens entgegen, und bereite mich auf den Aufprall vor.

Griff fängt mich auf.

»Sehr elegant«, neckt er und zieht mich zu sich. Mit einem Arm hält er mich fest und mit dem anderen schwingt er mich herum. Himmel, nicht übel!

Ähm, eigentlich sollte ich nun allein stehen können. Eigentlich.

Warum also lehne ich noch immer so an ihm, als könnte ich fallen?

»Sie hat Blödsinn über Tessa erzählt, dass sie in die Hölle kommt.« Mist. Das wollte ich gar nicht sagen. Es ist gefährlich, sich an Griff zu lehnen. Ich sollte es besser wissen.

»Was hat sie gesagt?« Er streicht mir eine Strähne aus den Augen. Das ist alles ganz süß ... bis ich merke, dass er auch ein bisschen Müll von meiner Wange entfernt hat.

Ja, gut, ich kann mittlerweile eindeutig allein stehen. Der Moment ist offiziell vorbei.

Griff lässt mich los, tritt einen Schritt zurück und beobachtet, wie ich meine Jeans abklopfe. »Jenna meinte, Selbstmörder müssten bis in alle Ewigkeit in der Hölle schmoren ...« Mehr will ich nicht erklären. Ich mustere Griff und beabsichtige, ein »Schon gut« hinzuzufügen, doch dann wird mir klar: Weitere Erklärungen sind gar nicht nötig. Seine Augen sind bereits dunkel geworden, als wisse er Bescheid. Diese Erkenntnis berührt etwas in mir.

»Jenna hat sich also wie Jenna benommen und daraufhin bist du im Müllcontainer gelandet?«

»Die Sache geriet außer Kontrolle.« Ich klopfe meine Jeans noch gründlicher ab und spüre dabei etwas Warmes und Schleimiges auf der Haut.

O Gott. Ich schlucke und halte die schmutzige Hand so weit wie möglich von mir weg. Vielleicht muss ich sie abschlagen. Im Ernst.

Griff zieht eine Windjacke aus seiner Schultasche. »Hier.« Seine Jacke. Die Versuchung ist groß, aber ich fühle mich schlecht dabei. Was, wenn ich ihn mit einer schrecklichen Krankheit anstecke? Hat die Pest nicht auf eine solche Weise begonnen? Ich habe in Geschichte nicht richtig aufgepasst, aber ...

»Ach, um Himmels willen!« Griff schnappt sich meine Hand und wischt sie an der weichen Innenseite der Jacke ab, bevor ich etwas dagegen unternehmen kann. Er dreht die Jacke mehrmals, damit meine Hand auch richtig sauber wird, aber ich hätte sie trotzdem am liebsten in ein Säurebad getaucht. »Ganz gleichgültig kann es dir nicht gewesen sein, denn sonst hättest du geschwiegen.«

»Oh, ich bitte dich!« Ich ziehe die Hand zurück, als sein Daumen mir über die Innenfläche streicht. Zu spät – wenn Griff mich berührt, scheint in meinem Innern etwas zur Seite zu rutschen und zu brechen. »Als ob ich einen Grund bräuchte, meine große Klappe aufzureißen.«

Was durchaus stimmt und trotzdem eine Lüge ist. Sicher, ich brauche keinen Vorwand, um die Klugscheißerin raushängen zu lassen. Ich halte das sogar für eine meiner besseren Eigenschaften. Doch in diesem Fall hatte ich allen Grund, Jenna anzupflaumen, und genau das hat Griff angedeutet.

»Was hast du getan?«

»Ich habe Jenna Maxwell ein Miststück genannt.«

Griff hebt die Brauen. »Tatsächlich?«

Ich lächle wie ein Unschuldslamm, ohne weitere Einzelheiten zu nennen, und Griffs Züge verhärten sich. Er weiß, dass dies eine Herausforderung ist. Das wissen Jungs immer, und meistens gehen sie daraufhin auf Distanz mir gegenüber.

Griff ist da anders. »Ich möchte alles wissen, Wick. Warum hast du Jenna ein Miststück genannt?«

»Weil es ihr jemand sagen musste.« Plötzlich ist mir sein Blick zu viel und ich wende mich ab. Ich betrachte die Smileys, die ich vorn auf meine Converse-Schuhe gemalt habe. Sie lächeln, erscheinen mir viel zu glücklich. »Sie sagt allen, Tessa komme in die Hölle, weil sie Selbstmord begangen hat.«

So ausgedrückt klingt es verdammt lahm. Ich würde gern behaupten, dass es mir besser geht, wenn ich meinem Zorn freie Bahn gewähre, aber das stimmt nicht.

»Dann ist sie ein Vollpfosten.« Griff beugt sich zu mir vor. »Wie dem auch sei ... Es tut mir leid, was sie gesagt hat. Manche Leute sind einfach dämlich und gedankenlos. Es tut mir leid, dass du so etwas hören musstest.«

Ich öffne den Mund. Und schließe ihn wieder. Es tut ihm leid. Diese Worte habe ich so oft in meinem Leben gehört, dass sie überhaupt keine Bedeutung mehr haben sollten. Anteilnahme ist nicht das magische Schwert eines Computerspiels oder ein Erste-Hilfe-Koffer. Damit lässt sich nichts in Ordnung bringen. Und doch fühlt es sich gut an. Griff klingt so aufrichtig und ich habe so viel Falschheit kennengelernt.

Vielleicht steigt deshalb alles in mir hoch.

»Ich möchte wissen, ob Tessa gesehen hat, was auch meine Mutter sah.« Während ich das sage, vermeide ich Griffs Blick. Es ist eine zu persönliche Angelegenheit, doch die Worte kommen so schnell, dass ich sie gar nicht zurückhalten kann. »Ich möchte wissen, ob sie zu dem gleichen Schluss gelangte ... ob sie beide den gleichen Schluss zogen. Das muss so gewesen sein, oder?«

Ich habe das Gefühl, voller Schuld zu stecken, nur weil ich

es ausspreche. Und ich ersticke fast, weil ich den Tränen nahe bin und vor Griff nicht schluchzen will. »Wie können wir alle weiterschwimmen, wenn einige von uns ertrinken? Wieso merken wir nichts davon?«

»Wir können sie nicht alle retten, aber manchmal, wenn wir Glück haben, kann man einen von ihnen aus dem Wasser ziehen.« Griff legt mir den Arm um die Schultern. Ich habe nie zuvor verstanden, warum das einigen Mädchen gefällt. Sein Arm ist schwer und ich fühle mich unangenehm klein.

Und doch ... und doch ... Er gibt mir auch das Gefühl, dass ich vielleicht nicht explodiere und in Millionen von Splittern auseinanderfliege, weil mich sein Gewicht zusammenhält.

Griff beugt sich zu mir herab, gerade tief genug, damit mir seine Wange über die Schläfe streicht. »Manchmal muss man sich selbst retten, indem man um Hilfe bittet.«

Hilfe. Ich könnte darum bitten. Er kann gut mit Computern umgehen – er ist wie ich. Er sieht die andere Seite von Dingen. Zumindest hat er die andere Seite von mir gesehen und sich nicht abgewendet.

Aber kann ich ihm trauen?

Kann ich es mir leisten, ihm *nicht* zu trauen?

»Griff.« Ich räuspere mich, aber es spielt keine Rolle. Die Worte bleiben rau und kantig. »Ich brauche deine Hilfe.«

27

Ich möchte, dass nie jemand davon erfährt.

– Tagebuch von Tessa Waye, Seite 17

Griff sagt kein Wort, als ich ihm alles erkläre. Er erwähnt weder Tessa noch Tally. Er hört einfach nur zu.

Und umgeben von Stille, wird mir klar, wie ich klinge.

Als hätte ich den Verstand verloren.

Als hätte ich Angst.

Ich hebe das Kinn. »Hat es dir die Sprache verschlagen?«

Griff sieht mich entsetzt an – nein, schlimmer, voller Mitleid. Ich schließe die Augen, damit ich ihn nicht ansehen muss, doch in meinem Kopf leuchtet ein Wort groß und hell: *dumm, dumm, dumm.*

»Warum liegt dir etwas daran? Tessa Waye hat dich überhaupt nicht beachtet.«

Ich öffne die Augen, sehe ihn an und weiß nicht, was ich erwarten soll. Ich habe ihm gerade jede Menge Mist vor die Füße geworfen. Wie soll er darauf reagieren? Indem er mich beruhigt? Vielleicht mit Zuversicht?

Genau das wünsche ich mir, wie ich plötzlich begreife.

Aber ich weiß auch: Ich suche nicht nach einem Helden, denn den gibt es nicht. Ich suche jemanden, der mir helfen kann.

»Wir waren einmal befreundet.«

»Es steckt noch mehr dahinter«, sagt Griff. »Was verschweigst du mir?«

Ich antworte nicht. Plötzlich kann ich nicht mehr sprechen.

Griff schüttelt den Kopf. »Ich packe es nicht an, wenn ich nicht weiß, worum es geht.«

»Es geht um Lily.« Ich schwanke, als wäre der Boden unter mir in Bewegung geraten. »Lily soll das nächste Opfer sein. Ich brauche deine Hilfe, um den Burschen zu erwischen.«

»Moment. Steckst du hinter dem Post auf Tessas Facebook-Seite? Hast du das geschrieben? Dass du weißt, wer sie umgebracht hat?«

Ich nicke und Griff starrt mich fassungslos an. »Wick ... wenn das stimmt ... dann forderst du einen gefährlichen Psychopathen heraus.«

»Ich ...« Es läutet und wir zucken beide zusammen.

»Hier können wir das nicht erledigen.« Griff fährt sich mit einer Hand durchs Haar. »Wir müssen los.«

Und ich brauche eine Antwort. »Nun?«

»Griff? Wick?« Mrs Harding ist mit Shane Hallowell um die Ecke gekommen. Sie sind unterwegs zu Weltgeschichte und dorthin sollten wir uns ebenfalls begeben.

»Hallo, Wick! Hallo, Griff!« Shane winkt uns zu. Ich kenne ihn seit dem Kindergarten. Er ist fast so klein wie ich, hat rotes Haar und leuchtend orangefarbene Sommersprossen. Er spielt gern *Halo 4*, lädt Bilder von Olivia Munn herunter und vergnügt sich mit *Angry Birds*, wenn er auf der Toilette sitzt.

Und die Leute fragen sich, warum Nerds gemobbt werden.

»Ich habe Sie gesucht, Griff.« Mrs Harding kommt näher. Zu nahe. In Reichweite bleibt sie stehen, und ich sehe, wie sie erbleicht. Inzwischen gehen vermutlich Zeichentrick-Gestankwellen von mir aus.

Mrs Harding blinzelt und ihre Augen tränen plötzlich. »Bitte, kommen Sie mit, Griff! Man möchte Sie im Büro sprechen.«

Im Büro? Griff gerät nie in Schwierigkeiten, oder? Ich sehe Griff an, doch er weicht meinem Blick aus.

»In Ordnung, Mrs Harding.«

Mrs Harding wendet sich an mich. »Sie kommen zu spät, Wicket.«

»Bin schon unterwegs.«

Aber ich zögere und will eine Antwort. Griff scheint entsetzt zu sein, doch er versteht sicher, was ich tun musste. Was ich tun muss. Ich wünsche mir einen Blick von ihm, eine kleine Geste, irgendetwas, damit ich weiß, dass er auf meiner Seite ist.

Damit ich weiß, dass ich keinen entsetzlichen Fehler begangen habe.

Aber ich warte vergeblich. Mrs Harding und Griff gehen in Richtung Büro und ich bleibe mit Shane zurück.

»Meine Güte, Wicket, was ist los mit dir?« Shane beugt sich näher und schnuppert. »Du riechst wie ein überfahrenes Eichhörnchen.«

»Geh ohne mich! Ich habe mein Mathebuch vergessen.«

»Dann verspätest du dich. Harding lässt dich nachsitzen.«

Mir droht viel Schlimmeres, wenn die Sache mit Tessa bekannt wird. Ich eile hinter Harding und Griff her und nehme einen anderen Weg, damit sie mich nicht sehen. Was ich vorhabe, ist mir selbst schleierhaft.

Seltsamerweise spielt es gar keine Rolle.

Als ich den Eingangsbereich der Schule erreiche, sehe ich gerade noch, wie Griff zu einer dunklen Limousine mit Regierungskennzeichen geführt wird.

Ich erstarre und wundere mich, dass meine Knie nicht nachgeben. Ich kenne den Burschen, der die Tür schließt, nachdem Griff eingestiegen ist.

Carson.

28

Wenn man mich fragt, wie es mir geht, möchte ich am liebsten schreien.

– Tagebuch von Tessa Waye, Seite 15

Ich mache mir immerzu Sorgen um Griff, und als ich die Schule verlasse, rechne ich schon damit, dass am Parkplatz Polizisten auf mich warten. Aber das ist nicht der Fall. Auch auf dem Heimweg und zu Hause zeigt sich nirgends die Polizei.

Ich habe keine Ahnung, was das bedeutet. Ich weiß nur: Mein Kopf fühlt sich an, als könne er jeden Augenblick explodieren.

Leise schließe ich den Nebeneingang auf, doch Bren hört mich, bevor ich die Treppe erreiche. Beim Allmächtigen, sie muss Radarohren haben! Offenbar verfügt sie über eine Superkraft oder so was Ähnliches.

»Bist du zu Hause, Wicket?« Bren kommt aus der Küche durch den Flur und wischt sich die Hände an einem rosaroten Handtuch ab. Etwa anderthalb Meter vor mir bleibt sie stehen und rümpft die Nase.

»Warum riechst du wie Hackbraten, Wick?«

O Gott. Am Mittwoch gibt's Hackbraten in der Kantine. Es ist schon schlimm genug, nach Hackbraten zu riechen, aber wenn er fünf Tage alt ist, wird's richtig widerwärtig.

Ich nicke, als sei das keine große Sache. »Ein bisschen Recycling.«

Bren hebt die Brauen, und ich nicke wieder, diesmal mit mehr Nachdruck, damit sie mir glaubt. Ich weiß nicht, ob sie's mir abnimmt, aber glücklicherweise hakt sie nicht nach. Es hätte mir gerade noch gefehlt, dass meine Pflegemutter ins Büro des Rektors rauscht, um sich zu beschweren. Dann würde Jenna bestimmt dafür sorgen, dass mich ihr Freund Mr Muskel unter die Müllbeutel drückt, bis ich mich nicht mehr rühre.

»Vielleicht solltest du duschen«, schlägt Bren vor.

»Und zwar gründlich.« Ich schenke ihr ein leichtes Lächeln und zu meiner Überraschung erwidert sie es. Arme Bren! Über solchen Mist steht nichts in ihren Elternmagazinen.

Ich weiß nicht, ob dieser Augenblick alle Voraussetzungen erfüllt, ein *besonderer* Augenblick genannt zu werden, aber er fühlt sich recht nett an. Bren ermahnt mich nicht einmal, meine Sachen in den Wäschekorb zu legen.

Sie bringt mir auch keinen Bottich mit Bleichmittel, groß genug, damit ich ganz darin untertauchen kann. Ganz ehrlich, das ist ziemlich großzügig von ihr. Wenn meine Tochter (oder was auch immer ich für sie bin) nach Hackbraten riechend heimkäme, würde ich sie wahrscheinlich draußen im Hof mit dem Wasserschlauch abspritzen.

Ich wasche mir das Haar zum zweiten Mal und denke daran, dass ich Fortschritte bei Bren erziele. Bis ich mich abtrockne und feststelle, dass sie alle meine Sachen von heute weggeworfen hat.

Auch meine geliebten Converse.

Mit finsterer Miene schalte ich meinen Computer ein und warte auf den Start des Internet-Browsers. Zeit genug, mir Sorgen um Griff zu machen und Schuldgefühle zu bekommen. Warum musste ich ihm unbedingt alles erzählen? Wie viel er der Polizei gegenüber wohl preisgibt? Ich reibe mir die Augen und fühle mich plötzlich so müde, dass ich am liebsten ins Bett kriechen und mich zusammenrollen möchte.

Meine Gedanken kehren zu Tessas Vergewaltiger zurück. Griff hat recht. Ich fordere einen Psychopathen heraus. Er wird zurückschlagen, kein Zweifel.

Und dabei erwische ich ihn.

Das sage ich mir zumindest, denn die Alternative ist so abartig, dass ich nicht darüber nachzudenken wage. Er könnte sich mir vorknöpfen. Oder Lily.

Meine Google-Homepage erscheint auf dem Monitor. Ich öffne meinen Gmail-Account, um Tally eine kurze Nachricht zu schicken. Wir müssen reden. Was meinte Tessa, als sie schrieb, ihre Mutter liebe den Typen? Vielleicht kann Tally das eine oder andere dazu beisteuern, aber per E-Mail möchte ich nicht in die Einzelheiten gehen. Deshalb bitte ich sie, mich heute Abend auf dem Weg bei ihrem Haus zu treffen. Ich klicke auf *Senden* und fühle mich besser.

Ich habe das Gefühl, es zu übertreiben, als ich die Webadresse von Facebook eintippe. Die Browser-Chronik meines Computers bringt mich auf Tessas Seite, und ich bin überrascht, dass ihre Eltern keine Schließung des Accounts veranlasst haben. Tessas Profilbild lächelt mich an. Um ihm zu entkommen, scrolle ich rasch nach unten zu meinem Post und der Antwort des Unbekannten.

Beides ist noch da – und außerdem auch noch etwas

anderes. Michael Starling hat mir erneut geschrieben und ein Bild hinzugefügt, bei dem kaltes Grauen in mir aufsteigt.

Das Bild zeigt Lily. Und darunter steht geschrieben:

Siehst du, wer als Nächste an der Reihe ist?

29

In seiner Nähe kriege ich nichts mehr runter, aber das hindert ihn nicht am Essen. Manchmal habe ich den Eindruck, dass er leer ist und ihn nichts füllen kann.

– Tagebuch von Tessa Waye, Seite 44

Auf dem Bild ist Lily zu sehen, wie sie die Treppe vor ihrer Schule heruntergeht. Sie lächelt. Wer immer das Foto gemacht hat, er muss ihr sehr nahe gewesen sein. Vielleicht hat er auch ein Zoomobjektiv benutzt. Aber selbst wenn die Entfernung dreißig Meter oder mehr betrug – der verdammte Mistkerl war viel zu dicht an ihr dran.

»Wicket? Alles in Ordnung?«

Ich zucke zusammen, lasse das Browserfenster vom Monitor verschwinden, drehe mich um und begegne Todds Blick. Es ist unheimlich, wie er sich manchmal völlig lautlos bewegen kann. Mein Pflegevater steht an der Tür, wer weiß wie lange. Vielleicht lange genug, um die Facebook-Seite und Lilys Bild gesehen zu haben?

Ich sitze gerade. »Ja, alles okay.«

»Wirklich?« Todd mustert mich zweifelnd. »Dir scheint wieder schlecht zu sein.«

Und wie.

Ich lächele und bohre die Fingernägel in die Handflächen, bis es wehtut. »Ich habe alles im Griff.«

Todd nickt. »Ich fahre für eine Weile zur Kirche und Bren ist für den Rest des Nachmittags mit Telefonkonferenzen beschäftigt.« Er wendet sich zum Gehen. »Kommst du allein zurecht?«

»Kein Problem«, sage ich und lächele, als wäre tatsächlich alles in Ordnung und Michael Starling kein hundertfünfzig Kilo schweres Gewicht auf meiner Brust.

Deshalb ist Tessa gesprungen.

Ich bin keine Selbstmörderin. Es steckt einfach nicht in mir. Aber ich kann weglaufen – immerhin bin ich meines Vaters Tochter. Ich kann dafür sorgen, dass der Mann, der es auf meine Schwester abgesehen hat, uns nie findet.

Zwar kommt Lily schon um fünf nach Hause, aber da bin ich bereits mit dem Packen fertig. Meine Schwester sagt kein Wort, bis ich mit den Erklärungen fertig bin. Obwohl von *fertig* eigentlich nicht die Rede sein kann. Mir geht nur die Luft aus.

»Wir müssen weg, heute Nacht.« Natürlich habe ich ihr nicht die Wahrheit gesagt. Ich habe behauptet, es sei wegen Dad und Joe. Aber irgendwie habe ich Lily unterschätzt – oder mich überschätzt.

Wahrscheinlich beides. Denn sie kauft mir die Erklärung nicht ab.

»Wir müssen nicht weg«, sagt Lily. »Wir haben Bren und Todd.«

Bren und Todd. Als ob sie unsere Eltern wären. Als ob

ihnen wirklich etwas an uns läge. Glaubt sie es vielleicht, wenn sie es oft genug wiederholt? Ich will sie schon danach fragen, überlege es mir aber anders. Immerhin könnte es für sie wahr sein – oder fast wahr.

Ein unwillkommener Gedanke schiebt sich in den Vordergrund. Würden Bren und Todd Lily adoptieren, wenn es mich nicht gäbe?

Ja, zweifellos.

Ohne mich wäre sie sicherer.

Andererseits ... Wie sicher ist jeder von uns? Man nehme nur Tessa. Sicherheit hängt davon ab, dass alle mithelfen, und das ist nicht immer der Fall. Der Typ, mit dem sich Tessa einließ, hat gewiss nicht geholfen.

Ich sehe Lily an. »Wir müssen weg, Lil.«

»Warum?«

»Du musst mir vertrauen.«

»Und wohin sollen wir?«

»Wohin du willst. Seattle? Miami?« Mein Blick wandert auf der Suche nach Inspiration umher und fällt auf einen *National-Geographic*-Kalender. »Wie wär's mit Europa?«

»Wie wär's mit hier?« Lilys Stimme wird lauter. »Ich möchte hierbleiben, Wick. Ich möchte zur Schule gehen und dann aufs College. Ich will nicht weglaufen.«

»Wir laufen nicht weg. Nicht so, wie du denkst. Du möchtest zur Schule gehen? In Ordnung. Im Ernst, Lil, wohin willst du? Wir ziehen es durch.«

»Nein, das kannst du nicht. Du kannst es nicht durchziehen, wirklich nicht. Du kannst nur hacken.«

Na klar. »Ich kann dich an jeder Schule anmelden, die du besuchen möchtest. Und ich kann dich mit Bestnoten in die Listen eintragen.«

Lily schüttelt sofort den Kopf. »Es wäre eine Lüge.«

»Immer noch besser, als dich selbst zu belügen und zu glauben, dass wir hier zu Hause sind.« Ich bin gemein, aber offenbar schaffe ich es nicht anders. Mehr als das Hacken habe ich nicht anzubieten, und das reicht nicht, um es mit Bren und Todd aufzunehmen. Das geborgte Leben, das wir hier führen, gefällt Lily zu sehr. »Sieh dich um, Lil! Wir sind hier fremd.«

Meine Schwester hebt das Kinn. »Ich nicht. Ich fühle mich wohl.«

Und was ist mit mir? Ich gehörte doch immer dorthin, wo sich Lily aufhielt.

Lily zieht ihre Schultasche aus meinem Zimmer und schlägt die Tür hinter sich zu.

Wie kann sie nur bleiben wollen?

Wie kann sie *nicht* bleiben wollen? Unser Leben sollte doch jetzt in bester Ordnung sein.

Tessas Vergewaltiger glaubt vielleicht, über allem zu stehen. Möglicherweise ist er überzeugt, dass ihm keiner auf die Schliche kommt. Aber da ist er schief gewickelt. Ich kriege ihn zu fassen. Es fühlt sich nur alles anders an, weil er so dicht dran ist und weil auch Lily betroffen ist.

Es fühlt sich anders an, weil es anders ist.

Dann höre ich Griffs Stimme: *Er ist ein gefährlicher Psychopath*.

»Ja, das ist er«, flüstere ich. »Aber dir kann ich auch nicht trauen. Wer weiß, was du Carson erzählst.«

Das ist ein weiteres Problem. Doch bevor ich mich damit befasse ... Ich sehe mir die Notizen unter dem Post von Michael an. Die Leute sind betroffen, und zweimal kündigt jemand an, sich an die Polizei zu wenden. Was mich allerdings nicht daran hindert, die Hände nach der Tastatur auszustrecken und in die Kommentarbox zu schreiben:

Ich werde Dich dafür zur Rechenschaft ziehen.

Ich meine es ernst und drücke die Eingabetaste. Es bereitet mir eine gewisse Genugtuung, meine Worte auf dem Schirm zu sehen, und gleichzeitig empfinde ich Unbehagen.

Er ist so dicht dran, dass er meine Schwester fotografieren kann. Ich muss meine Drohungen in die Tat umsetzen.

Ich sehe mir die Zeitangabe unter Lilys Bild an. Es ist inzwischen fast sechs. Das Bild wurde vor knapp drei Stunden gepostet. Zu jenem Zeitpunkt waren die meisten Freunde von Tessa noch in der Schule. Es könnte also sein, dass nicht alle von ihnen das Bild gesehen haben. Aber selbst wenn nur zwei einen Blick darauf geworfen haben – es wäre möglich, dass sich ein großes Problem daraus ergibt. Lily und ich, wir halten uns zurück. Das ist uns inzwischen zur Gewohnheit geworden. Aber trotzdem, man kennt uns. Die Sache wird sich herumsprechen. Jemand wird die Wayes anrufen – oder Bren.

Bren würde garantiert die Polizei verständigen. Das wäre viel zu gefährlich, wenn ich bedenke, was ich für Joe tue.

In meiner Verteidigung gibt es zu viele schwache Stellen. Ich muss wieder an Griff denken, obgleich ich mich dagegen sträube. Er hat nicht angerufen, mir auch keine SMS geschickt. Irgendetwas stimmt nicht. Habe ich mich ihm geöffnet, nur um hintergangen zu werden?

Mein Computer piept. Eine neue Nachricht erscheint unter meinem Post:

Nicht wenn ich dich zuerst finde.

Meine Hand schließt sich fest um die Maus und plötzlich

stehen meine Füße fest auf dem Boden. Der Unbekannte ist sauer, so wie ich, und für einen Moment schiebt die Zufriedenheit darüber meine Furcht beiseite. Zornige Menschen begehen Fehler, und ich kann es mir nicht leisten, diese Sache zu vermasseln.

Seit meinem Post ist nicht einmal eine Minute vergangen. Nicht viel Zeit, um die eigene Identität zu verschleiern. Selbst der kleinste Fehler könnte mir helfen. Ich brauche eine Information, eine winzige Lücke im Panzer der Anonymität, um ihn weiter aufzureißen.

Ich öffne ein Fenster und logge mich in Tessas Webmail-Account ein. Vierzig oder fünfzig neue Mitteilungen warten dort und die Benachrichtigung von Facebook über den letzten Post steht ganz oben.

Ich kopiere die lange Zahlenreihe über der E-Mail, gehe zur Seite www.myiptest.com und gebe die kopierte Zahlenreihe ins Suchfeld ein.

Lieber Himmel! Ich starre auf den Monitor und wage meinen Augen kaum zu trauen.

Diesmal hat der Mistkerl keinen Anonymizer verwendet. Was ich da sehe, ist eine IP-Adresse.

Ich unterdrücke einen triumphierenden Ausruf und füge die Adresse bei Google ein. IP-Adressen sind wie Telefonnummern für Computer. Man kann sie zum Server zurückverfolgen und den betreffenden Computer identifizieren. Ich muss kurz recherchieren, aber schon nach dreißig Sekunden werde ich fündig.

Doch was ich finde ... ist nicht das, was ich erwartet oder mir gewünscht habe.

Verdammt! Ich blicke auf den Monitor und das Prickeln der Aufregung reicht bis in meine Füße. Das ist der Ort. Fünfzehn

Computer gibt es dort und sie laufen sieben Tage in der Woche. Fast ständig kommen und gehen Besucher. Dies schränkt meine Suche nicht ein – eher ist das Gegenteil der Fall.

Lilys Bild wurde von der Peachtree-Stadtbibliothek hochgeladen.

30

Ich verstehe nicht, wie Nerds glücklich sein können. Andererseits … Nach den Sitcoms im Fernsehen zu urteilen, sollte ich mit meinem Leben eigentlich mehr als zufrieden sein.

– Tagebuch von Tessa Waye, Seite 44

Ich brauche fünfzehn Minuten, um Tessas Facebook-Seite zu löschen. Meine Kommentare? Weg. Seine Kommentare? Weg. Und der Rest von Tessa? Ebenfalls verschwunden.

Es fühlt sich fast so an, als stürbe sie noch einmal.

Ich lösche alle Hinweise, die gelöscht werden können. Sogar einen wirklich guten Scrubber lasse ich laufen, der meinen Computer unter die Lupe nimmt und alle Dateien und Chronik-Aufzeichnungen eliminiert, die mit Tessas Facebook-Account in Zusammenhang stehen. Dadurch sollte ich Zeit gewinnen.

Zeit genug, den Unbekannten zu identifizieren, der einen Bibliothekscomputer benutzt hat, um Lilys Bild hochzuladen? Das weiß allein der Himmel. Ich habe keine Ahnung, wie ich an die Informationen von der Bibliothek kommen soll. Vermutlich sind die Benutzernamen in keiner Datei gespeichert, die ich hacken könnte. Damit bleibt mir nur noch ... was?

Ich überlege und kontrolliere erneut meine E-Mail, aber es ist noch keine Antwort von Tally eingetroffen. Deshalb lege ich eine Pause ein und gehe in die Küche, wo Bren während einer Telefonkonferenz auf und ab geht.

Ihre Lippen formen die Worte »Lauren ist gekommen«, bevor sie dem Gesprächspartner am anderen Ende der Bluetooth-Verbindung mitteilt, seine Preisvorstellungen seien absurd.

»Wir können uns auch anderweitig umsehen«, sagt sie knallhart. »Wenn Sie mit uns ins Geschäft kommen wollen, müssen Sie ein vernünftiges Angebot auf den Tisch legen.«

»Ist sie immer so?« Lauren schwingt sich auf einen der Barhocker aus dunklem Holz, die vor unserer Kücheninsel stehen.

»Mehr oder weniger.« Wir beobachten, wie Bren in den Flur marschiert und dauernd den Kugelschreiber klicken lässt. »Ich glaube, es gehört alles zum Plan, die Weltherrschaft zu erringen.«

Lauren nickt. »Nun, ich bin hier, um dich einzuladen. Heute Abend steigt bei mir eine Party, und du solltest kommen.«

»Ich bin nicht gern unter vielen Leuten.« Mit anderen Worten: Ich hab keinen Bock auf die Gesellschaft der Typen, die mich in den Müllcontainer geworfen haben.

»Es ist eine Poolparty, Wick. Du brauchst eine Abwechslung und es wird dir Spaß machen.« Lauren legt mir eine Hand auf den Arm und redet auf mich ein, als wäre ich schwer von Begriff. »Es gibt nichts zu befürchten. Das garantiere ich dir.«

Ich starre sie an. Lauren muss beim Cheerleading-Training

auf den Kopf gefallen sein, wenn sie glaubt, Jenna würde mich nicht mehr nerven. »Warum bist du überhaupt mit Jenna befreundet?«

Lauren hebt die Schultern. »Wenn nicht, denkt sie womöglich, ich habe Angst vor ihr.«

»Lauren.« Bren kehrt zurück, nimmt das Headset ab und wirkt müde. »Wie schön, dich zu sehen!«

»Hallo, Mrs Callaway! Ich bin gekommen, um Wick abzuholen. Meine Mutter hat mir erlaubt, für heute Abend ein paar Freunde einzuladen. Die letzte Party, bevor nächste Woche die Zulassungstests beginnen.«

»Nächste Woche finden Zulassungstests statt?« Bren runzelt die Stirn. »Warum hast du mir nichts davon erzählt, Wick?«

Warum sollte ich? »Warum sollte ich an den Zulassungstests für die Uni teilnehmen?«

Lauren schüttelt den Kopf. »Du hast doch gute Noten. Warum willst du bei den Tests nicht mitmachen?«

»Ja, das verstehe ich auch nicht ganz«, fügt Bren hinzu. Beide beobachten mich wie einen Pudel, von dem ein Kunststück erwartet wird.

Von wegen Pudel. »Äh, ich hatte ziemlich viel um die Ohren.«

So war ich zum Beispiel mit Überleben beschäftigt. Ich werfe Lauren einen bedeutungsvollen Blick zu. Man kann ein normales Leben führen, wenn der Vater kein verdammter Drogendealer ist, der außerdem auch noch Unschuldige betrügt, und wenn man nicht die Tagebücher von Selbstmörderinnen vor der Haustür findet. »Ich glaube, in meiner Familie hat nie jemand studiert. Ich kann von Glück sagen, einigermaßen vernünftige Noten zu haben.«

»Mit Glück hat das nichts zu tun«, erklärt Bren ruhig.

Sie hat natürlich recht. Die Lehrer geben dir keine guten Bewertungen, weil du ein armes, milieugeschädigtes Mädchen bist. He, wir sind hier in keiner rührseligen Reality Show im Fernsehen. Dies ist die echte Wirklichkeit.

»Kann sie mitkommen, Mrs Callaway?«

Bren spielt mit ihrem Bluetooth-Headset herum. Hin- und hergerissen zwischen Ärger, weil ich ihr nichts von den Zulassungstests gesagt habe, und Freude über die Einladung. Die doch beweist, dass ich ins gesellschaftliche Leben der Schule integriert bin.

»Natürlich. Du solltest Laurens Einladung annehmen, Wick.«

»Sehe ich aus wie ein Mädchen, das Poolpartys besucht, Bren? Sehe ich aus wie eine Schwimmerin?«

Lauren seufzt. »Ja, du bist ziemlich blass.«

»*Blass* trifft es nicht annähernd.« Ich lehne mich mit der Hüfte an die Arbeitsplatte. »Wenn mich die Leute in Shorts sehen, glauben sie, ein Engel sei vom Himmel gefallen.«

Bren hüstelt.

»Niemand denkt bei deinem Anblick an Engel«, sagt Lauren. »Du musst mitkommen. Ich könnte dich einfach mitziehen. Immerhin bin ich größer als du.«

»Aber nicht viel.« Trotzdem weiche ich sicherheitshalber zurück. Lauren ist alles andere als schwach – sie hebt Gewichte zusammen mit Footballspielern. Was mich betrifft ... Nun ja, ich sitze meistens vor dem Computer und haue in die Tasten.

»Griff wird auch da sein«, fügt Lauren hinzu. »Ich habe ihm erzählt, dass du kommst. Das gab den Ausschlag.«

Ich versteife mich. »Wann hast du Griff gesehen?«

»Auf dem Weg zu dir. Warum?«

»Nur so.«

Lauren beugt sich vor und ihr unschuldiges Lächeln wird breiter. »Griff meinte, ihr beide hättet etwas Wichtiges zu besprechen.«

Ich versuche, das Lächeln zu erwidern, obwohl sich in mir etwas verkrampft. »Ach ja?«

»Ja. Angeblich geht es dabei um eine IT-Adresse.«

»Um eine IP-Adresse?«

Lauren schnippt mit den Fingern. »Ja, genau. Eine IP-Adresse. Er meinte, das sei sehr wichtig für euer Computer-Projekt.«

»Hat er sonst noch etwas gesagt?«

Lauren zuckt mit den Achseln. »Er erwähnte, dass er Namen mit der Adresse verbunden hat. Ehrlich gesagt, ich kann mich nicht an alles erinnern. ›Bla, bla, bla ... muss dringend mit Wick reden.‹«

Zum Teufel auch! Bezieht er sich vielleicht auf die IP-Adresse der Bibliothek? Könnte er den Namen des Users herausgefunden haben, der den Computer benutzt hat? Ich blicke auf mein Handy. Halb sieben. Noch dreißig Minuten bis zu meinem Treffen mit Tally. Wenn ich mich beeile, schaffe ich beides.

»Na schön, ich komme zur Party.«

Als Lauren fort ist, breche ich sofort auf und warte auf dem Weg bei Tallys Haus. Es wird sieben, es wird später, und niemand erscheint. Ich beschließe, noch zehn weitere Minuten zu warten.

Wenn es um eine andere Klientin ginge, wäre ich weitaus weniger geduldig. Um ganz ehrlich zu sein: Wenn es um eine andere Klientin ginge, wäre ich überhaupt nicht hier. Persönliche Begegnungen kommen sonst nicht infrage. Dass ich zu einer Klientin gehe und bei ihr an die Tür klopfe – völlig ausgeschlossen.

Doch genau das nehme ich mir vor. Tally ließe mich nicht einfach so hängen. Etwas stimmt nicht. Dieser Eindruck verstärkt sich, als ich mich dem Haus nähere. Alles sieht dichtgemacht aus. Die Vorhänge sind zugezogen, das Garagentor ist geschlossen.

Ich sollte mich umdrehen und nach Hause zurückkehren. Stattdessen ziehe ich eine Ausgabe des *Wired*-Magazins aus meiner Kuriertasche und beschließe: Falls Mr oder Mrs Waye die Tür öffnen, behaupte ich, Abos für die Unterstützung eines Schulprojektes zu sammeln. Das sollte funktionieren, oder?

Na klar. Ich drücke auf die Klingel und eine Weile passiert überhaupt nichts. Dann bewegt sich jemand auf der anderen Seite der Tür und ein Gesicht erscheint hinter dem Buntglas.

»Wicket!«

Ich winke. »Hallo, Brandy!«

Die Tür schwingt auf und eine große Umarmung empfängt mich. Brandy ist die Haushälterin der Wayes, seit ich als Kind hierhergekommen bin. Nach jenem schrecklichen Nachmittag habe ich sie nie wieder gesehen, aber sie drückt mich so fest an sich, als hätte unsere Freundschaft nie ein Ende gefunden.

»Ich habe dich nicht bei der Trauerfeier gesehen«, murmele ich an ihrer Schulter.

»Das war zu viel für mich.« Brandy drückt mich so kraftvoll zurück, dass ich gestolpert wäre, wenn sie mich nicht festgehalten hätte. »Was führt dich hierher?«

»Äh ...« Es wäre leichter gewesen, die Wayes anzulügen. Ich verziehe das Gesicht und entscheide mich für die Wahrheit. »Ich wollte zu Tally. Ist sie da?«

Brandy schüttelt den Kopf. Dunkles Haar fällt ihr in die Augen. »Nein, sie ist weg.«

»Weg?«

»Ja, mit ihrer Mutter.« Brandy klingt sehr sachlich, aber ihre Lippen zittern kurz, als könne sie nur mit Mühe die Tränen zurückhalten. »Und ich gehe ebenfalls. Die Wayes lassen sich scheiden. Mrs Waye hat Tally nach Charleston gebracht, zu ihrer Mutter. Sie kehren nicht zurück.«

»Warum?«

Brandy hebt die Schultern und späht ins Haus, als fürchte sie, belauscht zu werden. »Keine Ahnung. Sie meinte, sie wolle Tally in Sicherheit bringen.«

Mir läuft es kalt über den Rücken. Weiß Mrs Waye, was wirklich mit Tessa geschehen ist?

»Ich mache mich jetzt ebenfalls auf den Weg«, fügt Brandy hinzu und führt mich zur Straße, wo ein verbeulter Toyota mit einem schlaksigen Burschen am Steuer auf sie wartet. »Ich bin froh, dich noch einmal gesehen zu haben, Wicket.«

Plötzlich bin ich ebenfalls froh ... und auch ein bisschen traurig. Seit Jahren habe ich kaum an Brandy gedacht. Nun vermisse ich die Art und Weise, wie sie mich angelächelt und mir gesagt hat, ich könne alles sein, wenn ich mir nur Mühe gäbe. Und ich habe es ihr geglaubt.

Brandy öffnet die Beifahrertür und reicht dem Mann am Steuer ihre Tasche. Dann wendet sie sich noch einmal zu mir um und umarmt mich wieder. »Halt dich von hier fern, Wicket! So habe ich ihn nie zuvor erlebt. Er ist wütend, völlig außer sich. Komm nicht wieder her! Du weißt, wie er ist.«

Ja, das weiß ich. Ich stehe am Straßenrand, sehe dem Toyota nach und erinnere mich an einen Mann, der alles kontrollierte. Er bestimmte Tessas Kleidung, kritisierte ihr Verhalten und wählte ihre Freunde aus, unter Berücksichtigung der Beziehungen ihrer Eltern. Ich hielt ihn für ein Scheusal und daran hat sich nichts geändert. Aber inzwischen frage ich mich, ob mehr dahintersteckt, ob er Tessa für sich selbst herausputzen wollte. Ich dachte immer, Tessa sollte makellos sein, damit sie in sein makelloses Leben passte. Aber vielleicht verbarg sich etwas ganz Persönliches dahinter.

Es würde erklären, warum sie Tally nie etwas erzählt hat. Und es würde auch erklären, warum er vor unserem Haus stand. Weil es ihn nach Lily verlangt.

Doch wenn das stimmt, und wenn Mrs Waye die Wahrheit entdeckt hat ... Warum hat sie ihn dann nicht bei der Polizei angezeigt?

Weil sie sich vor ihm fürchtet. Mrs Waye hat Angst vor ihrem Mann, so wie meine Mutter Angst vor meinem Vater hatte. Manchmal ist Flucht der sicherste Weg.

Und wer weiß, vielleicht sind Mrs Waye und Tally in Charleston sicher. Der Gedanke entlockt mir ein Lächeln, als ich über den Bürgersteig gehe.

Das Lächeln verschwindet, als mir einfällt: Tally mag in Sicherheit sein, aber Lily ist es nicht.

Zwanzig Minuten später erreiche ich unsere Straße und bleibe stehen. Ein Stück weiter steht ein Streifenwagen am Straßenrand. Carson.

Diesmal observiert er uns nicht. Er steht auf unserer Veranda und Bren will ihn gerade ins Haus lassen.

Mist. Ich werfe einen Blick auf mein Handy. Es ist nach

halb acht. Gut vier Stunden sind vergangen, seit Lilys Bild hochgeladen wurde. Carson muss das Foto zu meiner Schwester verfolgt haben ... oder zu mir.

Vor plötzlicher Sorge wird das dumpfe Pochen in meiner rechten Schläfe stärker. Ein Migräneanfall hat mir gerade noch gefehlt.

Bren schließt die Tür hinter Carson, und nach einigen Momenten des unruhigen Wartens gelange ich zu dem Schluss, dass er so schnell nicht zu seinem Wagen zurückkehren wird. Ich gehe langsam an der Straße entlang, behalte dabei sowohl das Haus als auch den Wagen im Auge. Ich spiele mit dem Gedanken, die Luft aus den Reifen zu lassen, doch dann fällt mir etwas ein: Carson kann kein Verdächtiger sein.

Mrs Waye hätte sich an einen Mann gewendet, dem sie vertraute und den sie liebte, der noch dazu Polizist war. Aber stattdessen machte sie sich auf und davon.

Ich denke an das Bild der Wayes auf Tessas Facebook-Seite. Wusste Carson vielleicht, dass mit Tessa etwas nicht stimmte? Der Blick, den er auf sie richtete ... Lag nicht etwa Eifersucht darin, sondern Argwohn und Sorge?

Stehen Carson und ich vielleicht auf derselben Seite?

Das müsste sich eigentlich herausfinden lassen.

Ich umrunde den Wagen und bin nicht überrascht, dass alle Türen verriegelt sind. Aber ein Fenster steht einen Spaltbreit offen, damit es drinnen nicht zu heiß wird. Die Lücke ist nicht so groß, dass ich eine Hand hindurchstrecken kann, aber für ein Tagebuch sollte sie genügen.

Ich blicke zum Haus hinüber und halte nach Bewegungen an den Fenstern Ausschau. Nichts.

Zuerst habe ich gedacht, dass das Tagebuch der Polizei nicht weiterhelfen würde. Weil der Text zu ungenau ist. Aber vielleicht – nur vielleicht – könnte es dazu führen, dass Carson Mr Waye genauer unter die Lupe nimmt.

Ich hole das Tagebuch aus der Kuriertasche, schlage es bei Seite zweiundzwanzig auf und knicke das Blatt so, damit Carson die Stelle liest, wo es heißt, dass Tessas Mutter den Unbekannten geliebt hat. Es ist nicht viel, aber mehr habe ich im Moment nicht.

Ich wische das Tagebuch an meinem T-Shirt ab. Verfolgungswahn? Ja, total. Dann schiebe ich es durch den Spalt und beobachte, wie es auf den Rücksitz fällt.

Eine Sekunde später laufe ich los. Lauren erwartet mich.

31

Wir haben keine Waffen im Haus und die Messer hält meine Mutter unter Verschluss. Es muss einen anderen Weg geben.

– Tagebuch von Tessa Waye, Seite 51

Laurens Haus ähnelt einer Abbildung aus einem Wohn- und Einrichtungsmagazin. Für ihre Familie ist das vermutlich nichts Außergewöhnliches. Ich aber kann immer noch nicht glauben, dass in einer solchen Umgebung echte Menschen leben. Alles ist sauber. Weiche Stoffe laden zum Berühren ein. Die von Mrs Cross ausgesuchten Farben sind gleichzeitig hell und sanft. Alles wirkt ... entspannend.

Aber nicht auf mich.

Leute wie Bren und Todd würden sich an einem solchen Ort natürlich wohlfühlen. Es ist ihre Welt, aber nicht unsere.

Beziehungsweise nicht meine. Lily hat sich gut eingewöhnt. Sie kommt damit besser klar als ich.

Wo hakt es bei mir?

Vielleicht will ich die Antwort auf diese Frage gar nicht erfahren. Ich nehme den Nebeneingang, durch den ich in die

Küche der Crosses gelange. Mindestens zwanzig Personen stehen dort herum. Ich bin gerade erst ein paar Schritte weit gekommen, als ich auch schon Jenna Maxwell über den Weg laufe. Ihr helles Haar ist zu einem Pferdeschwanz zusammengebunden und sie trägt ein bonbonfarbenes Kleid. Es ähnelt jenem, das Bren mir letzte Woche gekauft hat.

»Was suchst du hier?«, blafft sie.

Ich denke über eine gute Antwort nach, komme aber nicht weit. Jenna hat sich feinkörnigen Glitter ins Gesicht und auf die Schultern gerieben und ich kann nicht anders: Ich starre sie an. Sie ... glitzert. Jenna hält das vermutlich für großartig.

Für mich hingegen sieht es aus, als hätte sie einen Ringkampf mit einer Fee hinter sich.

»Was ist?«, fragt Jenna. »Bist du neidisch?«

»Äh ...« In diesem Fall fällt mir keine gute Antwort ein. Ich könnte sagen, nein, ich sei nicht neidisch, denn dieser Look sei mir von Stripperinnen bekannt ... In dem Fall schlüge sie mich vermutlich zu Brei.

»Äh ...«, äfft Jenna mich nach. Sie mustert mich von Kopf bis Fuß, und ihrem verächtlichen Lächeln nach zu urteilen, halte ich der Prüfung nicht stand. Was mich kaum überrascht.

Warum fühle ich mich trotzdem so mies?

Jenna stützt beide Hände in die Hüften. »Was denkst du überhaupt, Wicket? Hältst du dich für was Besonderes, nur weil du mit Lauren befreundet bist?«

»Verzieh dich, Jenna!« Griff, der drahtige, harte Griff, der in den Streifenwagen stieg, legt mir den Arm um die Schultern, und die Adern in Jennas Hals werden dick wie Stricke. »Du bist betrunken.«

»Vielleicht bin ich das tatsächlich.« Jenna mustert mich wieder. »Und welche Entschuldigung hast du, Griff?«

Ich möchte weg, kann mich aber nicht von der Stelle rühren. Griffs Arm drückt fester zu. Er hält mich fest, und ich möchte nicht hören, was jetzt kommt. Ich befürchte, dass er was von einem »Ausflug in die Slums« faselt und mich abblitzen lässt.

Ich warte und rechne mit dem Schlimmsten.

Jenna mustert Griff mit einem herausfordernden Blick. »Na?«

Griff zieht mich enger an sich. Seine Finger wandern an meinem Hals hoch und tasten nach meinem Haar. Alle sehen uns an und er ... lacht über Jenna.

»Du bist bescheuert, Jenna.« Er nimmt mich zur Seite, und wir gehen so an ihr vorbei, als wäre sie Luft.

Vielleicht ist sie das tatsächlich, wenigstens für ein paar Sekunden. Denn ich fühle Griff an meiner Seite, kantig und amüsiert. Ich denke nur daran, dass er für mich eingetreten ist und mich gerettet hat. Und doch weiß ich nicht mehr, ob ich ihm trauen kann.

Für die Sache mit Jenna wird es Vergeltung geben – vermutlich erwartet mich in naher Zukunft ein weiterer Müllcontainer. Aber für den Augenblick ist mir das völlig schnuppe. Ich bin bei Griff und sollte ihm gegenüber misstrauisch sein, Antworten von ihm verlangen. Stattdessen fühle ich mich einfach nur gut so dicht neben ihm, während er einen Arm um mich geschlungen hat.

Dann sehe ich mich um und stelle fest, wie viele Blicke auf uns gerichtet sind.

Die anderen flüstern miteinander.

Vielleicht liegt es daran, dass Griff Jenna eine Abfuhr erteilt hat. Aber so wie mich die anderen begaffen ... Es scheint um etwas anderes zu gehen.

Ein Mädchen raunt einem anderen etwas zu und ich lese »Lily« von ihren Lippen.

Mir ist plötzlich kalt.

Überall wird der Name meiner Schwester geflüstert. Einige weichen von uns zurück, andere kommen näher, und mir wird klar: Sie wissen Bescheid. Sie haben die Facebook-Seite gesehen oder davon gehört.

Mein Lächeln – dessen ich mir bisher gar nicht bewusst gewesen bin – erlischt plötzlich. Ich bin wieder in mein Leben zurückgekehrt, in mein richtiges, wahres Leben.

»Was hat es mit der IP-Adresse auf sich, von der du Lauren erzählt hast?«, frage ich Griff leise.

Er nickt einigen Jungs von der Basketballmannschaft zu und schlendert so lässig durch die Party, als hätten wir alle Zeit der Welt.

»Heraus damit ...«

»Noch nicht, Wick! Nicht hier.« Griff begrüßt einige Freunde, aber zum Glück bleiben wir nicht stehen. Die Blicke seiner Kumpel kleben an mir.

Weil sie Lilys Foto gesehen haben? Oder weil Griff meine Hand hält?

Wir erreichen den Garten, wo ein Pärchen im Pool knutscht und wo ein Volleyballspiel stattfindet. Gut. Hier scheint niemand auf uns zu achten.

Griff führt mich zu zwei Teakholzliegen, von denen aus die schmale Gasse zwischen dem Hinterhof der Crosses und der Straße zu überblicken ist.

Detective Carsons Wagen steht am Straßenrand.

32

Morgens fällt mir das Aufstehen sehr schwer. Es liegt nicht am Gewicht der Decken. Es fühlt sich an, als müsse ich aus dem Grab klettern.

– Tagebuch von Tessa Waye, Seite 3

»Er ist deinetwegen hier.«

Ich blinzele und zwinge mich, den Kopf zu wenden und Griff anzusehen, obwohl ich dabei eine Gänsehaut kriege. Es gefällt mir ganz und gar nicht, Carson hinter mir zu haben. »Ach ja? Woher willst du wissen, dass er nicht deinetwegen hier ist, Griffin? Du bist derjenige, der bei ihm in den Wagen gestiegen ist.«

»Das hast du gesehen, wie?« Griffs Lippen formen ein falsches Lächeln. Heuchelei ist kein gutes Zeichen. Ich möchte gern Carson im Auge behalten, aber jetzt ... Jetzt fürchte ich plötzlich, Griff im Rücken zu haben.

»Und ich dachte, ich sollte hier der Stalker sein, Wick.«

»Du weichst meiner Frage aus.«

»Nein, eigentlich nicht. Es überrascht mich nur, dass du davon weißt.« Sein Blick streift mich und ich bin wieder einmal von seinen Augen beeindruckt. Ampelgrün, das beschreibt sie am besten. Aber derzeit scheinen sie nicht *Freie Fahrt* zu signalisieren, sondern *Flieh!*

Ich hindere meine Beine am Weglaufen.

»Da du es bist, sollte ich wohl nicht überrascht sein«, sagt Griff und fährt sich mit einer Hand durchs Haar. Ich bemerke die Tintenflecken an seinen Fingern.

»Nein, wohl nicht.«

Plötzlich grinst er, lässt sich auf die nächste Liege sinken und klopft aufs Kissen an seiner Seite. »Mach kein Gesicht wie drei Tage Regenwetter! Komm, setz dich zu mir!«

Ich schüttele entschieden den Kopf. »Ich stehe lieber.«

»Aber ich hätte es lieber, wenn du neben mir sitzt.« Seine Hand schließt sich um meinen Unterarm. Dies könnte der Augenblick sein, in dem er mich auf die Liege zerren will und ich mich zu befreien und wegzulaufen versuche. Aber er hält mich so, als wäre mein Unterarm zerbrechlich wie Glas und als bestünde dieses Glas aus spitzen Nadeln. »Hier kann er dir nichts tun. Weder dir noch mir. Entspann dich! Bitte.«

Solche Worte richtet sonst niemand an mich. Vielleicht ist es das *Bitte*, vielleicht liegt es an ihm. Oder ich verspüre tief in mir einfach den Wunsch, neben ihm zu sitzen. Ich gebe nach – meine Knie geben nach –, und plötzlich finde ich mich an seiner Seite wieder.

Zwar bin ich der Panik nahe, aber gleichzeitig fühlt es sich an wie eine Heimkehr.

»Was war los?«, frage ich.

»Die Polizei wollte mir einige Fragen stellen.«

»Warum? Worüber?«

»Über meinen Vater. Er verschwand nicht des schönen

Wetters wegen nach Kalifornien, sondern weil er seinem Dealer entwischen wollte.«

Ich spüre, wie Griff neben mir unruhig wird. Gewöhnlich sitzt er so still, als hielte er den Atem an.

»Eigentlich ist es keine große Sache, Wick.« Griff nimmt meine Hand und sein Daumen folgt dem Verlauf meiner Lebenslinie. »Ich hielt es für besser, Detective Carson zu begleiten, als mich im Büro des Rektors aushorchen zu lassen.«

Kann ich verstehen. Aber damit ist Griff ein Risiko. Es spielt keine Rolle, dass die Polizei ihn nach seinem Vater befragte. Joe wird glauben, dass es dabei auch um die Sache mit dem Kreditkartenbetrug ging. Lieber Himmel, wenn er davon erfährt ...

Ich schaudere.

Griff scheint meine Gedanken zu erraten und schüttelt bedächtig den Kopf. »Das Gespräch fand unter vier Augen statt. Niemand weiß davon. Ich bin siebzehn und stehe unter Schutz. Von Joe hat Carson keine Ahnung. Was geschehen ist ... Dadurch ändert sich nichts.«

»Wenn Joe davon hört, wird er ein Wörtchen mit dir reden wollen. Und vielleicht nicht nur das. Du kannst nicht mehr mitmachen, es ist zu gefährlich.«

Ich will mich von Griff abwenden, aber er hält mich fest.

»Er erfährt nichts davon, wenn du ihm nichts erzählst. Und ich glaube nicht, dass du mir so etwas antust.«

Ich sehe ihn an. Er vertraut mir. Warum?

»Ich bin kein Risiko«, sagt er. »Im Gegensatz zu dir.«

Er berichtet, dass Carsons Fragen hauptsächlich mich betrafen. Offenbar glaubt der Detective, dass er alles über mich weiß, weil wir aus demselben Viertel stammen: was ich in meiner freien Zeit anstelle, wie mein Computersystem beschaffen ist und so weiter. Offenbar leide ich nicht an Verfolgungswahn – Carson scheint mich tatsächlich für eine Hackerin zu halten.

Meine Nerven liegen plötzlich blank.

»Was hast du ihm gesagt?«

»Gar nichts.« Griff lehnt sich zurück und zieht mich dabei mit. Er sinkt tief in die Kissen, bis ich halb auf ihm liege, Brüste und Bauch an ihn gedrückt. Ich halte mich für eine ziemlich kratzbürstige Person, aber Griff gibt mir das Gefühl zu schmelzen. »Du musst mir glauben. Ich habe ihm nichts verraten.«

Damit hätte sich Carson nicht zufriedengegeben. Auf keinen Fall. Genau darauf will ich Griff hinweisen, als ich bemerke, dass seine Aufmerksamkeit gar nicht mehr mir gilt. Sein Blick schweift über meine Schulter hinweg zu Carsons Wagen hinüber.

»Was ich über dich weiß, Wick ... Damit kann er nichts anfangen.«

Dafür erntet er ein abfälliges Schnauben von mir. Joe, die neue Betrugsmasche und Tessa ... Damit kann Carson sehr wohl etwas anfangen. Ich muss ihn nach Michael Starlings richtigem Namen fragen, denke aber immerzu daran, was Griff über mich weiß und was davon mein Verderben bedeuten könnte. »Ach? Und wieso nicht?«

»Ich weiß, dass dein Lachen rau klingt, eingerostet. Ich weiß, dass du selbst dann hungrig aussiehst, nachdem du gegessen hast. Ich weiß, dass man dich in Müllcontainer wirft. Der Rest sind Kleinigkeiten.«

Sein Blick kehrt zu mir zurück, seine Augen scheinen dunkler geworden zu sein. »Willst du noch mehr hören?«

»Ich habe keinen Hunger, sondern Durst, und zwar auf Kaffee.« Ich klinge angepisst, lächle aber wie bescheuert, wie Lily in einem neuen Kleid, wie meine Mutter, als sie meinen Vater noch liebte.

Tief in mir bildet sich ein Knoten.

Wie dumm von mir, so auszusehen. Wie dumm von mir, mich so zu fühlen.

»Das meine ich nicht, Griff, und das dürfte dir auch klar sein. Du weißt genug über den Kreditkartenbetrug, Joe und mich, um Carsons Interesse zu wecken. Wie kann ich sicher sein, dass du ihm nichts verraten hast?«

»Du bist noch hier – ist das nicht Beweis genug?« Griff streckt die Hand nach mir aus, streicht mir durchs Haar. »Nie täte ich etwas, das dir schadet.«

Ich versuche, mein inneres Gleichgewicht wiederzufinden und zu dem Mädchen zurückzukehren, das ich eigentlich sein sollte. Zu dem Mädchen, dessen Existenz durch Griffs Gegenwart, Brens Nörgeleien und Lilys Freude bedroht ist.

»Alles in Ordnung?«, fragt Griff.

»Ja«, sage ich und setze mich auf, aber das genügt nicht, es ist nicht genug Platz zwischen uns. Ich stehe auf und Griffs Finger wandern über meine Haut und verschwinden. Gut. Ich denke, besser, wenn wir uns nicht berühren. »Ja, es ist alles in Ordnung.«

Griff beobachtet mich, und damit ich ihn nicht ansehen muss, beobachte ich Carson.

»Warum machst du es?«, fragt er.

Seltsam, dass ich gar nicht fragen muss, was er meint. »Hacken kann ich am besten.«

»Du bist gut in Mathe, aber du lässt dich nicht dafür bezahlen, für andere die Hausaufgaben zu erledigen.«

»Vielleicht weil es nicht gut genug bezahlt wird.« Es klingt ziemlich zickig und das gefällt mir nicht. Es ist die Wahrheit, aber so sollte es sich nicht anhören. »Entschuldige, es ist nur ... Warum machst du nicht was anderes?«

»Du hast mehr Möglichkeiten als ich.«

Stimmt schon, ich habe Bren und Todd ... aber warum fühlt es sich an, als ließe Griff etwas aus? Er schweigt und ich schweige ebenfalls. Die Stille dehnt sich zwischen uns aus. Ich spüre, wie sehr er sich wünscht, dass ich das Schweigen beende, aber ich gebe keinen Ton von mir. Ich weiß es besser – einen Betrüger kann ich nicht hereinlegen.

»Willst du abhauen?«

Beinahe hätte ich gelacht. Vielleicht wäre es auch kein Lachen geworden, sondern ein Schluchzen. Ahnt er, wie es um mich steht? »Ja. Wenn ich muss.«

»Aber in der Zwischenzeit lässt du dich mit bösen Buben ein.«

Wieder möchte ich lachen. Bei Griff klingt es ... heldenhaft, als hätte ich nicht entsetzliche Angst. Ich wende den Kopf und sehe in seinen Augen, dass er den Witz erkennt. Sein Lächeln scheint an Fäden zu hängen.

Ich richte den Blick wieder auf die Straße, um Carson zu beobachten, doch sein Wagen steht nicht mehr da. Er ist weg.

»Es tut mir leid, dass ich dich in diese Sache hineingezogen habe, Griff. Ich habe es schlimmer gemacht.«

»Mir tut es nicht leid.« Hinter mir seufzen die Kissen, als sich Griff aufsetzt. Er kommt näher, so dicht, dass seine Lippen mein Ohr fast berühren. »Du brauchst meine Hilfe, Wick. Küss mich und du bekommst sie!«

33

Ich habe wie eine Vollidiotin gegrinst, wenn ich ihn sah.

– Tagebuch von Tessa Waye, Seite 23

»Was?« Hinter uns ist das Volleyballspiel zu Ende gegangen, und die Gewinner wollen die Verlierer im Pool ertränken. Alles ist seltsam normal und kommt mir doch völlig verkehrt vor. Was ich gerade gehört habe … Meine Ohren müssen mir einen Streich spielen.

»Küss mich und ich helfe dir!«

Küss mich! Es ist ein Befehl, doch er klingt wie ein Gebet. »Ich lasse mich nicht erpressen.«

»Es ist ein Tausch, Wick. Das solltest du verstehen.« Griff geht um mich herum und sieht, dass Carson verschwunden ist. Seine Lippen werden dünn. »Du willst etwas von mir und ich will etwas von dir.«

»So läuft das nicht.« So sollte es nicht laufen. Ich möchte nicht, dass Griff ebenso ist wie Joe oder mein Vater, denen es immer darum ging, was ich für sie tun konnte.

Ich sehe ihm in die Augen. »Warum machst du das?«

»Weil du zum ersten Mal seit drei Jahren etwas von mir willst, und das muss ich ausnutzen.« Griff lächelt, aber diesmal liegt keine Wärme in seinem Lächeln. »Verstehst du jetzt, warum ich sagte, dass wir uns gleichen?«

Er wagt sich einen Schritt näher und entspannt sich, als ich nicht loslaufe. Vielleicht hat er ebenso viel Angst wie ich.

Es ist nur ein Kuss. Nichts Weltbewegendes. Wovor fürchte ich mich? Ich sollte es einfach hinter mich bringen.

Auf der anderen Seite des Gartens klettern die Volleyballspieler aus dem Pool und gehen ins Haus. Griff und ich sind allein. Ich weiche zurück, aber das nutzt nichts, denn sofort kommt er wieder näher. »So ein Quatsch, Griffin, du steckst bereits mitten drin. Lauren sagte mir, du hättest Namen mit der IP-Adresse in Verbindung gebracht. Was bedeutet das? Hast du den Unbekannten gefunden?«

»Ich habe Nachforschungen angestellt. Wir wissen beide, dass Michael Starling ein falscher Name ist und das Bild von einem PC in der Stadtbibliothek hochgeladen wurde. Man verbinde die Namen, die als Benutzer eingetragen sind, mit der IP-Adresse. Dann haben wir den Burschen.«

»Und wie willst du das hinkriegen?«

Griff hebt die Schultern. »Du hast deine Methoden, ich habe meine. Du forderst einen Psychopathen heraus, Wick. Wer auch immer er ist, du solltest dich vor ihm in Acht nehmen.«

Das stimmt. Trotzdem hebe ich das Kinn. »Ich muss es in Ordnung bringen.«

»Es kann nicht mehr in Ordnung gebracht werden und das weißt du. Tessa kehrt nicht von den Toten zurück.«

»Wir müssen den Verantwortlichen zur Rechenschaft ziehen.« Ich zwinge mich, Griffs Blick standzuhalten, und es bringt mich fast um. Ich dachte, er hätte gewusst, wer ich bin. Ich dachte, es sei bei Joe klar geworden. Aber Griff starrt mich an, als sei ich eine andere, und das hasse ich. Denn es gibt nichts Süßes und Liebenswertes an mir, nur Zorn und Entschlossenheit.

»Na schön. Einverstanden. Ich küsse dich.«

»Ich wusste, dass du bereit bist.«

Lügner. Ich habe ihn schlucken sehen. Er war alles andere als sicher, dass es klappt.

»Schließ die Augen! Ich küsse dich, aber du musst die Augen schließen.«

Für einen Moment erscheint Argwohn in seinem Gesicht, doch dann kommt er meiner Aufforderung nach. Er senkt sogar die Arme, überlässt mir die Kontrolle.

Ich lege ihm die Hände auf die Brust und er zuckt zusammen. »Verdammt«, murmelt er. Damit entlockt er mir ein Lächeln, denn ich erkenne, wie viel ihn dies kostet. Er hält sich für mich zurück. Gut.

Um nicht im letzten Augenblick zu kneifen, drücke ich ihm rasch die Lippen auf die Wange.

Er reißt die Augen auf und ich lächle. »Abgemacht ist abgemacht, Griffin.«

Ich husche an ihm vorbei und komme zwei Schritte weit, bevor er mich von hinten packt und umdreht. Plötzlich liege ich halb auf seiner Schulter.

»He!« Er hat mich mühelos hochgehoben, als wöge ich nichts. Das verabscheue ich. Ich will nicht daran erinnert werden, wie klein ich bin.

»Setz mich ab, verdammt!« Ich schlage mit beiden Fäusten zu und hämmere auf ihn ein, während er mit mir losgeht. Ich rechne damit, dass er sich zur Wehr setzt, dass er mich schüttelt, aber stattdessen wirft er mich in den Pool.

Prustend komme ich an die Wasseroberfläche und streiche mir das nasse Haar hinter die Ohren. »Mistkerl!«

»Ja, genau.« Ich bin nicht weit vom Beckenrand entfernt, und Griff beugt sich zu mir herab, streckt mir die Hand entgegen. Andere Typen hätten sich jetzt kaputtgelacht, aber Griff ist sehr ernst. »Bin doch kein netter Bursche, oder?«

Ich stoße seine Hand beiseite und schwimme zum Rand des Pools. »Das steckt dahinter? Du wolltest den Macho raushängen lassen? Wie drittklassig von dir!«

»Was soll ich sagen? Du holst das Schlechteste aus mir heraus.«

Und du aus mir. Griff bietet mir abermals die Hand an und diesmal greife ich zu.

Und ziehe mit ganzer Kraft.

Er stürzt in den Pool – so weit, so gut. Aber dummerweise fällt er auf mich drauf, was ich eigentlich hätte voraussehen sollen.

Vielleicht habe ich es auch geahnt.

Griff neigt sich zur Seite, damit er nicht genau auf mir landet, aber meine Hände stecken in seinem T-Shirt, und er zieht mich ganz dicht heran. Wir gehen gemeinsam unter, wie miteinander verheddert, und als wir wieder nach oben kommen, hat er die Beine um mich geschlungen, und ich habe die Hände in seinem Haar.

Diesmal wartet Griff nicht auf mich. Sein Mund findet meine Lippen, und er zieht mich noch näher, als hätte er Angst, dass ich ihm selbst hier entkommen könnte.

Als wenn ich das wollte.

Er ist überall. Eine Hand hält mich am Kreuz und drückt mich an seinen Körper. Die andere spielt mit meinem Haar und hinterlässt Knoten in den Strähnen. Seine Zunge tastet mir über die Unterlippe, ganz sanft, aber ich schaudere trotzdem.

Was Griff offenbar für eine Einladung hält. Seine Zunge trifft meine und ist wieder sehr sanft, als wolle er mich erforschen, mich kosten. Zuerst ist es wunderbar ... aber dann nicht mehr. Ohne dass es mir bewusst wird, lege ich ihm die Arme um den Hals, und diesmal bin ich es, die ihn näher zieht. Griff reagiert mit leisem Stöhnen und dann wird der Kuss drängender, leidenschaftlicher.

Schließlich löst sich Griff von mir, um nach Luft zu schnappen, und als ich die Augen öffne, lächelt er. »Drei Jahre, Wick. Ich habe drei Jahre gewartet und du warst es jede verdammte Sekunde wert.«

Jetzt lächle ich.

»Noch einmal«, flüstere ich, und wir küssen uns wieder, bis mich Verlangen wie Honig durchströmt, bis ich brenne wie Benzin.

34

Er starrt mich nie an und verhält sich nie auf unangemessene Art und Weise, wenn wir in der Nähe anderer sind. Er ist sehr vorsichtig. Niemand käme auf den Gedanken, dass sich zwischen uns etwas abspielt. Seltsam, wie man mich noch immer angafft. Deshalb musste ich lernen zu verschwinden. Und so verschwand ich, direkt vor den Augen der Leute.

– Tagebuch von Tessa Waye, Seite 82

Als ich am nächsten Morgen erwache, fällt heller Sonnenschein in Laurens Gästezimmer. Meine Güte, wie spät ist es?

Ich taste mit der Hand über den Boden, suche mein Handy und finde es unter den Flipflops. Ein Blick aufs Display teilt mir mit: Es ist fast zehn. Gut. Nicht ganz so spät, wie ich befürchtet habe.

Bren hat angerufen, wie ich sehe. Ich höre mir ihre Mailbox-Nachricht zweimal an und achte dabei auf den Tonfall, aber es scheint alles in Ordnung zu sein. Wenn Carson mein Hacken entdeckt hätte, klänge Bren bestimmt anders. Dann wäre sie dem Zusammenbruch nahe. Hatte Carson vielleicht einen anderen Grund, vor Laurens Haus zu lauern?

Ich nehme mir vor, Bren später zu fragen. Jetzt muss ich mich sputen – wir müssen vor elf bei Joe sein.

Joe. Verdammter Mist.

Ich rolle mich auf den Rücken und starre an die Zimmerdecke. Mrs Cross hat sie taubengrau streichen lassen. Bestimmt soll die Farbe beruhigend wirken, aber sie erinnert mich an Gewitterwolken.

»Ist es wirklich so schlimm?«

Ich zucke so heftig zusammen, dass sich das ganze Bett bewegt. Griff – der nur wenige Zentimeter entfernt ist und mich beobachtet hat – lacht laut auf.

»Himmel, kein Wunder, dass Bren dir keinen Kaffee gibt! Bist ganz schön schreckhaft, wie?«

»Was zum Teufel suchst du hier?«

»Ich habe gewartet, dass du aufwachst.«

Ich bin nicht sicher, ob mir das gefällt. Seltsamerweise erinnere ich mich gar nicht, dass wir gemeinsam zu Bett gegangen sind. Irgendwie verschlug es uns zusammen hierher. Es war drei Uhr morgens und ich musste mich irgendwo hinlegen. Sonst kann ich nicht überall schlafen, nicht einmal zu Hause. Aber ich war fix und fertig und mir fielen die Augen zu. Die Party war noch in vollem Gang und er fand ein leeres Gästezimmer für uns.

Ich weiß noch, dass er mit dem Rücken an der Tür saß.

Jetzt ist er hier.

Ich ziehe das Laken näher an mich heran. Griff hebt die Brauen und lächelt. Er hält mich für mädchenhaft und vielleicht hat er recht. Ich meine, ich ziehe nicht unbedingt die ganze jungfräuliche Zickennummer ab, aber ich fühle mich nackter, als es eigentlich der Fall ist. Immerhin trage ich Jeans und Laurens Lieblings-T-Shirt, ein Honey-Badger-Teil. Außerdem sollte ich das Laken nicht weiter zu mir heranholen, weil ich es dadurch von Griff wegziehe.

»Es macht mir Spaß, dich zu wecken«, sagt er und legt beide Hände hinter den Kopf. Hm. Bei dieser Geste spannt sich das T-Shirt über seiner Brust und dann ... Plötzlich kann ich mich kaum noch konzentrieren. »Du bist niedlich, wenn du schläfst.«

»Du hast mich beim Schlafen beobachtet?« OgottoGotto-GottoGott. Ich kneife die Augen zusammen und schiebe das Kinn vor, damit er meine Panik nicht sieht. Habe ich vielleicht geschnarcht oder gesabbert? »Das finde ich ... unheimlich.«

Griffs Lächeln wird zu einem Grinsen. »Ich konnte nicht schlafen. Du hast mich dauernd getreten.«

»Habe ich nicht.«

Er kommt mir wieder schrecklich nahe. »Hast du doch.«

Ich strafe ihn mit einem finsteren Blick. Meine Worte von eben habe ich ernst gemeint. Es ist wirklich unheimlich, von jemandem im Schlaf beobachtet zu werden.

Aber wenn der Beobachter Griff heißt, ist es nicht ganz so schlimm.

Ich fahre mir mit einer Hand durchs Gesicht und versuche, an etwas anderes zu denken. »Wir sollten in Gang kommen.«

»Und ob.« Griff schiebt sich noch etwas näher und ich erstarre. »Aber wir brauchen uns nicht zu sehr zu beeilen. Ich habe mein Motorrad. Damit sind wir in weniger als zwanzig Minuten bei Joe.«

»Ich ... ich ...« Ich weiß nicht, was ich sagen soll. Nur noch wenige Zentimeter trennen uns und in meinem Gehirn kommt es zu einem Kurzschluss. Griffs Körper streicht an mir entlang und fast hätte ich laut nach Luft geschnappt. Er riecht noch immer nach Gras und Chlor vom Pool und sein Haar ist zerzaust.

Für einen Moment rechne ich damit, dass er mich erneut küsst, aber dann dreht er den Kopf ein wenig. Mein Ohr prickelt, als er mir etwas zuflüstert. Plötzlich fühle ich mich wie elektrisiert. »Ich mag es, neben dir aufzuwachen, Wick.«

Ich grabe meine Finger ins Laken, denn sie wollen ihn berühren. »Ich dachte, du bist wach geblieben, weil ich dich getreten habe.«

»Ja, stimmt.« Griffs Hand wandert an meinem Hals hinauf und legt sich um mein Kinn. »Aber vor allem bin ich deshalb wach geblieben ...«

Ich fühle seine Lippen am Kiefer ... auf der Wange ... auf dem Mund. Ich wende mich zu ihm um und er drückt mich nach unten, hält mich auf dem Bett fest.

»Noch einmal«, haucht er.

Eine andere Stimme erklingt. »Zum Teufel auch, Griffin!«

Es ist die Stimme eines verärgerten Jungen und sie ist hinter der Tür zu hören. Ich zucke wieder zusammen, vielleicht noch heftiger als vorher, so heftig, dass meine Stirn gegen Griffs Kopf stößt. Deutlich fühle ich, wie mein Gesicht erglüht.

»Wir sind beschäftigt!«, ruft Griff und hält mir dabei mit den Händen die Ohren zu, damit ich nicht taub werde.

»Das ist mir völlig schnurz!«, donnert Matthew Bradford und hämmert gegen die Tür. »Dein Motorrad steht mir im Weg, Mann. Ich fahre das Ding über den Haufen, wenn du's nicht wegschiebst.«

»Verpiss dich, Bradford! Ich bin gleich draußen.« Griff streicht mir das Haar aus dem Gesicht. Ich wäre aus dem

Fenster gesprungen, um Bradford zu entkommen, aber er scheint völlig unbeeindruckt zu sein. Er lächelt, und es ist ein vertrauliches, geheimes Lächeln, allein für mich bestimmt.

»Gehen wir«, flüstere ich. »Der Kerl ist imstande, wirklich über deine Maschine zu fahren.«

Griff lacht. »Nein, das tut er nicht.«

Aber er lässt mich los und geht zur Tür, während ich ins Bad wanke. Dort angekommen, schließe ich die Tür und schalte das Licht ein.

Donnerwetter. Ich betrachte mich im Spiegel und blinzle. Vielleicht hätte ich das Licht besser aus lassen sollen. Jetzt bräuchte ich eine dieser Ho-on-the-Go-Taschen, wie man sie für einen One-Night-Stand verwendet. Womit soll ich diese Landschaft der Schande bedecken, in die sich mein Gesicht verwandelt hat? Mein Haar ist ein wildes rotes Durcheinander. Wimperntusche hat hässliche Flecken unter den Augen hinterlassen. Und meine Sachen ... Wieso sehen sie aus, als hätte ich in ihnen geschlafen?

Aber Griff wollte mich trotzdem.

Wir erreichen Joes Bude kurz vor elf. Griff hält auf der Zufahrt und stellt den Motor ab. Für einen Moment bleiben wir auf der Maschine sitzen und blicken zum Haus hinüber, während Griffs Finger Kreise auf mein linkes Knie malen.

»Weißt du, Joe hat mir den Code gezeigt, den du geschrieben hast«, sagt er schließlich. »Ich meine den Code, mit dem man eine Firewall austricksen kann.«

»Ja?«

»Ja. Sehr eindrucksvoll.«

»Es ist nicht eindrucksvoll, Leute zu betrügen.«

»Stimmt.« Er wendet den Kopf, damit er mich ansehen

kann. »Mit Programmcode kommst du besser zurecht als ich.«

Ich suche in seinem Gesicht nach Hinweisen.

»Du klingst überrascht«, sage ich, obwohl das gar nicht stimmt. Mit Komplimenten komme ich nicht gut klar. Leichter fällt es mir, so zu reagieren, als wolle er einen Streit beginnen.

»Weißt du, meistens verschaffe ich mir Zugang zu den Computersystemen eines Unternehmens, indem ich die Sekretärin beschwatze und dazu bringe, ein Passwort oder dergleichen preiszugeben«, fährt Griff fort. »Ich schreibe keinen Code. Ich lüge. Damit bekomme ich, was ich will. Du bist anders, Wick. Du hast echtes Talent.«

Argwohn erwacht in mir und ich betrachte ihn genauer. Dieser Moment trägt ganz klar ein Gütesiegel, das besagt: *Achtung, dies ist etwas Besonderes!* Griffs Blick richtet sich auf Joes Haus und seine Hände drehen langsam den Motorradhelm. »Hast du ans Aufhören gedacht?«

Ich lache, schwinge das Bein über den Sitz und stehe neben dem Motorrad.

»Jeden verdammten Tag«, sage ich und bin von der Ehrlichkeit meiner Worte überrascht. Es ist eine Sache zu wissen, dass man was auf dem Kasten hat, aber es ist etwas ganz anderes, das jemand anderem gegenüber zuzugeben.

Insbesondere wenn der andere Griff heißt.

Seine Finger streichen mir über den Arm und erreichen meine Hand. »Warum hast du dann noch nicht aufgehört?«

»Wie kann ich? Jeder von uns hat ein besonderes Geschick.« Ich wende mich dem Haus zu, atme tief durch und sammle Kraft für den Gang zur Tür. »Hacken ist meine Spezialität, ob es mir gefällt oder nicht.«

»Was soll das heißen?« Griff hält mich am Ellbogen fest. »Wenn man aufhören will, hört man auf und geht.«

Ich sehe ihn groß an und warte, dass bei ihm der Groschen fällt. Das meiste hat er bereits verstanden – in der vergangenen Nacht hat er es gesagt.

Griff runzelt die Stirn. »Du hast tatsächlich Angst. Du glaubst wirklich, dass er Lily oder den Callaways etwas antun könnte.«

»Nein, ich *weiß*, dass er ihnen etwas antun kann. Du hast keine Ahnung, wozu Joe und mein Vater fähig sind und wie es war, mit ihnen aufzuwachsen. Ich muss vorbereitet sein. Das Hacken hilft mir dabei.«

Jeder andere hätte vielleicht widersprochen und darauf hingewiesen, dass die Sache nicht so sein muss, wie ich sie sehe. Jeder andere hätte gesagt: *Du musst nicht weglaufen. Du hast Bren und Todd.* Griff hingegen ... Er nickt einfach nur. Ich reiche ihm meinen Helm und dabei treffen sich unsere Finger. Mein Herz macht einen Sprung.

Seine Hand schließt sich um meinen Unterarm. »Was tätest du, wenn du die freie Wahl hättest?«

»Keine Ahnung.« Ich weigere mich, darüber nachzudenken. Es ist eine Frage, die andere Mädchen beantworten sollten. »Was tätest *du*?«

Griff zögert und dann liegt sein Mund wieder auf meinen Lippen. Beide Hände wölben sich an meinem Hals, berühren mich am Unterkiefer und im Gesicht.

Ich klammere mich wie eine Ertrinkende an ihm fest.

Ganz dicht dränge ich mich an ihn und krümme die Finger um seine Gürtelschlaufen. Er reagiert, indem er mich an sich zieht. So stehen wir, eng beieinander, Körper an Körper.

Schließlich löst sich Griff schwer atmend von mir. Wir

atmen beide schwer. Ich bringe es nicht fertig, ihm in die Augen zu sehen. Zu sehr bin ich davon fasziniert, wie die Adern unter seiner Haut pulsieren – sein Herz schlägt schnell.

»*Das* täte ich«, sagt Griff.

Unsere Blicke treffen sich und dann sehen wir beide weg.

»Ich möchte dich wiedersehen.« Griffs Hand streicht mir über den Rücken. »Nach dieser Sache. Während dieser Sache.«

Unsere Blicke finden wieder zueinander, und ein Knoten in mir löst sich, obwohl ich es eigentlich besser wissen sollte. »Ich auch.« Ich nicke in Richtung von Joes Haus. »Bringen wir's hinter uns?«

Griff zögert wieder. Irgendetwas stimmt nicht. Seine Augen sind dunkel geworden.

»Griff?«

»In Ordnung.« Er hebt die Schultern und folgt mir zur Veranda. Ich greife nach dem Knauf und öffne die Tür. Ich kenne Joe seit vielen Jahren und hacke fast ebenso lange. Der Eintritt in das Haus sollte mir leichter fallen.

Wir betreten den dunklen Flur.

»Na, ihr habt euch ja Zeit gelassen.« Die Stimme kommt aus dem Wohnzimmer. Joe klingt nicht sonderlich verärgert, aber mir kriecht trotzdem Eiseskälte über den Rücken. Das Licht ist gedämpft – offenbar saugen die Computer wieder zu viel Strom –, und ich sehe kaum mehr als Joes Silhouette. Als sich meine Augen an die Düsternis gewöhnen, schaudere ich plötzlich.

Denn Joe ist nicht allein.

»Hallo, Wick!« Die Zähne meines Vaters bilden einen weißen Streifen in den Schatten. »Hast du mich vermisst?«

35

Es spielt keine Rolle, ob es fünfzehn Minuten sind oder fünfzehn Tage. Die Freude, ihn wiederzusehen, ist immer riesengroß.

– Tagebuch von Tessa Waye, Seite 61

Er ist zurück. Zehn Monate, elf Tage und vierzehn Stunden sind vergangen. Ich denke an die vielen Polizisten, die bei uns waren, an die Reporter und die Zeitungsartikel. Eine groß angelegte Fahndung hat stattgefunden, aber ihn lässt das alles kalt. Er schlüpft durchs Netz und kehrt zurück.

Ein bitteres Lachen steigt in mir auf, aber ich halte es zurück. Vielleicht würde ein Heulen daraus. Das versteht die Polizei nicht und ich kann es nicht richtig erklären. Man kann meinen Vater nicht festnageln. Ich bin vor ihm nicht sicher.

Nicht, solange er etwas von mir will.

»Es ist eine Weile her.« Ich versuche, ihn von Kopf bis Fuß zu mustern, ohne seinem Blick zu begegnen. »Wie bist du hergekommen?«

»Magie.« Mein Vater sieht über meine Schulter hinweg. »Seit wann bist du mit Joes neuem Genie befreundet?«

Griff fällt mir plötzlich ein und ich drehe mich um. Er ist nahe, näher, als ich dachte. Mit einem Räuspern wende ich mich ab. Die Frage meines Vaters hat's in sich. Freunde sind mir verboten. Mein Dad erlaubt uns nichts, was er nicht selbst gebilligt hat.

»Wir sind nicht befreundet.« Ich biete meine ganze Willenskraft auf und zwinge mich, das Wohnzimmer zu betreten. »Legen wir jetzt mit dieser Sache los, oder was?«

Aber mein Vater sieht nicht mich an, sondern Griff, und ich spüre, wie sich mir die Nackenhaare sträuben und meine Arme steif werden. Er beobachtet Griff wie eine Bedrohung.

Ich kenne den Blick. Ich kenne ihn nur allzu gut.

Mein Vater befindet sich an dem dunklen Ort, dem finsteren, verdorbenen Ort, der unter seinem Herzen lauert, bis er sich ausdehnt und Zorn hervorbringt. Griff darf nicht in der Nähe sein, wenn das passiert.

Ich trete weiter in die Dunkelheit hinein. »Mir bleibt nicht viel Zeit. Ich muss bald zurück. Sonst wird meine Pflegemutter misstrauisch.«

Es ist ein forsches Vorgehen, und ich weiß, welches Risiko ich damit eingehe. Aber irgendwie kann ich nicht anders. Ich blicke meinem Vater in die Augen, trete ihm gegenüber. Ich mache mich größer und schrumpfe nicht vor ihm, wie er es mag, und das Resultat – eine plötzliche Spannung in seinen Schultern, ein kurzes Zucken der Hände – ist unübersehbar. In gewisser Weise kommt mir das zu einfach vor.

Dann sieht er wieder Griff an.

»Vermassle es nicht!«, sagt er.

Griff schnaubt. Oh, das ist gar nicht gut. Wenn mein Vater in dieser Stimmung ist, sollte man ihn besser nicht reizen, und genau das tut Griff gerade. Er kennt die Regeln nicht. Er weiß nicht, dass er den Blick meines Vaters meiden und sich möglichst unauffällig verhalten sollte.

Er sollte sich kein Beispiel an mir nehmen.

»Niemand wird etwas vermasseln.« Ich spucke die Worte aus und hebe den Kopf. »Falls du es noch nicht bemerkt hast ... Wir brauchen dich nicht als Babysitter. Wir kommen auch ohne dich gut klar.«

Es funktioniert. Mein Vater sieht mich an, und sofort will ich den Blick abwenden – alles in mir schreit danach. Wenn er solche Laune hat, sollte ich ihm nicht widersprechen, ihn nicht ansehen.

»Glaubst du?«, fragt er so ruhig und sanft, dass ich befürchte, er könnte mich durchschaut haben.

Aber dann geht's los.

Mit zwei Schritten ist er bei mir und packt mich an den Oberarmen, stößt mich gegen die Wand hinter mir. Und er versetzt mir einen Schlag, mit solcher Wucht, dass mir die Luft wegbleibt. Eigentlich soll ich die starke Tochter sein, aber plötzlich habe ich Tränen in den Augen.

Er beugt sich vor und dreht mir den rechten Arm auf den Rücken, so weit, dass der Schmerz meine Gedanken zerreißt.

»Antworte mir!«, knurrt er.

Wie aus weiter Ferne höre ich ein Krachen und Joe flucht. Mein Vater wendet kurz den Blick von mir ab, beobachtet etwas, schätzt etwas ein, das ich nicht sehen kann.

»Was hat das zu bedeuten?« Seine Aufmerksamkeit kehrt zu mir zurück. »Hast du dir einen Helden zugelegt, Wick? Glaubst du vielleicht, dein kleiner Junge könnte dich retten?«

Ich schweige, was mein Dad zum Anlass nimmt, die Hand schmerzhaft fest um mein Kinn zu schließen und meinen Kopf zu drehen, damit ich Griff ansehe.

Griff, der eine Glock-Pistole an der Schläfe hat.

Die grobe Hand dreht meinen Kopf erneut. »Ich habe dich immer gemocht, Wick, weißt du das?«

Er flüstert die Worte wie ein Geheimnis, aber sie sind laut genug, damit alle sie hören. Es ist zu still im Zimmer.

Ich denke an Griff, der uns anstarrt, der erkennt, was ich vor der Welt verborgen habe, und ich weiß: Mein Vater will, dass ich genau dieses Bild sehe, dass es sich mir einbrennt.

Er zeigt mir und allen anderen, dass ich ihm gehöre.

Als ob er mich daran erinnern müsste.

»Ich habe dich richtig lieb, Wick.«

Liebe? Wie kann er nur davon reden? Er setzt Gefühle ein, um Schaden anzurichten. Er versteht sie nicht.

Dann denke ich daran, wie sehr ich Lily liebe, was ich für sie täte, und fast hätte ich geschluchzt. Ich bin meines Vaters Tochter.

»Ich habe dich lieb, weil du so bist wie ich.«

So wie er. Mein Vater sieht mich zusammenzucken. Ich bin zu lange von ihm getrennt gewesen und kann meine Reaktionen nicht mehr so gut verbergen wie früher. Ein weiterer Schlag – und ich verhalte mich wieder angemessen.

Ich verzichte darauf, die Hand zum Mund zu heben. Was keineswegs bedeutet, dass ich den Schmerz nicht fühle.

Denn ich fühle ihn.

Es bedeutet auch nicht, dass ich das Blut nicht schmecke.

Denn ich schmecke es.

Ich bewege mich nicht, weil nun alles wirklich zurückgekehrt ist. Plötzlich fühle ich mich stärker. Ich finde mein eigenes Phantom, das Mädchen, das bei Bren und Todd fast verschwunden wäre. Ich finde es unter meinem Herzen, und es steht auf, schlüpft in meine Haut. Es sieht mit meinen

Augen, und wir versprechen uns: Er kann uns benutzen, aber er wird uns nie brechen.

Dad beugt sich wieder vor, bis ich den Whiskey in seinem Atem rieche und seinen Schweiß. »Wirst du tun, was man dir sagt?«

Es klingt nach einer Frage, aber wir wissen alle, dass es in Wirklichkeit ein Befehl ist.

»Ja ... natürlich.«

Es ist die Antwort, die er erwartet, doch er packt mich trotzdem an der Kehle. Seine langen Finger bohren sich mir ins Haar, drücken zu. »Sieh es ein, Wicket! Du brauchst mich. Wir brauchen uns gegenseitig.«

Diesmal spricht er wirklich leise, damit nur ich ihn höre. Ich erkenne den Ton, habe einen Namen dafür. Man könnte ihn vernünftig nennen.

Rational.

Als wäre alles unvermeidlich.

Weil ich so bin wie er.

Ich versuche, die Tränen zurückzuhalten. »Ja, ich bin so wie du, Dad. Du hast recht.«

Seine Hand lässt mich los. Er mustert mich, als suche er etwas. Als er es in meinem Gesicht findet, lächelt er. Schließlich wendet er sich von mir ab und geht zur Küche, wo wir ihn mit Flaschen hantieren hören – ein Geräusch, das zu unserer Familientradition gehört.

»Wir brauchen den Programmcode Ende der Woche.« Joe reicht Griff einen USB-Stick, und als Joe sich umdreht, um mir meinen zu geben, starre ich auf die Schweißflecken seines T-Shirts, damit ich ihm nicht in die Augen blicken muss.

»Gut.«

»Schick mir eine SMS, bevor du kommst«, fügt Joe hinzu.

»In Ordnung.«

Griff folgt mir die Verandatreppe hinunter und streckt mehrmals die Hand nach mir aus, aber ich weiche zur Seite, weil ich nicht berührt werden will.

»Warte! Ich starte nur schnell den Motor«, brummt er.

Ich nicke, warte aber nicht. Als er an seiner Maschine steht, mit dem Rücken zu mir, laufe ich los. Ich laufe den ganzen Weg bis nach Hause, allein.

36

Ich kann mir nicht einmal vorstellen, wie das Leben aussähe, wenn das alles nicht passiert wäre.

– Tagebuch von Tessa Waye, Seite 23

Ich stoße die Tür mit der Schulter auf, als das Display meines Handys mit Griffs vierter SMS hell wird.

Alles ok?

Nein, es ist nicht alles okay, aber danke der Nachfrage, denn nun weiß ich, wie es um dich steht. Mit Griff ist alles in Ordnung. Er kehrte nicht ins Haus zurück. Er spielt nicht den Helden für ein Mädchen, das ihn nicht verdient.

Mit gummiweichen Beinen gehe ich nach oben. Bren hat mich gehört und ruft meinen Namen, und ich fürchte plötzlich, dass sie mir folgt. Ich habe noch keine Ausrede parat, mir noch keine Lügen zurechtgelegt. Wenn sie mein Gesicht sieht ...

Ich höre Schritte. Jemand bleibt vor der Tür meines Zimmers stehen.

»Wick?«

»Lily?« Dem Himmel sei Dank. Ich muss weinen.

Meine Schwester öffnet die Tür und schließt sie sofort hinter sich, als sie mich sieht. Sie dreht sogar den Schlüssel im Schloss. Ein Blick in mein Gesicht und sie weiß Bescheid.

Wieder trifft eine SMS ein.

Wick?

Ich lösche sie. Lily holt Eis aus der Küche. Sie sagt Bren, ich sei müde von Laurens Party und wolle mich ein bisschen hinlegen. Dadurch gewinne ich ein paar Stunden Zeit. Zu meinem lädierten Mund wird mir irgendeine Erklärung einfallen. Ich kriege es hin, sage ich mir.

Und noch eine SMS.

Wick?!

Hör auf damit!, denke ich. Hör auf damit, mir so nahe zu sein! Hör auf damit, so zu tun, als würdest du mich kennen! Und dann denke ich: Aber inzwischen kennst du mich tatsächlich, nicht wahr?

Ich sinke auf den Boden und ziehe mir mit einer Hand die Schuhe aus.

Der einzige Mensch, der dich besser kennt, ist Lily, sage ich mir, und inzwischen wissen sie beide: Du solltest dir lieber nicht zutrauen, jemanden schützen zu können. Du kannst dich nicht einmal selbst schützen.

Ich schlinge die Arme um den Körper, obwohl sich die Muskeln in der rechten Schulter beschweren.

Fünf Minuten später:

bitte ruf mich an

Eine SMS nach der anderen. Ich lösche sie, aber es nutzt nichts, er schickt weitere.

Ich nehme zwei von Norcuts Tabletten und schleppe mich

ins Bett. Mein Handy vibriert und das Display weist mich wieder auf eine eingetroffene Textnachricht hin. Sie lautet:

ich komme rüber

Ich lege mein Handy auf den Boden, begrabe es unter einem schmutzigen T-Shirt. Nur zu, denke ich. Es spielt keine Rolle. Ich bin gar nicht richtig da und ich werde nie wieder für dich da sein. Es ist unmöglich. Mein Vater zerstört alles, was mir wichtig ist. Dich soll er nicht bekommen. Dich werde ich ihm nicht überlassen.

Ich rolle mich zusammen und stopfe mir die Decke in den Mund, damit niemand mich schreien hört.

Auch das habe ich von meinem Vater gelernt.

Ich erwache kurz nach zwei am Nachmittag. Mein Handy liegt noch am Boden und ich beachte es nicht. Ich tappe ins Bad und lasse das Licht ausgeschaltet, damit ich mich nicht im Spiegel sehen muss. Doch kurze Zeit später begreife ich, dass mir keine andere Wahl bleibt, als mich der Realität zu stellen.

Ich schalte das Licht ein und betrachte mein Spiegelbild.

Himmel! Ich beuge mich vor. Mit unseren blauen Augen könnte man Lauren und mich für Zwillingsschwestern halten.

»Wick?«

Bren. Mit Daumen und Zeigefinger reibe ich mir den Nasenrücken. Trage ich vielleicht eine unsichtbare Glocke? Woher weiß sie, dass ich auf bin?

»Wick?«

Ich öffne die Badezimmertür einen Spaltbreit. »Bin gleich da.«

Ja, klar. Und was soll ich sagen, wenn du mich so siehst?

Ich lehne den Kopf an die Badezimmertür und versuche,

mir etwas einfallen zu lassen. In Gedanken gehe ich alle Ausreden und Lügen durch ... und finde keine Erklärung, die Bren mir abnähme.

Abgesehen von der Wahrheit. Ich könnte ihr und Todd von Joe und meinem Vater erzählen. Die Polizei würde beide verhaften.

Und dann auch mich.

Vielleicht. Wahrscheinlich. Wenn ich alles beichte, hat mich Carson am Wickel. Mit etwas Glück und einem Deal könnte ich ungeschoren davonkommen – mit dem blauen Auge, das ich bereits habe. Mein Vater würde in den Knast wandern und so schnell nicht wieder herauskommen.

Allerdings ... Beim letzten Mal war er bald wieder da.

Irgendwie geht er der Justiz immer durch die Lappen. Ich stelle mir vor, dass ich irgendwo einsitze und Lily allein ist, dass er seinen Zorn an ihr auslässt. Ich stelle mir vor, wie er ihr wehtut, um mir wehzutun.

Und selbst wenn er diesmal hinter Gittern bleibt ... Da ist immer noch der Bursche, der Tessa auf dem Gewissen hat. Wer könnte Lily schützen, wenn ich nicht mehr zu Hilfe kommen kann?

Vielleicht Bren und Todd.

Bei ihnen wäre sie sicher. So sollte es sein. Bei Leuten wie Bren und Todd gibt es keine derartigen Probleme.

Doch Tessa stammte ebenfalls aus einer wohlhabenden Familie, und seht nur, was aus ihr geworden ist. Es gibt Böses, das sich nicht ausmerzen lässt, weil keiner es erkennt. Darüber weiß ich gut Bescheid.

»Wick!«

»Bin schon da!« Ich reiße die Tür auf, ohne eine Ausrede für mein langes Fernbleiben gefunden zu haben. Mit einer

Hand halte ich mich am Treppengeländer fest, damit meine Knie nicht nachgeben.

Ich habe es noch nicht einmal bis zum Treppenabsatz geschafft, als ich Lily heraufkommen sehe. Etwas stimmt nicht. Ganz und gar nicht. Sie ist blass und ihre Augen ...

»Was ist los, Lil?«

»Bren«, flüstert Lily. Sie ist mir so nahe, dass ich ihr Zittern erkenne. »Sie will mit dir über ein Foto reden, das sie auf Tessa Wayes Facebook-Seite entdeckt hat.«

37

Heute habe ich meiner Mutter bei ihrem Scrapbooking geholfen und sie hat sich richtig darüber gefreut. Oftmals habe ich keinen Bock darauf, aber diesmal war es irgendwie beruhigend. Ich finde allmählich Gefallen daran, Dinge in Stücke zu schneiden.

– Tagebuch von Tessa Waye, Seite 37

Bren backt in der Küche. Beide Öfen laufen noch, obwohl sich auf den Arbeitsplatten Muffins und Kekse häufen. Es riecht nach braunem Zucker und Vanille. Es ist eine anheimelnde Szene, wie aus einem Bilderbuch über eine glückliche Familie. Doch Bren scheint mit den Nerven am Ende zu sein.

»Wick!« Sie wirft ihr Kochbuch beiseite, eilt auf mich zu und nimmt mich in die Arme. Verblüfft lasse ich es mit mir geschehen. »Ich warte schon seit einer Ewigkeit, dass du aufwachst! Wie geht es dir?«

»Äh.« Mit einem solchen Empfang habe ich nicht gerechnet und für eine Weile kann ich nur blinzeln.

Bren hält mir den Handrücken an die Stirn, als ob sie mich für fiebrig halte. »Ich bin froh, dass du dich hingelegt hast. Lauren hat mir erzählt, was geschehen ist. Du musst vorsichtiger sein, Wick.« Sie legt beide Hände an die Hüften. Wenn sie noch etwas breitbeiniger dastünde, sähe sie aus wie Wonder Womans Vorstadtschwester. »Ich habe dir immer wieder gesagt, dass du die Füße richtig heben sollst.«

Was? Dieser Ton – vorwurfsvoll und enttäuscht – klingt vertrauter, aber ich habe keine Ahnung, wovon sie redet.

»Bestimmt wärst du nicht ausgerutscht, wenn du nicht so schlurfen würdest, Wick.«

Schlurfen? Ausrutschen? Meine Schwester gibt mir ein superkleines Nicken. Ich verstehe. Sie hat Lauren angerufen und zusammen haben sie sich eine Geschichte ausgedacht.

Und ich habe immer geglaubt, meine kleine Schwester könne nicht lügen.

Unsere Blicke treffen sich und für ein oder zwei Sekunden gibt es nur uns beide. Wir sind wieder ein Team und mein Herz singt. Aber dann fällt mir ein, dass meine Schwester für mich einspringen, für mich lügen musste.

Ich schäme mich. Wie kann ich behaupten, meine Schwester schützen zu wollen, wenn sie meinetwegen zur Lügnerin wird?

Ich muss ihnen alles sagen. Ich sehe Bren an ... Und Lily kommt mir zuvor. »Wick meint, sie weiß gar nichts von dem Bild, Bren.«

Ich habe nichts dergleichen zu meiner Schwester gesagt. Als Lily mir erzählte, dass Bren das Foto gesehen hat ... Ich habe lediglich einen Fuß vor den anderen gesetzt und bin weitergegangen.

Lilys Augen sind groß und zeigen eine gewisse Härte.

Derzeit brauchen wir keine Worte, um uns zu verständigen. Ihr Blick fordert mich zum Mitspielen auf. Obwohl dies kein Spiel ist.

Widerstrebend wende ich mich an Bren. »Was für ein Bild?«

»Nun ...« Unsere Pflegemutter zupft an ihrer Schürze und bindet den Knoten fester. »Ich bin nicht ganz sicher, offen gestanden. Ich habe das Bild nicht selbst gesehen, nur davon gehört, von Detective Carson. Er kam gestern Abend, um über Tessa Wayes Facebook-Seite zu reden.«

»Ach ja?«

»Allem Anschein nach gibt es an deiner Schule einen schweren Fall von Cybermobbing. Besucher von Tessas Seite haben sich gegenseitig bedroht, aber gestern Abend war dann alles gelöscht.«

Lil setzt sich auf. »Die Seite wurde gelöscht?«

»Jemand hat sie verschwinden lassen.« Brens Ton ist unheilvoll, und für einen Moment richtet sich ihr Blick auf mich. Plötzlich bin ich sicher, dass sie alles weiß. Doch dann wandert der Blick weiter und mir wird klar: Sie hat keine Ahnung. Sie weiß nicht, wer unter ihrem Dach lebt.

»Was mich wirklich besorgt, ist Lilys Bild«, fährt Bren fort. »Ich weiß nicht, von wem das Foto stammt. Ich weiß auch nicht, warum es gepostet wurde, aber ich brauche Antworten.«

Mein Güte. Bren klingt wie bei einer ihrer Vertragsverhandlungen. Sie schaltet in den Managermodus um und der ist zehnmal so anstrengend wie die Normal-Bren.

»Hat Detective Carson einen bestimmten Verdacht?«

»Nein, aber während die Polizei ermittelt, unternehmen wir einen Ausflug.« Bren klingt fröhlich, aber dahinter liegt etwas auf der Lauer, scharf wie ein Rasiermesser. »Nur wir drei. Ich denke, wir alle brauchen etwas Zeit, damit wir uns näherkommen und eine richtige Familie werden.«

Ich habe keine Ahnung, worauf Bren hinauswill, fühle mich aber höchst unbehaglich.

»Was ist mit Todd?«, frage ich.

»Todd kann nicht mitkommen.« Bren löst den Knoten, nimmt die Schürze ab und faltet sie fein säuberlich zusammen. »Seit Tessas Tod muss er noch mehr Beratungsgespräche führen als sonst. Er bleibt hier, es ist wichtig für ihn, aber wir machen uns auf den Weg. Wir fahren nach Atlanta, fliegen nach San Francisco und verbringen dort eine Woche. Soll der Detective inzwischen seine Arbeit erledigen.«

Brens Lächeln ist so breit, dass ich es als falsch erkenne. Es erinnert mich an meine Mutter. Sie lächelte auf diese Weise, wenn angeblich alles in Ordnung war. Oder wie meine Lehrer, wenn sie sagen, Lily und ich kämen gut zurecht.

Bren lässt das Lächeln sogar noch ein bisschen breiter werden und dann kneift sie die Augen zusammen. »Packt schon mal! Ich möchte noch heute Abend los.«

38

Ich glaube, ich habe eine Lösung gefunden. Sie ist drei Stockwerke hoch und niemand achtet auf die Feuerleiter.

– Tagebuch von Tessa Waye, Seite 54

Verreisen? Ich kann nicht weg. Weglaufen bringt nichts. Dadurch könnte es sogar noch schlimmer werden. Unser Vater ist zurück. Tessas Vergewaltiger ist näher als zuvor und Carson lässt das Tagebuch unbeachtet. Unter solchen Umständen kann ich mir keinen Ausflug leisten.

»Ich kann nicht, Bren. Ich muss an die Schule denken.«

»Ja, ich weiß.« Bren sieht mich nicht an, aber ihre Worte marschieren wie perfekt einstudiert. »Die Lehrer werden es verstehen, Wick. Ich schreibe dir eine Entschuldigung. Die Arbeit kannst du später nachholen.«

Lieber Himmel, sie meint es wirklich ernst!

»Ich kann die Arbeit nicht später nachholen«, lüge ich. »Ich muss ein Informatik-Projekt beenden und gehöre dabei zu einer Gruppe. Die anderen verlassen sich auf mich.«

Bren verzieht den Mund. »Der Computerkurs verlangt

ziemlich viel von dir, Wick. Ich denke, du solltest dich nach etwas anderem umsehen. Vielleicht wäre mehr Abwechslung besser. Du könntest Kunst wählen oder es mit Sport versuchen. Bestimmt wärst du eine tolle Cheerleaderin. Du bist klein genug, ein Flyer zu werden!«

»Ich mag die Cheerleader nicht.« Und sie mögen mich nicht.

»Du magst Lauren.« Bren streckt die Hand nach mir aus und rückt den Saum meines T-Shirts zurecht. »Und vielleicht, wenn du …«

»Nein!«, entfährt es mir zorniger als beabsichtigt. »Nein, Bren. Sieh in mir keine zerbrochene Vase, die gekittet werden muss! Menschen lassen sich nicht auf diese Weise reparieren.«

Bren blinzelt. »Bist du zerbrochen?«

Natürlich. »Natürlich nicht.«

»Natürlich nicht«, wiederholt Bren leise. »Das ist gut. Ich bin froh, obwohl ich glaube, dass es niemand ohne den einen oder anderen Riss ins Erwachsenenalter schafft.« Sie schenkt mir ein kleines, scheues, für sie völlig untypisches Lächeln. Plötzlich ist sie nicht mehr die Chefin, die ein millionenschweres Unternehmen leitet, sondern eine unbekannte Frau. »In gewisser Weise ergibt es einen Sinn, dass du ungebrochen bist, Wick. Ich denke, du bist der stärkste Mensch, den ich kenne. Nichts kann dich schrecken.«

Du hast keinen Schimmer, Teuerste. Ich trage eine Maske, und die ist mir zur zweiten Natur geworden. Obwohl … Manchmal möchte ich sie ablegen und mein wahres Gesicht zeigen. Manchmal möchte ich die Maske ablegen und alles erzählen, so wie gerade eben. Aber es befinden sich zu viele Lügen zwischen uns.

Ich sehe Bren groß an und fühle mich wie durch zehntausend Meilen von ihr getrennt. »Mir blieb keine andere Wahl.«

»Das verstehe ich.« Von einem Backofen kommt ein Piepen. Es klingt fast wie ein Feueralarm. Bren scheint es gar nicht zu hören. »Ich möchte, dass wir Freunde sind, Wick. Ich möchte ... dass wir mehr werden als nur Freunde. Ich habe mit deiner Sozialarbeiterin über die Vorbereitung von Adoptionspapieren gesprochen.«

Ich fühle eine plötzliche Leere unter mir und scheine zu fallen.

»Du hast mit ihr über *was* gesprochen?«

»Über Adoptionspapiere. Ich möchte euch beide adoptieren. Ich ... Wir möchten euch behalten.«

Wenn du wüsstest, wer ich wirklich bin, würdest du's dir anders überlegen.

»Ich habe mir immer Kinder gewünscht«, fährt Bren mit zittriger Stimme fort. »Aber ich ... konnte keine bekommen. Jahrelang war mir nicht klar, warum ich solches Pech hatte, doch jetzt weiß ich: Das Schicksal wollte, dass ich auf dich warte. Auf dich und Lily.«

Brens Augen glänzen. »Todd wäre gern dabei gewesen, wenn ich es euch sage. Aber er hilft noch immer Rektor Matthews, und ich wollte, dass ihr es so bald wie möglich erfahrt. Doch dann erschien dieses schreckliche Bild und nun müssen wir weg.«

Weg. Ich zwinge mich zu atmen. Wir sind wieder beim Thema.

Und vielleicht sollten wir dabei bleiben. In San Francisco wären wir sicherer als hier. Bren sollte Lily fortbringen.

»Ich weiß, dass du noch einen Dad hast, Wick, aber Todd wäre ebenfalls gern dein Vater.«

Mein Vater. Ein weiterer Grund, warum sie sich auf den Weg machen sollten und warum ich hierbleiben muss. Denn vor meinem Vater kann ich nicht weglaufen. Er würde mir überallhin folgen. Bren nahe zu sein ... Es gäbe ihm nur eine weitere Person, der er wehtun kann.

»Was hältst du davon?«, fragt Bren. »Was sagst du dazu?«

»Meinst du die Adoption oder den Ausflug?« Eine dumme Frage, aber ich gewinne Zeit, kann einige Sekunden länger das Gefühl genießen, dass ich wirklich Teil einer Familie sein könnte.

Bren nickt. »Sowohl als auch. Ich möchte wissen, was du von beidem hältst.«

Von welcher Seite ich es auch betrachte, es läuft immer auf eine Antwort hinaus: Nein. Nein, ich kann nicht weg. Nein, ich kann Bren und Todd nicht mit hineinziehen. Nein, es klappt nicht. Nein. Nein. Nein.

Aber wenn ich Ja sage ... Dann erhalte ich das, wonach ich mich sehne. Dann komme ich weg von hier. Dann habe ich Bren und Lily.

Aber ich ... ich wäre ein Feigling.

»Ich denke darüber nach, Bren.«

39

So zu tun, als sei alles normal ... Es fühlt sich an wie ein langsames Verbluten.

– Tagebuch von Tessa Waye, Seite 48

Bren singt erneut über Berge voller Musik. Zwischen den Strophen weist sie mich darauf hin, dass ich jede Menge Zeit hätte, über alles nachzudenken, dass wir bei einem gemütlichen Abendessen mit Meeresfrüchten in San Francisco über alles reden und unsere »gemeinsame Zukunft feiern« könnten.

Ich habe keine Ahnung, was das bedeutet, aber offenbar braucht sie dafür jeden Koffer im Haus.

Ich sollte ihr sagen, dass die Tates mit Schokokuchenrollen und Essen zum Mitnehmen feiern, nicht in schicken Restaurants mit Namen, die ich nicht buchstabieren kann. Aber ich hülle mich in Schweigen. Mir fällt ein, dass sie mich vielleicht für sich gewinnen will. Ich sehe mich in ihrer makellosen Küche um, sehe ihr makelloses Leben und denke daran, dass Bren vielleicht nicht makellos ist, *weil* sie makellos ist. Sie hat eine Fassade aufgebaut wie wir alle, mich eingeschlossen. Ich bin nicht der einzige Mensch, der vorgibt, anders zu sein, und seltsamerweise fühle ich mich dadurch weniger allein. Ich ringe mir ein Lächeln ab, aber Bren meidet meinen Blick.

Ich kann es ihr nicht verdenken.

Ich sitze am Frühstückstresen und beobachte, wie Lily und Bren eine Liste aller benötigten Dinge zusammenstellen. Schließlich halte ich es nicht mehr aus, gehe nach oben und bin etwa zwei Minuten allein, bevor Lily nachkommt.

»Brauchst du Zeit, darüber nachzudenken?«

»Ja.«

»Ich fliege mit Bren nach San Francisco, ob du mitkommst oder nicht«, warnt sie.

Gut. Genau das will ich. Aber ich muss trotzdem die Arme um mich schlingen, um nicht zusammenzuklappen.

»Ich weiß, dass mein Bild dort deinetwegen erschien.«

Ich erstarre. »Wie meinst du das?«

»Es ist immer deinetwegen. So wie es früher immer wegen Dad war.«

»Warum wolltest du dann, dass ich nichts sage? Warum hast du gelogen?«

»Um dich zu schützen. Und damit du Ja sagen konntest. Ich wusste, was Bren fragen wollte. Ich wusste, was wir hätten haben können.« Lily geht zur Tür. »Aber du hast recht, Wick. Es ist tatsächlich alles kaputt.«

Zum ersten Mal erlebe ich einen Streit zwischen Bren und Todd. Todd sagt, ich kann zu Hause bleiben, und er verspricht, mich am Wochenende zu Bren zu bringen. Meine Pflegemutter fährt mit Lily los, während ich auf dem Bett liege und die Lippen fest zusammenpresse, weil ich am liebsten schreien würde.

Als ich mich schließlich aufsetze, bemerke ich das Bild, das am Fenster klebt. Drei Meter trennen mich davon, aber trotzdem erkenne ich sofort Griffs Stil. Das von ihm gezeichnete Mädchen sieht grimmig aus, doch die Augen wirken traurig.

Undeutlich erinnere ich mich an die SMS: *Ich komme rüber*. Er hat es wahr gemacht und mir ein Bild hinterlassen, damit ich Bescheid weiß.

Das Handy auf dem Nachtschränkchen summt. Für eine verrückte Sekunde glaube ich, dass es Griff ist und er weiß, dass ich seine Zeichnung gesehen habe und an ihn denke.

Aber es ist nicht Griff, sondern Joe.

Heute Treffen

Ein weiteres Treffen? Mir steht nicht unbedingt der Sinn nach einer Wiederholung. Ich stecke das Handy ein und konzentriere mich darauf, das Fenster zu öffnen und Griffs Bild vorsichtig abzulösen.

Er hat nicht irgendein Mädchen gezeichnet, sondern mich.

Mit blauer und grüner Tinte hat er mich skizziert. Auf dem Bild trage ich das Haar offen und streiche es mit beiden Händen aus dem Gesicht. Ich sehe aus, als sei alles ein großer Witz, der mich nicht erschreckt, sondern belustigt.

Und ja, die Augen sind traurig, doch es liegt auch ... ein Wissen darin. Tränen kann ich nicht erkennen, obwohl ich sie aufsteigen fühle, als warteten sie schon hinter meinen Lidern. Sieht mich Griff auf diese Weise?

Er hat mich dargestellt, als könne ich es mit der ganzen Welt aufnehmen.

Und ich bin schön auf dem Bild.

Eine weitere SMS trifft ein.

1 Stunde

Ich schneide eine Grimasse. Etwas ist los. Eine Stunde – das lässt mir kaum Zeit, um mich wegzuschleichen. Ich nehme meine Tasche, öffne das Fenster und schiebe die Zeichnung so weit unters Bett, wie mein Arm reicht. Es ist das wundervollste Geschenk, das ich jemals bekommen habe.

Dann klettere ich hinaus und den Baum hinunter. Zum Schluss lasse ich mich fallen und lande im Gebüsch.

Ich komme wieder auf die Beine und blicke mich um. Niemand zu sehen, gut. Ich husche zum Fahrradweg.

Fast fünfundvierzig Minuten später erreiche ich mein altes Viertel, biege an der vertrauten Stelle rechts ab ... und bleibe plötzlich stehen. Von hier aus kann ich die Straße hinunterblicken, bis zu Joes Haus, bis zu den Fahrzeugen, die dort stehen.

Es sind Streifenwagen.

Himmel, die Polizei ist bei Joe.

40

Er hat es wirklich auf Lily Tate abgesehen. Sie ist die Nächste. Ich kann ihm nicht helfen. Ich werde ihm nicht helfen. Lieber springe ich.

– Tagebuch von Tessa Waye, Seite 68

Die Polizei weiß Bescheid. Es ist vorbei. Ich möchte schreien, ich möchte mich irgendwo verkriechen, aber ich kann den Blick nicht abwenden. Vier Streifenwagen stehen mit eingeschaltetem Signallicht auf der Straße und der Zufahrt. Mindestens zehn Polizisten gehen ein und aus. Sie tragen Computer aus dem Haus und was noch wichtiger ist: Sie führen meinen Vater ab.

Die Bullen haben meinen Vater erwischt.

Als wüsste er, dass ich in der Nähe bin, wendet er den Kopf und hält nach mir Ausschau. Er öffnet den Mund, als wolle er mir etwas zurufen ...

Ich drehe mich um und laufe.

Ich bin gerade erst auf dem Fahrradweg zurück, als ich höre, dass mir jemand folgt. Nur eine Person? Oder sind es mehrere? Ich pumpe mit Armen und Beinen, laufe noch schneller.

Es hat keinen Zweck. Der Verfolger holt mich ein.

»Wick!« Ein Arm schlingt sich um meine Taille und wir fallen. Im letzten Moment drehen wir uns, sodass ich nicht unten liege, sondern oben. Sofort trete und schlage ich um mich.

Wir rollen herum und ich erkenne Griff. »Verdammt, Wick! Ich bin's!«

Griff. Es ist nur Griff. Aber ich kann nicht aufhören, mich zur Wehr zu setzen. Ich muss weg. Die Polizei weiß alles. Sie hat meinen Vater verhaftet und mich gesehen, will auch mich hinter Gitter bringen. Dad ... Er glaubt sicher, ich hätte ihn verraten. Er ist wütend auf mich, und irgendwie wird es ihm gelingen, erneut zu entwischen.

Dann wird er zurückkehren und sich rächen, an mir und auch an Griff.

»Es ist alles in Ordnung.« Griff drückt mich ins Laub. Ich liege unter ihm und kann mich kaum mehr rühren, habe aber trotzdem das Gefühl, dass ich jederzeit wie eine Rakete abheben könnte. »Es ist alles in Ordnung, hörst du?«

Nein, es ist nicht alles in Ordnung. Ich will mich zusammenrollen, aber es gelingt mir nicht. Griff ist im Weg, und ich breche auseinander, alles bricht auseinander.

Wie lange mag es dauern, bis die Polizei auch zu mir kommt, um mich zu verhaften?

Es tut mir leid, Lily. Es tut mir leid. Es tut mir so leid. Griff drückt mich an seine Brust. Erst als mein ganzes Gesicht nass ist, wird mir klar, dass ich weine.

Eine Stunde warten wir im Wald und beobachten, wie die Schatten länger und länger werden. Wir warten, dass die Polizisten den Weg heraufkommen.

Aber sie kommen nicht.

Ich setze mich auf, und Griffs Hand verharrt an meinem Arm, als wolle er mich weiterhin festhalten. »Woher wusstest du, dass die Polizei kommen würde?«

Griff wendet den Blick ab.

Mit dem Ärmel wische ich mir Tränen aus den Augen. »Woher wusstest du, dass sie kommen würde?«

»Weil ich mit von der Partie war.«

41

Manchmal denke ich, dass ich mich mit ihm eingelassen habe, weil mich die Jungen langweilten.

– Tagebuch von Tessa Waye, Seite 9

»Du warst mit von der Partie?« Das ergibt keinen Sinn. Es ist wie in der Schule bei der Wiederholung von irgendwelchen spanischen Redewendungen, um unsere Aussprache zu verbessern. Alle sprechen die Worte aus, aber niemand hat einen blassen Schimmer von der Bedeutung. So hört es sich an. *No me gusta Schwachsinn.*

Ich lege beide Hände auf die Knie und drücke fest zu. »Wovon. Redest. Du. Da?«

»Nicht nur du hast Geheimnisse, Wick.« Griff blickt mir in die Augen, und was immer er dort entdeckt – er zuckt zusammen. »Mein Vetter ist bei der Polizei. Gelegentlich springe ich als verdeckter Ermittler ein.«

»Weil man dich dazu zwingt?«

»Aus freien Stücken.«

»Weil dich die Polizei schon mal erwischt hat?«

Griff lächelt. »Das haut dich echt um, was?«

Nein. Ja. »Du bist also ein Red Hat.« Es ist eigentlich keine Frage, aber er nickt trotzdem. »Und du weißt, dass die Sache bei mir anders aussieht.«

»Ja.«

Ich dachte, wir ähneln uns, aber das ist ein Irrtum. Red Hats sind gute Hacker, die Menschen, Systeme und Websites schützen. Mit anderen Worten: Griff zählt zu den Guten, und ich bin ... wie mein Vater.

Ich schlucke. »Du hast mich mehrmals gefragt, warum ich nicht aufhöre und mit etwas anderem Geld verdiene ... Was war das? Ein Wink mit dem Zaunpfahl?«

Griff blickt zu Boden. »Ich wollte, dass du aufhörst. Und ich wollte wirklich wissen, warum du hackst.«

»Aber du hast mich belogen.«

»Ja.«

»Du hast behauptet, von Carson vernommen worden zu sein. Stattdessen hast du ... über uns Bericht erstattet.«

»Nicht über euch alle. Ich habe der Polizei nichts von dir erzählt. Sie weiß nichts von deiner Beteiligung.« Griffs Hand schießt auf mich zu und ergreift meinen Arm. Ich will ihn fortziehen, aber er hält ihn fest, er klammert sich daran wie ein Ertrinkender an einen Rettungsring. »Du wolltest nicht daran beteiligt sein. Ich musste dich retten.«

Etwas Kaltes verknotet sich in meiner Magengrube. »Ich will nicht gerettet werden. Ich brauche nicht gerettet zu werden.«

»Glaubst du?«

Ich antworte nicht. Griff hat gesehen, wie es zwischen meinem Vater und mir steht – und auch zwischen Joe und mir. Er hat mein Verhalten bei ihnen gesehen und damit den schlimmsten Teil von mir kennengelernt, den Teil, über den ich mich am meisten schäme.

Ich wende den Blick ab.

»Du hättest nicht da sein sollen, als sie hochgenommen wurden«, sagt Griff leise.

»Joe hat mir eine SMS geschickt. Darin war von einem neuen Treffen die Rede.«

Griffs Finger krümmen sich um meine Hand. »Ich wollte nicht, dass du es siehst.«

Dafür ist es zu spät. Mit dem inneren Auge beobachte ich noch einmal, wie mein Vater über die Veranda geht und in meine Richtung späht. »Hast du der Polizei von Tessa erzählt? Und von Lily?«

»Nein.«

»Warum nicht?«

Griff schließt seine Finger um meine Hand und sie streichen über meine kalte Haut. »Ich habe der Polizei nichts verraten, weil ich dich dann verloren hätte.«

Es stimmt nicht ganz. Griff möchte, dass die Polizei davon erfährt, doch sie soll es von mir erfahren.

»Von mir hört sie nichts.« Wir gehen zu Griffs Motorrad und die letzten Jogger des Abends kommen an uns vorbei. Ich halte den Kopf gesenkt, damit sie nicht sehen, dass ich geweint habe. Es ist gar nicht nötig. Griff schirmt mich vor den neugierigen Blicken ab.

Seine Hand berührt mich. »Willst du wirklich nach Hause?«

Nach Hause? Ja, ich schätze, da hat er recht. Ich bin bei Bren und Todd zu Hause. Und es könnte lange mein Zuhause bleiben, wenn man meinen Vater wegsperrt.

Besser gesagt: Es hätte für lange Zeit mein Zuhause sein

können, wenn ich klug genug gewesen wäre, Brens Angebot sofort anzunehmen.

»Ja, die Polizisten werden zu mir kommen.« Ich straffe die Schultern. »Ich möchte vorbereitet sein.«

»Wick.« Griff zieht mich näher und ich widersetze mich nicht. »Sie können helfen, Tessas Vergewaltiger zu finden. Sie können dir helfen.«

»So wie sie meiner Mutter geholfen haben?« Griff schnappt so nach Luft, als hätte ich ihm einen Schlag versetzt. »Ich habe Carson Tessas Tagebuch gegeben. Ich hab's ihm in den Wagen gelegt, als er neulich bei uns war. Und weißt du, was er getan hat?

»Was?«

»Nichts. An jenem Abend erschien er bei Laurens Haus, anstatt wegen des Tagebuchs zu ermitteln. Tessa ist ihm gleichgültig. Ihr Selbstmord interessiert ihn überhaupt nicht.«

Griff legt den Arm um meine Schultern. »Du musst nicht allein damit fertigwerden.«

»Ich bin immer allein.« Und dann, weil der Satz zu wehleidig klingt, lächle ich. Ich bin nicht zerbrochen. Ich muss nicht gerettet werden. »Ich bin allein und so ist es richtig.«

Griff sieht mich an. »Warum willst du unbedingt so sein?«

Ich wende den Blick nicht ab. »Weil ich so bin.«

Griff schwingt sich auf seine Maschine. »Steig auf!«

Erst will ich ablehnen. Man soll uns nicht zusammen sehen. Es könnte gefährlich sein für Griff – und auch für mich.

Aber meine Hände strecken sich ihm bereits entgegen.

Wenige Sekunden später sitze ich hinter ihm und fühle meine Tapferkeit schwinden. Als wir mein Viertel erreichen, ist mir kalt bis auf die Knochen. Wir biegen um die Ecke und ich sehe die wartenden Streifenwagen vor meinem Haus. Griff drückt meine Hand.

Die Geste soll mir Trost spenden, aber ich habe den Eindruck, dass er mich geradewegs in einen Hinterhalt fährt.

42

Ich habe jene Heldin gehasst. Das Mädchen von *Twilight*, meine ich. Sie … verzehrte sich für Edward. Sie ging nicht einfach in ihm auf, sie ließ sich von ihm verschlingen. Ich habe mir vorgenommen, nie so zu werden wie sie, und doch … Hier bin ich. Ich fühle mich, als hätte er jeden Teil von mir gefressen.

– Tagebuch von Tessa Waye, Seite 31

»Hallo, Wicket!«

Der Motor von Griffs Maschine ist so laut, dass ich Detective Carsons Stimme nicht höre, aber ich lese ihm die Worte von den Lippen und erkenne sein spöttisches Lächeln.

Ich rücke etwas näher an Griff heran.

Detective Carson lehnt am Kofferraum seines Wagens und kommt auf uns zu, als Griff den Motor abstellt. »Hallo, Griff!«, sagt er. »Hab nicht erwartet, dich hier zu sehen.«

Griff nimmt den Helm ab und langt nach hinten, nach meinem Helm. »Dass Sie hier sind, überrascht mich ebenfalls, Detective. Was liegt an?«

»Ich wollte die gute Nachricht selbst überbringen.«

Über meinen Vater. Und es ist tatsächlich eine gute Nachricht. Sie ist sogar wundervoll. Diesmal reicht die Anklage vielleicht für eine Verurteilung und dann kommt er wirklich für Jahre in den Knast. Oder die Sache bringt ihn nur richtig auf die Palme. Ich weiß, wozu er fähig ist, wenn er eine Stinkwut hat.

»Welche gute Nachricht?«

»Wir haben gerade deinen Vater verhaftet.« Diesmal duzt mich Carson, obwohl wir nicht allein sind.

»Ach ja?« Meine Stimme ist fast so hoch wie die von Lily und ich muss mich daran erinnern: Dies sind die Leute, die meinen Vater immer und immer wieder entkommen ließen, die ihm die Möglichkeit gaben, alles zu zerstören, was er zerstören wollte, auch meine Mutter. Und mich. Trotzdem würde ich am liebsten voller Freude tanzen. Ich möchte noch immer glauben und hoffen. »Haben Sie diesmal etwas gegen ihn in der Hand, das ihn wirklich ins Gefängnis bringt?«

»Ich denke schon.«

»Äh ... Wick, ich muss los.« Griff wendet den Kopf, damit ich sein Gesicht sehe. Die Augen sind wieder dunkel und die Lippen bilden einen Strich. »Alles in Ordnung mit dir?«

Er fragt so flapsig, dass ich den sorgenvollen Unterton fast überhöre. Der Druck seiner Finger erinnert mich daran.

»Ja, alles klar.« Aber bestimmt spürt er das Zittern meiner Hand.

»Wir sehen uns.« Wieder drücken seine Finger kurz zu. Es ist keine Frage, sondern ein Versprechen.

Ich zucke mit den Achseln. »Okay.«

Carson und ich beobachten, wie Griff das Motorrad wendet und über die Zufahrt rollen lässt. Als er die Straße erreicht, beugt sich der Detective zu mir vor. »Er behauptet, du hättest nichts damit zu tun. Aber ich glaube ihm nicht«, flüstert er.

Griff. Er hat wirklich nichts gesagt.

Weil er mich nicht verlieren will.

»Womit sollte ich zu tun haben?«, bringe ich hervor. Es klingt falsch, nicht nur für meine Ohren.

Carson lächelt.

»Detective Carson?«

Ich zucke zusammen. Todd steht auf der Veranda und wirkt ganz und gar nicht amüsiert. Er sieht sogar feindselig aus. Seine Krawatte ist gelöst, das Hemd zerknittert und eine Hand zur Faust geballt.

»Kann ich Ihnen irgendwie helfen?«, fragt Todd, und es klingt nicht so, als wolle er Carson wirklich helfen.

Der Detective versteift sich kurz. Todds Gegenwart passt ihm nicht in den Kram. Er wollte länger mit mir allein sein.

»Ist alles in Ordnung mit dir, Wicket?« Ich höre Wärme und Anteilnahme in Todds Stimme, als mache er sich tatsächlich Sorgen um mein Wohlergehen.

Ich ringe mir ein Lächeln ab.

»Ich bin nur gekommen, um den Mädchen eine gute Nachricht zu überbringen, Mr Callaway. Wir haben ihren Vater verhaftet. Er hat gegen die Bewährungsauflagen verstoßen und hinzu kommen die neuen Anklagen. Das wird ihn für eine Weile aus dem Verkehr ziehen.«

Todds Lippen formen ein Lächeln. »Wunderbar!«

»Ja, Sir, das dachten wir auch.« Todd kommt die Verandatreppe herunter und Carson wendet sich halb von ihm ab. Er schiebt die Hände in die Taschen, macht ganz auf lässig. »Aber es gibt noch einen anderen Grund, der mich hierherführt. Wir glauben, dass Mr Tate seinen Töchtern nachstellte.«

Todd neigt den Kopf zur Seite und kneift die Augen zusammen.

»Angesichts von Mr Tates ... Computererfahrung vermuten wir, dass er online Kontakt mit ihnen aufnehmen wollte. Wenn sie ihm irgendwie geholfen haben ...«

Wie bitte? Ich weiß nicht, worauf dies abzielt, aber es gefällt mir nicht.

Todd auch nicht. »Worauf wollen Sie hinaus, Detective?«, fragt er scharf. »Dass er von Wicket und Lily Hilfe erhielt, um Ihnen zu entwischen? Wollen Sie behaupten, meine Mädchen stecken in dieser Sache mit drin?«

»Unglücklicherweise ist das eine Möglichkeit, die wir untersuchen müssen. Obwohl wir bestimmt keine Anhaltspunkte finden werden.« Carson weicht einen Schritt zurück, aber nur einen. Dann zieht er die Schultern hoch, als bereite er sich auf einen Angriff vor. »Es wäre besser, wenn Sie uns dabei helfen würden, Beweismaterial gegen Mr Tate zusammenzutragen.«

»Und wie sollen wir das anstellen?«

»Geben Sie mir Zugang zu Wickets Computer. Erlauben Sie unseren Experten, sich alle Dateien anzusehen.«

Himmel, nein! Meine speziellen Programme sind sicher auf dem USB-Stick untergebracht, aber eine genaue Untersuchung meiner gelöschten Internetchronik brächte mich in große Schwierigkeiten.

»Wir möchten uns nur davon überzeugen, dass die beiden Mädchen sicher sind, Mr Callaway.«

»Wenn ihr Vater im Gefängnis sitzt, droht ihnen keine Gefahr mehr.«

Gut, Todd! Wehr dich! Wenn er sich den Computer unbedingt vornehmen will, soll er sich einen Hausdurchsuchungsbefehl beschaffen, und den wird ihm so leicht kein Richter geben. Wenn Griff nicht darauf hinweist, dass ich zugegen gewesen bin, gibt es keine Verbindungen zwischen mir und den Betrugsplänen meines Vaters.

Carson nickt. »Allerdings hat er draußen viele Freunde, Mr Callaway, und wir beide wissen, dass er sie ohne Zögern um Hilfe bitten wird.«

Mist. Ich beobachte Todd und fühle mich schlecht. Carson braucht keinen Durchsuchungsbefehl. Todd schickt sich an, ihm alles freiwillig zu geben.

»Ich möchte nur, dass die Mädchen sicher sind«, betont Carson noch einmal in sehr vernünftigem Ton. »Und ich weiß, dass Ihnen ebenfalls daran gelegen ist.«

Er will unsere Sicherheit gewährleisten, indem er sich meinen Computer vornimmt? Wäre Bren hier, würde sie ihm sagen, dass er sich das abschminken soll.

Ich kann natürlich nichts sagen. Jeder Einwand von mir verriete mich.

Das weiß Carson natürlich.

Todd legt mir den Arm um die Schultern. »Wicket ist selbstverständlich bereit, Ihnen ihren Laptop zu überlassen.«

»Es ist ein Desktop«, blaffe ich.

»Oh, gut, dann gibst du ihm eben deinen Desktop.« Todd sieht Carson an. »Ich möchte vor allem, dass sie sicher ist.«

»Natürlich«, sagt Carson, doch seine Stimme verrät, dass es gar nicht so natürlich für ihn ist.

»Aber Sie vergeuden Ihre Zeit, Detective. Wicket ließe sich nie auf so etwas ein.«

Todd sagt es auf eine Weise, die mich besser darstellt als einen Hacker, besser als meinen Vater.

Wenn er nur wüsste.

»Wicket.« Todd versetzt mir einen kleinen Stoß. »Hol deinen Computer!«

Ich öffne den Mund. Und schließe ihn wieder.

Carson lächelt, als hätte er den Sieg errungen.

Hält er mich wirklich für so dumm, irgendetwas auf der Festplatte des Computers zu haben, das gegen mich verwendet werden könnte?

Ich erwidere das Lächeln. »Wie Sie wünschen, Detective. Bin immer gern bereit zu helfen.«

43

Man erwartet von mir, dass alles perfekt ist, und früher wollte ich auch, dass alles perfekt bleibt. Aber ich habe mein Kommunionskleid zerrissen, in tausend Fetzen, und es im Müll begraben, ohne dass jemand etwas merkte. Immer wieder muss ich daran denken, wie gut sich das anfühlte, und ich habe gerade noch genug von mir übrig behalten, um zu wissen, dass es sich nicht so gut hätte anfühlen sollen.

– Tagebuch von Tessa Waye, Seite 86

Später am Abend ruft Todd Bren an und erzählt ihr alles, und nachdem er mit Lily gesprochen hat, will sie mit mir reden. Ich gehe mit dem Telefon auf mein Zimmer, und während sich Lily darüber freut, dass wir endlich frei sind, beobachte ich einen Mann, der aus den Schatten zwischen den Bäumen des Nachbarn tritt. Er bleibt außerhalb des Scheins der Straßenlampe stehen, sodass ich sein Gesicht nicht erkennen kann. Ich weiß, dass es nicht Carson ist, denn Carson kommt nie zu Fuß. Und es kann auch kein Nachbar sein, denn ein Nachbar würde nicht an unserem Haus hochstarren.

Es ist Jim Waye. Wieder.

»Wir sind frei, Wick!« Im Hintergrund höre ich ein Quietschen. Vielleicht hüpft Lily voller Freude auf dem Hotelbett herum. »Sie haben Dad geschnappt! Wir sind frei!«

»Ja«, sage ich und versuche, ebenso begeistert zu klingen wie meine Schwester. Aber je länger ich aus dem Fenster blicke, desto größer wird meine Beklemmung.

Er glaubt, Lily sei hier. Bisher weiß noch niemand, dass sie weg ist.

»Wick? Hörst du überhaupt zu?«

Waye kommt auf unser Haus zu und mit einem Satz bin ich auf den Beinen. »Ja. Nein. Entschuldige, Lil ... Ich glaube, jemand ist hier. Ich muss Schluss machen ...«

»Ist es Mister Waye?«

Ich bleibe stehen und lege langsam die Hand auf die Fensterbank. »Wie kommst du darauf?«

»Er hat gelegentlich mit mir gesprochen. Ich habe ihn in der Schule gesehen, als er Tally abholte. Er ist sehr traurig wegen Tessa. Ich glaube, er braucht einen Freund. Vielleicht ist er meinetwegen da.«

»Lily, wenn Tessas Vater dich jemals wieder anspricht, wendest du dich an den nächsten Lehrer, hast du verstanden?«

»Warum?«

»Tu's einfach! Ich erkläre es dir spä...«

»Erklär es mir gleich!« Das rhythmische Quietschen im Hintergrund hört auf. »Die Polizei hat Dad verhaftet. Jetzt wird alles gut, aber du bist irgendwie komisch. Ich möchte, dass du Brens Angebot annimmst. Ich möchte, dass du Ja sagst und aufhörst mit dem, was du gerade machst.«

Ich schaue aus dem Fenster und beobachte, wie Waye am Haus hochstarrt. Kurz spiele ich mit dem Gedanken, meiner Schwester zu sagen, was los ist.

Aber ich bringe es nicht über mich.

Lily fühlt sich sicher, denn ihr ganz persönliches großes, böses Ungeheuer ist weg. Ich kann ihr nicht sagen, dass schon das nächste auf sie wartet. Es bräche mir das Herz.

»Bist du bereit, das Angebot anzunehmen, Wick?«

Ich blicke zu Waye hinunter und weiß genau, dass er meine Silhouette am Fenster bemerkt, obwohl das Licht ausgeschaltet ist. »Ich weiß nicht. Ich habe mich noch nicht entschieden. Ich ...«

Klick.

Lily hat aufgelegt. Ich will sie zurückrufen, überlege es mir dann aber anders und lege das Telefon beiseite. Wenn dies alles vorbei ist, wenn keine Gefahr mehr besteht ... Dann finde ich vielleicht einen Weg und kann ihr erzählen, was wirklich geschah.

Ich wende mich wieder dem Fenster zu, um Waye meinen Mittelfinger zu zeigen, doch dann zögere ich verblüfft. Er winkt! Ich trete näher ans Glas und glaube, meinen Augen nicht zu trauen.

Er will, dass ich zu ihm komme?

Himmel, nein! Moment mal. Himmel, ja! Ich fahre herum, nehme jeweils zwei Treppenstufen auf einmal und bin wenige Sekunden später auf der Veranda, bereit zu einer Auseinandersetzung mit Waye. Bereit, ihm zu sagen, dass ich Bescheid weiß.

Doch von Waye ist weit und breit nichts zu sehen.

Die Straße liegt leer und verlassen vor mir.

Ich blicke mich um. Niemand da. Ich bin sicher, ihn wirklich gesehen zu haben. Ich weiß es ...

»Wicket?« Todd erscheint neben mir. Offenbar ist er um die Hausecke gekommen, und er sieht mich an, als sei ich übergeschnappt. »Alles in Ordnung?«

»Ich ... ich weiß nicht.« Ich suche nach einer einigermaßen vernünftigen Erklärung dafür, so aus dem Haus gelaufen zu sein, als stünde mein Haar in Flammen.

Vielleicht ... ist es Zeit für ein Stückchen Wahrheit.

»Ich dachte ... Ich dachte, ich hätte Tessas Vater vor unserem Haus gesehen.«

Todd legt den Kopf auf die Seite. »Warum sollte Jim hierherkommen?«

»Ich ... ich weiß nicht. Lily hat mir gesagt, dass er sie in der Schule angesprochen hat. Ich hab einfach nur ein mieses Gefühl.« Es klingt ein bisschen lahm, entspricht aber der Wahrheit. Ich beiße mir auf die Unterlippe und versuche, Todds Reaktion einzuschätzen.

Er ist erstaunt und besorgt. Und auch verärgert.

»Sei unbesorgt, Wicket! Ich gehe der Sache auf den Grund und rede mit Lilys Lehrern, wenn sie wieder da ist.« Er weicht einen Schritt zurück und öffnet die Tür etwas weiter. »Komm rein!«

Ich nicke. Gut. Der Sache auf den Grund zu gehen, das ist gut. Ich beobachte, wie Todd die Tür hinter uns abschließt. Vielleicht gelingt es uns bald, einen Schlussstrich unter diesen Mist zu ziehen, denke ich dabei.

Es ist halb zwei nachts und ich kann nicht schlafen. Liegt es an Lily? Oder liegt es an Griff? Doch ich weiß, wer schuld hat: die vier Tassen Kaffee, die ich in den letzten drei Stunden getrunken habe. Ohne Bren bin ich nicht zu bremsen. Ohne sie trinke ich Kaffee, wann immer ich will, und nun bin ich so aufgedreht, dass ich spüre, wie meine Fingernägel wachsen.

Mein Handy piept und das Display wird hell. Griff.

Willst du noch immer IP-Adressen?

Ob ich noch immer daran interessiert bin? Na klar! Wenn wir herausfinden, wer das Bild von einem PC in der Stadtbibliothek hochgeladen hat ... Dann haben wir den Mistkerl.

Meine Finger zittern, als ich schreibe:

na sicher

Einige lange Sekunden vergehen, während ich ungeduldig warte.

Wir treffen uns morgen um 2 in der Bibliothek

Ich bin früh dran, aber Griff ist schon da. Er wartet draußen auf mich und lehnt an einer Säule. Als ich näher komme, verschwindet sein lässiges Gebaren.

»Du siehst ziemlich mitgenommen aus.«

Meine Wangen werden heiß. »Meine Güte, du verstehst es wirklich, mir Komplimente zu machen!«

Griff kommt näher und reibt sich den Nacken. »So habe ich das nicht gemeint.«

»Was *hast* du gemeint?«

Griff mustert mich. »Dass ich ein Trottel bin.«

»Nein, bist du nicht.« *Ich* bin ein Trottel. Denn wenn er mich ansieht, fühle ich mich wie der letzte Mensch auf Erden, als wäre ich nur deshalb etwas Besonderes, weil ich ich bin. »Hast du einen Plan?«

Griff mustert mich abermals. »So bist du ohne Lily?«

Ja. Nein. »Gestern Abend kam er wieder zu unserem Haus,

Griff. Ich weiß, dass es Waye war. Das muss aufhören. Wie stehlen wir die Informationen, die wir brauchen?«

Griff lacht. »Wir stehlen gar nichts, Wick. Wir lassen uns geben, was wir wollen.«

44

Heute ist der Müll abgeholt worden und niemand hat das zerfetzte Kleid bemerkt. Meine Erleichterung ist größer als erwartet. Alles ist noch ein Geheimnis und ich weiß: Was ich vorhabe, ist richtig.

– Tagebuch von Tessa Waye, Seite 86

»Du kannst es schaffen.« Griff wiederholt die Worte, als wir an langen Bücherregalen vorbeigehen. Er bleibt vor mir, damit mich die beiden Bibliothekare am Auskunftstresen nicht sehen, aber auch um mich am Weglaufen zu hindern. Der Plan behagt mir ganz und gar nicht.

Er hebt eine Hand zu einem Bücherregal über meinem Kopf, und ich bleibe stehen, sehe ihn an. »Es ist ganz einfach. Du musst nur ein bisschen schniefen. Die eine oder andere Träne wäre hilfreich. Mach einen bemitleidenswerten Eindruck! Du bist die Tochter eines Mannes, der deine Mutter betrogen hat, und du bittest um ein wenig Hilfe.«

Ich beiße mir auf die Unterlippe und lasse es mir noch einmal durch den Kopf gehen. Es klingt tatsächlich leicht.

»Wir sind nur zwei arme Jugendliche, die herausfinden wollen, ob ihr Vater hierherkam.«

»So sieht dein Plan aus? Warum sollte man uns das abkaufen? Wir ähneln uns überhaupt nicht.«

»Das spielt keine Rolle, wenn wir überzeugend genug sind.«

Er klingt dreist und übermütig und ich sollte mich darüber ärgern. Stattdessen lächle ich fast.

Lieber Himmel, bei ihm werde ich ganz und gar Mädchen!

»Niemand denkt über Einzelheiten nach, wenn unser Auftritt überzeugend ist«, fährt Griff fort. »Wir müssen die Frau dort drüben nur überraschen und ein wenig verwirren, damit sie spontan reagiert.«

»Und ihre spontane Reaktion besteht darin, uns die Namen zu geben?«

Griff grinst, als sei das Antwort genug. Und vielleicht ist es das auch. An Zuversicht scheint es ihm jedenfalls nicht zu mangeln.

»Sieh einfach bedauernswert aus!«

Ich konzentriere mich auf Griff und stelle mir vor, mich elend zu fühlen und traurig zu sein, was mir angesichts der jüngsten Ereignisse nicht sonderlich schwerfällt.

»Nein, nein, nein.« Griff schüttelt den Kopf, und ich erkenne, dass er sich das Grinsen kaum verkneifen kann. »So siehst du nicht bedauernswert aus, sondern eher wütend.«

Ich starre ihn an.

»Und das ist ganz wütend.« Griff beugt sich vor und gibt mir einen Kuss. Meine Finger krümmen sich um seine Hand. »Überlass mir das Reden, Wick!«

Bei ihm klingt es so leicht.

Wir warten bei den Liebesromanen, bis die ältere Bibliothekarin in der Kinderbuchabteilung verschwindet und die jüngere am Auskunftstresen allein ist.

»Bist du sicher, dass wir es nicht bei der älteren versuchen sollten?« Ich recke den Hals, um mehr zu sehen, aber es nutzt nichts, ich bin zu klein. »Im Allgemeinen sind Ältere leichter zu täuschen, Griff.«

»Ja, aber die jüngere Bibliothekarin ist seit Kurzem geschieden. Sie dürfte eher dazu bereit sein, uns einen Blick ins Benutzer-Log zu gestatten.«

»Woher weißt du von ihrer Scheidung?«

Griff deutet auf seine linke Hand. »Eine weiße Stelle am Finger, wo sie den Ehering getragen hat. Man sieht sie noch. Als ich das letzte Mal hier war, las sie ein Selbsthilfebuch über einen Neuanfang im Leben. Ich wette, sie ist frisch geschieden.«

Wetten? Ich möchte Griff sagen, dass ich nichts von Wetten halte, dass mir Gewissheiten lieber sind. Aber er nimmt meine Hand und zieht mich mit sich, und zwar so schnell, dass ich fast hinfalle. Wir gehen nicht, wir laufen praktisch über den mit Teppichboden ausgelegten offenen Bereich. Die Bibliothekarin blickt überrascht auf.

»Kann ich Ihnen helfen?«

Griff legt mir den Arm um die Schultern. »Das hoffe ich sehr. Wir haben ein persönliches Problem und in diesem Zusammenhang muss ich Sie etwas fragen.«

Die junge Frau blinzelt, und ich sehe, dass sie sofort in den defensiven Modus umschaltet. Mein Herz schlägt schneller. Ich schniefe ein bisschen und versuche, Griffs Rat zu beherzigen und traurig auszusehen. Keine Ahnung, ob es klappt.

»Unser Vater hat uns verlassen«, sagt Griff, und meinem

aufmerksamen Blick entgeht nicht, dass die Bibliothekarin ganz leicht zusammenzuckt.

»Wir glauben, dass er einen der hiesigen Computer benutzte, um auf das Bankkonto der Familie zuzugreifen ...« Griff sieht sich um, wie in Sorge, dass jemand lauscht. »Er nahm alles mit: die Ersparnisse, das Geld vom Girokonto. Alles.«

»Tut mir leid, aber ...«

»Bitte, hören Sie mich an! Ich weiß, dass er öfter herkam. Könnten wir uns wohl das Benutzer-Log und die Browser-Chroniken ansehen? Wir hätten gern Gewissheit. Eigentlich geht es um unsere Mutter. Sie glaubt nicht an die Schuld unseres Vaters und sucht nach Gründen, warum er es nicht getan haben kann.« Griff ist sehr überzeugend, als er über seine Mutter spricht, als er beschreibt, wie sehr sie darunter leidet, dass unser Vater sie verlassen hat. Die besten Lügen enthalten ein Stück Wahrheit, und während Griff sein Garn spinnt, gibt er das eine oder andere über sich preis.

Und er tut es für mich.

»Sie muss endlich einen Schlussstrich ziehen können«, sagt er. »Und wenn sie weiß, dass er so tief gesunken ist ... Dann ist sie vielleicht in der Lage, endlich loszulassen. Bitte, wir alle müssen Bescheid wissen, damit wir neu anfangen können.«

Die Bibliothekarin sieht nach hinten und zum Glück ist ihre ältere Kollegin noch immer außer Sicht. Sie ringt mit sich selbst, als sie sich wieder uns zuwendet. »Ich weiß nicht ... Eigentlich dürfen wir keine Informationen über die Benutzer unserer Computer weitergeben. Es ist vertraulich.«

»Das ist mir klar.« Griff schiebt sich näher und die junge Frau weicht nicht zurück. »Ich frage Sie auch nur, weil wir wirklich bis zum Hals in Schwierigkeiten stecken.« Er erweckt den Anschein, nach Worten zu suchen. »Wir ... wir wissen nicht, was wir tun sollen. Ich versuche nur, meiner Mutter zu helfen, damit sie besser zurechtkommt.«

Die Bibliothekarin hebt die Hand und zupft an ihrer goldenen Halskette. »Es tut mir leid.«

Was meint sie damit? Die Situation, in der wir uns angeblich befinden? Oder dass sie uns die Namen nicht geben kann?

»Bitte.« Ich lege die Hand auf den Tresen und drücke so fest zu, dass sich die Adern abzeichnen. Unsere Blicke begegnen sich. Die junge Frau denkt an ihren Mann und ich denke an Lily.

Noch bevor sie den Mund öffnet, weiß ich, dass sie uns helfen wird.

»Ich kann kaum glauben, dass du es wirklich geschafft hast, Griff.« Wir drücken die Doppeltür der Bibliothek auf, gehen nach draußen und um die Ecke. »Alle Namen und Browser-Chroniken!«

»Ich kann kaum glauben, dass du daran gezweifelt hast.«

Es erscheint mir verrückt. Der totale Wahnsinn. Ich ziehe Griff an mich und er drückt mich an die Mauer des Gebäudes.

»Ich wollte dir zeigen, dass ich etwas für dich tun kann.«

»Es geht nicht darum, was du für mich tun kannst. Darum ging es nie.« Seine Finger sind in meinem Haar und wölben sich um meinen Nacken. Sie scheinen mich auseinanderzunehmen. »Ich wünschte mir deine Hilfe, weil ich dich brauche.«

Die Worte platzen aus mir heraus, viel zu schnell.

»Ich brauche dich, Griff.«

Seine Lippen finden meinen Mund. »Du bist nicht mehr allein.«

45

»Du bist nutzlos für mich, ist dir das klar?« Er verzieht die Lippen zu einem hintergründigen Lächeln, als sei alles ein urkomischer Witz. Aber er meint es ernst, und ich begreife plötzlich, dass ich in Schwierigkeiten stecke. Denn was fängt man mit Spielzeug an, wenn man damit fertig ist?
Man wirft es weg.

– Tagebuch von Tessa Waye, Seite 86

Die Bibliothekarin hat uns mit mehr Informationen versorgt, als wir uns erhofft hatten.

Aber das nutzt uns trotzdem nichts.

»Jemand hat sich eindeutig von hier aus bei Facebook eingeloggt, und ja, das könnte alles und nichts bedeuten. Aber die Zeitstempel stimmen überein.« Griff blättert dauernd. Die Benutzerlisten reichen zwei Wochen zurück, die Website-Chroniken sogar zwei Monate. Er kehrt zum Anfang des Berichts zurück. »Es sind allerdings keine Namen damit verbunden. Man könnte meinen, er hätte sich gar nicht angemeldet.«

»Glaubst du, dass die Sicherheit so lasch ist?«

Griff zuckt mit den Achseln. »Möglich wär's. Immerhin ist es eine öffentliche Bibliothek. Die Ausstattung lässt sicher zu wünschen übrig. Ein gutes Schlupfloch für den Kerl. Pech für uns. Wir stecken in einer Sackgasse.«

»Nicht ganz.« Ich reiche ihm die zweite Seite der Browser-Chroniken und deute auf eine Zeile zwischen icanhas.cheezburger.com und WebMD. »Wir haben das hier.«

Griff liest den Namen der Website und runzelt die Stirn. »LogMeIn? Da anzusetzen, könnte ein echter Nervtöter sein, Wick. Wenn er die Software installiert hat und damit einen der Bibliothekscomputer fernsteuert ... Dann könnte er praktisch überall sein. Wir brauchen einen anderen Ansatzpunkt.«

»Nein, hiermit lässt sich wirklich etwas anfangen.« Ich nehme die Unterlagen und sehe mir die Liste noch einmal an. LogMeIn ist ein Website-Service, der Remote-Zugriffe auf Computer gestattet. Ist man drin, werden alle Online-Aktivitäten mit der IP-Adresse des Remote-Computers verbunden. Das ist ein ziemlich guter Schutz vor Entdeckung, aber ich glaube, wir können trotzdem etwas damit anfangen. »Wir wissen, dass der Bursche von hier sein muss, denn er hatte offenbar leichten Zugang zu Tessa, und bestimmt hält er sich für schlau. Aber er versteckt sich hinter einem Programm von der Stange, und er ist nicht klug genug, die Computer zu wechseln.«

»Was?«

»Der einzige aktive PC ohne erfassten Benutzer ist A5.«

»Jedes Mal?«

»Ja. Wir haben ihn.«

»Wie?«, fragt Griff nur, doch wahrscheinlich kennt er die Antwort bereits.

»Ich gehe auf die Jagd.« Ich stopfe die Unterlagen in meinen Rucksack und meide Griffs Blick. Irgendwie sind wir nicht mehr dieselben Personen wie vor fünf Minuten. Jetzt bin ich Wicket Tate, Hackerin. Nicht mehr Wicket Tate, das Mädchen, das er begehrt. Eigentlich sollte ich mich stärker fühlen, doch das ist nicht der Fall. Stattdessen scheine ich an Substanz zu verlieren, mich direkt vor Griff aufzulösen. »Ich tue, was ich immer tue.«

Griff schnaubt. »Mit welchem Computer?«

»Mit dem der Bibliothek.« Ich hole meinen USB-Stick hervor. »Wahrscheinlich kehrt Mr Unbekannt zur gleichen IP-Adresse zurück. Ich meine, er hat den Zugangspunkt nicht einmal nach dem Upload von Lilys Foto geändert. Anschließend hat er den LogMeIn-Service zweimal benutzt. Weil er bequem für ihn ist. Er kennt ihn und inzwischen kennen wir ihn ebenfalls. Was uns die Möglichkeit gibt, ihm eine Falle zu stellen.«

Unter Griffs linkem Auge zuckt ein Muskel. »Wie?«, fragt er noch einmal.

»Ich habe da ein hübsches kleines Programm. Ich hab's geschrieben, um im Auftrag meiner Klientinnen Pornosüchtigen auf die Schliche zu kommen. Sobald die Lieblingswebsites der Zielperson bekannt sind, packe ich das Programm drauf.« Der Muskel unter Griffs Auge zuckt wieder, heftiger, und ich gerate mit meinen Erklärungen ins Stocken. »Wenn die Zielperson darauf klickt, öffnet sich ein Fenster, das sie auffordert, sich mit mir in Verbindung zu setzen.«

Griff erstarrt. »Sie soll Kontakt mit dir aufnehmen?«

»Ja.« Ich nicke. »Es sieht nach Erpressung aus, als würde ich Geld für mein Schweigen verlangen. Der Link, den ich zur Verfügung stelle, ist eine Variante meines Trojaners Pandora. Dadurch bekomme ich Zugang zum Computer der Zielperson.«

»Zum Teufel, nein!«

Ich habe plötzlich einen Kloß im Hals. Der Kerl will meine Schwester. »Es ist die ideale Lösung, Griff. Ich bin der Köder für ihn. Wenn er auf den Link klickt …«

»Er war gerissen genug, es bis hierher zu schaffen. Er könnte den Spieß umdrehen und es auf dich abgesehen haben. Kommt nicht infrage.«

Ich sehe ihn an, und ja, Griff ist groß, und ich bin klein, aber derzeit fühle ich mich so klein wie nie zuvor. Ich fühle mich klein und hilflos und das hasse ich.

Ich verschränke die Arme und mustere Griff mit finsterem Blick. »Was soll ich sonst tun?«

»Ich will auf keinen Fall, dass du ein Köder für ihn wirst, Wick.«

Es klingt nach einem Einwand, doch es ist keiner. Ich höre die Resignation in Griffs Stimme. Er weiß, dass ich es durchziehe, und es jagt ihm Angst ein. Mir ebenfalls.

Hinter uns schwingen die Türflügel der Bibliothek auf und die junge Bibliothekarin geht mit einer braunen Tüte in der Hand zum Parkplatz.

Jetzt hält sich nur noch eine von ihnen im Gebäude auf. Eine bessere Gelegenheit bietet sich nicht.

Wieder sehe ich Griff an, bereit für eine Erklärung, bereit zu laufen, aber er hat sich bereits in Bewegung gesetzt – in Richtung Tür.

In der Bibliothek gibt es zehn Computer und zum Glück werden nur zwei benutzt. Eine reichlich gestresst wirkende Mutter von zwei Kindern schreibt am einen Ende der Reihe eine E-Mail, am anderen Ende sitzt ein alter Herr und spielt Sudoku. Ich kenne mein Glück und ahne, dass A5 einer dieser beiden Computer ist und ich warten muss.

Dann bemerke ich den AUSSER-BETRIEB-Zettel am Monitor eines anderen PC. Der Monitor ist aus, aber am Tower des Computers blinkt ein grünes Licht.

»Der macht immer wieder Probleme«, sagt die alte Dame, als sie meinen Blick bemerkt. »Nach der Reparatur läuft er eine Zeit lang, aber dann spielt er verrückt, und die IT-Leute müssen wieder gerufen werden.«

»Er spielt verrückt? Wie meinen Sie das?«

»Man kann nichts schreiben. Er reagiert auf keine Eingaben.«

Ich lächle, bedanke mich und setze mich vor besagten PC. Reagiert auf keine Eingaben, wie? Vermutlich wegen eines Remote-Zugriffs.

Ich sehe mir die Ports an der Tower-Rückseite an. Sie erscheinen mir recht locker, als hätte jemand daran herumgepfuscht. Ich löse das Monitorkabel des Nachbarcomputers und schließe es bei meinem an. Als ich den Stecker fest genug hineingedrückt habe, wird der Monitor hell.

Griff nimmt neben mir Platz und gibt vor, bei Wikipedia zu recherchieren, während ich mich um den Upload kümmere.

»Du brauchst einen Computer für den Kontakt mit dem Burschen«, sagt er und behält die Bibliothekarin im Auge. Sie ist damit beschäftigt, Bücher in Listen einzutragen, aber Griff zuckt jedes Mal zusammen, wenn sie sich uns zuwendet. »Du brauchst einen Rechner, von dem aus du hacken kannst, damit er dich nicht lokalisiert.«

Guter Hinweis. Ich beende die Installation, schließe mein

Programm und ziehe den Stick aus dem USB-Port. Ein sehr guter Hinweis.

Was ich natürlich nicht zugebe.

»Mir fällt schon was ein.«

Griff schüttelt abermals den Kopf. »Nein, wenn du die Geschichte weiter durchziehen willst, musst du meinen Computer benutzen.«

»Vergiss es!«, sage ich. Und ich meine es ernst. Man kann einem Hacker nicht einfach einen alten Computer geben. Wir haben unsere Vorlieben. Wir haben unsere Setups. Man legt nicht einfach mit der Ausrüstung eines anderen los.

Und man verwickelt niemanden in die Sache, an der einem etwas liegt.

»Mir fällt schon was ein, Griff, keine Sorge.« Der Satz scheint ohne Wirkung auf ihn zu bleiben. »Ich jage allein«, füge ich deshalb hinzu.

Auch das prallt an ihm ab. »Nicht mehr.« Ich durchbohre ihn mit meinem Blick, doch er bleibt hart. »Wie willst du vorgehen?«

Eigentlich gebe ich solche Informationen nicht preis. Ich bin stolz auf meinen Pandora-Code, aber er ist sehr persönlich und allein für meine Augen bestimmt – er gibt mir das Gefühl, einen Teil von mir zu enthalten. Trotzdem deute ich auf den Monitor.

»Wenn er sich mit diesem Computer in Verbindung setzt, bekommt er eine Nachricht«, erkläre ich. »Und wenn er darauf klickt, bin ich drin. Dann habe ich Zugang zu seinen Daten. Hier.«

Ich drehe den Monitor ein wenig, damit Griff die Nachricht auf dem Schirm lesen kann. Sie lautet:

Willkommen zurück, Perverser. Ich kenne dein Log-in. Ich kenne deine Identität. Ich habe alles, was ich brauche, um die Polizei zu verständigen – wenn du nicht vorher Kontakt mit mir aufnimmst. Finde mich hier.
Finde mich.
Ich fordere dich heraus.

Zwar machen wir einen Abstecher zu Griffs Haus, um einen anderen Laptop zu holen, aber Todd ist immer noch bei der Arbeit, als wir zurückkehren. Er hat eine Mitteilung auf dem Kühlschrank hinterlassen, und darin heißt es, dass er nach dem Abendessen heimkehrt.

Das Haus ist zu still.

Weil Lily fehlt?

Besser nicht darüber nachdenken! Ihre Abwesenheit kommt mir gerade recht. Um ganz ehrlich zu sein: Es passt mir auch in den Kram, dass Bren fehlt. Sie hätte niemals zugelassen, dass Griff mich in mein Zimmer begleitet.

Er folgt mir nach oben und sieht sich um, während ich den Laptop einsatzbereit mache. Ich bin dankbar, dass er mich in Ruhe lässt. Meine Haut fühlt sich an wie elektrisiert und ich habe den Tunnelblick. Drohende Migräne? Ich muss meine Tabletten nehmen, damit die Kopfschmerzen nicht schlimmer werden und mich behindern.

Ich reibe mir den Hals und spüre, wie sehr sich die Muskeln verknotet haben. Griff sieht es, kommt auf mich zu … und bleibt stehen.

»Wenn's klappt, Wick … Dann musst du alles, was du herausfindest, Carson übergeben. Gleich morgen früh.«

Ich soll alles übergeben? Damit Carson nichts damit anfängt? So wie bei dem Tagebuch?

Andererseits … Wenn ich klare Beweise vorlege, muss Carson handeln.

Ich zögere. »Ja. Gut.«

Griff ergreift meine Hand. Ich merke erst, dass ich mich an ihn lehne, als ich sein Kapuzenshirt an der Wange spüre.

»Und was jetzt?«, fragt er.

»Wir warten.«

46

Es nimmt einfach kein Ende.

– Tagebuch von Tessa Waye, Seite 61

Zehn Stunden später klingelt etwas.

Ich rolle auf den Rücken, sehe zur Decke hoch und blinzle.

Etwa drei Sekunden lang bin ich verwirrt. Dann rückt alles an seinen Platz. Meine Hand schießt zum Nachtschränkchen und ergreift das Mobiltelefon. »Hallo?«

»Wick?«

»Griff!« Ich setze mich auf und drücke mir das Handy fester ans Ohr. Zuerst halte ich das Rauschen für eine Störung bei der Verbindung, aber dann erkenne ich den wahren Grund: Griff atmet schwer. »Was ist los?«

»Es hat funktioniert. Der Pandora-Code, er hat funktioniert.«

Natürlich hat er das. Ich schlage die Decke beiseite und frage mich, warum er so durchgeknallt klingt. Ich bin benommen und träge nach den Migränepillen, die ich geschluckt habe. Mühsam schwinge ich die Beine aus dem Bett, setze die Füße auf den Boden und stehe auf.

»Wick? Hast du gehört?« Griffs Stimme klingt anders. Als ... hätte er Angst.

Und das macht *mir* Angst. »Ja, ich habe dich gehört. Das ist großartig, Griff. Ich denke ...«

»Denk nicht!« Am anderen Ende der Verbindung kracht es, und ich höre, wie eine Tür ins Schloss fällt. »Denk nicht, lauf! Sofort!«

»Ich soll laufen?« Warum? Ich muss an Ort und Stelle bleiben. Wenn es funktioniert hat, könnte ich alles vermasseln, indem ich losrenne.

Ich beuge mich zum Fenster vor und halte nach Carsons Wagen Ausschau. Er ist nicht zu sehen. Noch nicht. »Ich bleibe hier. Wir haben ihn.«

»Wick, bitte!« Griff keucht, und ich höre, wie seine Tennisschuhe aufs Pflaster pochen – er läuft. »Mach dich auf die Socken, sofort! Ich habe Spyware auf dem Laptop installiert, den ich dir gegeben habe. Sie gab mir Bescheid, als der Bursche auf deine Nachricht klickte. Die IP-Adresse des Computers, der den Trojaner empfing, stimmt mit der deines Hauses überein, Wick. Wer auch immer den Köder geschluckt hat, Wick – er ist in deiner Nähe.«

Ich sehe zum Computer, betrachte mein Bett und starre zur offenen Tür meines Zimmers. Das ergibt alles keinen Sinn. Es kann nicht sein, es ist unmöglich.

Plötzlich habe ich eine Gänsehaut.

»Ich muss Schluss machen, Griff.« Ich unterbreche die Verbindung, während er noch etwas ruft. Das Display wird sofort wieder hell, aber ich achte nicht darauf und klappe den Laptop auf.

»Geh wie bei einem gewöhnlichen Hack vor«, flüstere ich

und warte darauf, dass der Computer aus dem Ruhezustand erwacht.

Aber es ist kein gewöhnlicher Hack, oder? Meine Gedanken überschlagen sich plötzlich und mir zittern die Hände.

Als der Laptop läuft, öffne ich das Fenster der Eingabeaufforderung und stelle eine Verbindung mit der Webcam des Remote-Computers her. Diesmal empfange ich zuerst den Ton.

Ich erkenne das Lachen, noch bevor ich das Gesicht sehe, und als das Bild auf meinem Monitor erscheint, möchte ich mich übergeben. Ich öffne den Mund zu einem Schrei, bringe aber keinen Ton hervor.

»Hallo, Wicket!«, sagt Todd und blickt in die Kamera.

47

Er schlägt mich immer an Stellen, wo es niemand bemerkt. Beim ersten Mal glaubte ich, ihn so zu sehen, wie er wirklich ist. Aber dann wurde mir klar, dass ich mir etwas vorgemacht hatte. Ich wusste immer, wer und was er ist. Ich hatte es mir nur nicht eingestehen wollen.

– Tagebuch von Tessa Waye, Seite 79

Todd? Er ist der Bösewicht, der Vergewaltiger? Ich stoße mich vom Schreibtisch ab und habe das Gefühl, den Boden unter den Füßen zu verlieren. Er ist doch so bestürzt gewesen. Tessas Tod hat ihn schwer getroffen. Ich erinnere mich an die Tränen. Und daran, wie er gegen ihren Vater vorging. An seine Selbstvorwürfe. Nein, Todd kann es nicht sein.

Aber er lächelt und nickt, als wisse er genau, was mir durch den Kopf geht. Plötzlich passt alles zusammen. Zugang zu Tessa. Und zu Lily.

Und nun sind wir allein.

»Überrascht?«

Todd hebt sein Handy so, dass ich aufs Display sehen

kann. Es zeigt mein Zimmer. Mich. »Erstaunlich, was die Techniker der Sicherheitsfirmen für hundert zusätzliche Dollar so alles hinkriegen. Für eine Weile genügte es mir zu wissen, dass die Kamera da war. Bis vor Kurzem habe ich sie gar nicht benutzt. Als sie dann zum ersten Mal einschaltete … Rat mal, was ich dabei herausgefunden habe!«

Es läuft mir kalt über den Rücken. Instinktiv strecke ich die Hand nach dem Baseballschläger aus, doch meine Finger finden nichts als leere Luft.

Der Schläger ist nicht mehr an seiner Stelle.

Todd lacht, als ich mich umdrehe. »Vermisst du etwas?« Er hält den Baseballschläger hoch, damit ich ihn sehen kann.

»Du hast gesagt, dass du sie schützen wolltest«, platzt es aus mir heraus. »Du hast bedauert, nichts unternommen zu haben.«

»Ich hätte sie besser vor ihrem Vater, diesem Arschloch, schützen sollen.« Todd hebt die Hand zum Unterkiefer, als erinnere er sich an Tessas Berührung. »Sie brauchte keinen Schutz vor mir. Sie hat mich verführt. Sie wollte es. Sie wollen es immer. Ich hätte sie alle haben können, aber ich habe sie gewählt, weil sie zerbrochen war.«

Todds Blick schweift kurz nach unten, dorthin, wo seine Finger auf den Schreibtisch klopfen. »Es gefiel mir, wie sehr mich Tessa wollte. Sie hielt mich für einen Gott, aber ich habe mich erst wie ein Gott gefühlt, als sie sich zur Wehr setzte und ich sie zwang. Eines Nachmittags verstand ich schließlich, warum ihr Vater sie schlug. Nichts schmeckt besser, als Macht über einen anderen Menschen auszuüben. Zum ersten Mal dachte ich an die süße kleine Lily und was ich mit ihr tun könnte …«

Ich atme noch schwerer als Griff zuvor, keuche wie ein in

die Enge getriebenes Tier, während ich nach verschiedenen Gegenständen in Reichweite greife: nach Büchern, Computerkabeln, einer Laptop-Tasche. Nichts eignet sich als Waffe. Womit soll ich mich verteidigen?

»Aber dann wurde mir klar, dass Lily keine Herausforderung sein kann«, fährt Todd fort. »Ich will sie nicht mehr. Jetzt will ich dich.«

Mich? Ich starre wieder auf den Monitor. Auf dem Stuhl sitzt niemand mehr. Todd ist verschwunden.

Er kommt zu mir. Ich renne zur Tür und drehe den Knauf, um sie zu verriegeln, aber der Knauf dreht sich einfach nur, ohne dass das Schloss zuschnappt.

»Nein«, flüstere ich. Todd muss das Schloss manipuliert haben. Es nutzt mir nichts mehr. »Nein, nein, nein!«

Ich werfe mich herum und springe zum Fenster. Als ich es öffnen will, geschieht ... nichts. Ich ziehe und drücke, bis mir fast die Fingernägel brechen, aber vergeblich. Todd hat das Fenster zugenagelt.

Es gibt kein Entrinnen.

Ich weiche zurück und mein Blick huscht durchs Zimmer. Ich brauche eine Barrikade, doch das Bett ist zu schwer, ich kann es unmöglich bewegen. Der Schreibtisch? Zu leicht und zu klein, als dass ich ihn an der Tür verkeilen könnte.

»Oh, Wiiiicccckkkeeet!« Todds Stimme kommt von unten. »Willst du vor mir weglaufen?«

Was soll ich tun? Mein Blick fällt auf die Nachttischlampe. Ich werde kämpfen.

»Ich hoffe, du versuchst zu fliehen.« Todd lacht und ich stürze zum Bett und ziehe den Stecker der Lampe. Plötzlich ist es dunkel im Zimmer. »Ja, das hoffe ich wirklich. Ich möchte dich gern verfolgen, dich jagen.«

Schritte. Meine Hände sind schweißfeucht und rutschen über den Fuß der Lampe. Er ist auf der Treppe.

Ich reiße den Lampenschirm ab und zerre das Kabel aus dem Fuß, halte daraufhin einen behelfsmäßigen Baseballschläger in der Hand. Ich lege ihn auf die Schulter, um ein Gefühl für das Gewicht zu bekommen. Ein bisschen zu leicht, aber kurz genug, um echten Schaden damit anzurichten. Nicht schlecht.

Ich stehe im Dunklen und warte. Wenn er kommt, kriegt er was verpasst. Aber ... vielleicht sollte ich nicht warten. Ich verlagere das Gewicht von einem Bein aufs andere und bereite mich vor. Meine Knie scheinen sich in Gummi zu verwandeln.

Ich schleiche nach vorn und öffne die Tür einen Spaltbreit, damit ich Todd sehen kann. Im gleichen Augenblick streicht Licht von der Straße übers Fenster.

»Sieh mal einer an, wer da kommt!«, hauche ich, als Detective Carson am Straßenrand anhält.

»Du willst also nicht fliehen.« Todd klingt enttäuscht. Und auch fasziniert. »Ich schätze, du bleibst lieber bei der Rolle, die du kennst, wie? Mit einem elenden Loser als Vater ... Es geschieht sicher nicht zum ersten Mal, dass es jemand auf dich abgesehen hat, oder?«

Nein, dies ist nicht das erste Mal. Ich sollte meinen, dass es dadurch einfacher ist, aber von wegen. Ich atme möglichst leise, habe aber das Gefühl, nicht genug Luft zu bekommen.

Er ist nur noch zwei oder drei Schritte entfernt, im Flur vor der Tür, und ich kann kaum etwas erkennen. Als Todd gesehen hat, dass es in meinem Zimmer dunkel ist, hat er das Licht im Korridor ausgeschaltet. Jetzt sind wir beide blind.

Bis wieder Licht von der Straße kommt, durchs Fenster fällt und über den Boden meines Zimmers kriecht.

Verdammt! Der Detective wendet seinen Wagen. Fährt er weg? Soll ich zum Fenster laufen, es einschlagen und um Hilfe rufen? Könnte ich es schaffen?

»Offenbar ist dein Held eingetroffen.«

Fast hätte ich laut nach Luft geschnappt. Er ist näher, als ich dachte, auf der anderen Seite der Tür.

»Falls du überlegst, ob du um Hilfe schreien sollst ...«, sagt Todd. »Ich wäre bei dir, bevor er auch nur einen Ton hört.«

Ein Dielenbrett knarrt und das Blut rauscht mir in den Ohren. Ich drücke die Schulter an die Wand und hebe die Lampe höher.

»Er hat mich schon seit einer ganze Weile in Verdacht, weißt du«, fährt Todd fort. In der Düsternis sehe ich, wie sich seine Finger um den Rand der Tür schließen. »Deshalb nutzt er jeden Vorwand, um hierherzukommen und sich umzusehen.«

Ich zwinge mich, reglos zu bleiben, obwohl alles in mir danach drängt, mit der Lampe auszuholen und zuzuschlagen. Immer mit der Ruhe! Du willst ihm nicht die Hand brechen, sondern sein Gesicht zerschmettern. Du willst, dass er zu Boden geht und nicht wieder aufsteht.

»Zuerst ...« Todd bewegt sich vorwärts und ich sehe sein Profil. Er atmet aus, und ich rieche sein Pfefferminzkaugummi. »Zuerst dachte und hoffte ich, dass es ihm um dich und deinen Vater geht, diesen Mistkerl. Dann wurde mir klar, dass ich auf seiner Abschussliste stehe, dass die Jagd eröffnet war. Aber er wird mich nicht erwischen. Weißt du warum, Wicket?«

Er will mich zum Reden bringen, damit er herausfindet, wo ich stehe. Ich halte den Atem an.

Todd seufzt, enttäuscht, dass ich den Köder nicht schlucke. »Er wird mich nicht erwischen, weil nichts mehr übrig ist, wenn ich mit dir fertig bin, und weil ich dann verschwinde.«

Ein weiterer Schritt und ich hole aus. Die Lampe trifft seine Nase und ich höre ein hässliches Knirschen. Todd schreit und schlägt um sich. Ich ducke mich, aber nicht schnell genug – seine Hand bekommt mein Haar zu fassen.

»Du kleine Schlampe!«, zischt er und zieht mich näher. Die Lampe hat ihm die Wange so weit aufgerissen, dass die Zähne zu sehen sind. »Dafür wirst du büßen!«

Ich trete, treffe sein Knie und dann das Schienbein. Er keucht und nur eine Sekunde später schlägt er mir ins Gesicht.

Einmal.

Zweimal.

Plötzlich sehe ich nur noch Sterne und etwas Warmes rinnt mir über die Wangen. Blut. Aber kein Schmerz. Noch nicht. Das kommt später. Klebrige Wärme überzieht mein Gesicht. Ich bin so geschockt, dass ich zögere.

Das gibt ihm die Gelegenheit, auf die er gewartet hat.

Ein Stoß wirft mich zu Boden. Ich falle auf den Rücken, rolle herum und entgehe so einem Tritt. Die Überraschung ist vorbei – der Instinkt übernimmt die Führung. Ich darf mich nicht festhalten lassen, auf keinen Fall. Todd ist schwer. Wenn er auf mich stürzt, bin ich erledigt.

Todd fällt neben mich, hebt eine Hand. Etwas Metallisches blitzt auf.

Ein Messer!

Er stößt zu, zielt auf meine Brust und trifft stattdessen den Arm. Schmerz durchzuckt mich, bis hinunter zu den Fingern.

»Wenn ich mit dir fertig bin, finden sie nicht einmal die einzelnen Stücke!«

Meine unverletzte Hand tastet umher, sucht ... und findet einen Stiefel. Ich nehme ihn, schmettere ihn gegen Todds gebrochene Nase. Wieder spritzt Blut. Er versetzt mir einen Rückhandschlag, mit solcher Wucht, dass ich außer Reichweite gerate, über den Boden rutsche und gegen die Kommode stoße. Todd stemmt sich hoch, will mir folgen.

Er ist nicht schnell genug.

Ich bin bereits auf den Beinen und renne in den dunklen Flur. Todd bekommt den Saum meines T-Shirts zu fassen. Der Stoff gibt nach und reißt, ohne dass ich langsamer werde. Er hat recht. Ich weiß, wie es ist, gejagt zu werden. Bei meinem Vater hatte ich reichlich Übung. Todd kriegt mich nicht.

Ich springe die Treppe hinunter, jeweils zwei Stufen auf einmal. Auf dem Treppenabsatz bleibt irgendwo meine Socke hängen, ich verliere das Gleichgewicht, pralle gegen die Wand und lande schwer auf den Knien. Der Schmerz im Arm ist so heftig, dass mir die Tränen kommen.

»Hab dich!«

Ich hebe den Kopf und sehe, wie er die Treppe hinunterwankt. Mein Mund öffnet sich zu einem Schrei, und ich versuche, wieder auf die Beine zu kommen, für einen letzten Lauf, der mich nicht weiterbringen wird.

Meine Schulter bohrt sich ihm in den Magen, und ich drücke weiter zu, bis Todd kippt, fällt und auf die Treppe kracht. Etwas knackt laut, und er sackt in sich zusammen, rutscht bis zum Ende der Treppe, begleitet von meinen Schreien.

Unten bleibt er liegen und rührt sich nicht mehr.

Herr im Himmel, ich habe ihn umgebracht.

48

Wenn ich dies tue, was passiert dann mit mir, danach?

– Tagebuch von Tessa Waye, Seite 82

Carson. Ich muss zu Carson. Und als hätte ich die Worte laut gesprochen, höre ich den Detective meinen Namen rufen.

»Wicket!« Etwas Schweres schlägt gegen die Hintertür. »Wicket!«

Meine Füße wollen sich nicht bewegen. Ich kann den Blick nicht von Todd abwenden.

Als er reglos bleibt, finde ich Kraft und Mut, wage mich die Treppe hinunter, springe über seinen Körper hinweg und renne los.

Wie in der ersten Nacht steht Carson hinter der Fenstertür. Diesmal hat er die Pistole gehoben, bereit, mit ihrem Kolben die Scheibe einzuschlagen. Als er mich sieht, lässt er die Waffe sinken, neigt den Kopf zur Seite und spricht ins Funkgerät am Schulterhalfter.

Meine Finger sind blutig und taub. Sie gehorchen mir kaum, und deshalb dauert es einige Sekunden, bis ich das Schloss aufkriege. Wenn ich versucht hätte, auf diesem Weg zu fliehen, wäre ich Todd bestimmt nicht entkommen.

Schließlich klickt das Schloss, und bevor ich den Knauf ergreifen kann, hat Carson die Tür bereits geöffnet und ist halb in der Küche. Nach einem Blick auf mich spricht er erneut ins Funkgerät.

»Ich brauche einen Krankenwagen, sofort!« Carson versucht, den Arm um mich zu legen. »Hat er dich ebenfalls erwischt? Was ist passiert, Wicket?«

Ob er mich ebenfalls erwischt hat? Ich verstehe nicht ganz. Will Carson wissen, ob es mir so ergangen ist wie Tessa?

Er schüttelt mich. »Was ist passiert?«

Der Detective zieht mich die Treppe hinter dem Haus hinunter und blafft weitere Befehle in sein Funkgerät. »Du musst mit mir kommen, Wicket. Ich muss wissen, was geschehen ist.«

»Er hat mich angegriffen«, bringe ich hervor. Meine Stimme klingt zu hoch. Ich räuspere mich, aber sie bricht erneut. »Ich habe ihn abgewehrt.«

Carson wendet sich zu mir um. »Ist er hier?«

Ich nicke.

»Im Haus?«

Ich nicke noch einmal. Carsons Entsetzen springt auf mich über. Ich habe plötzlich eine Gänsehaut am ganzen Körper und weiß – etwas ist ganz und gar nicht in Ordnung.

Der Detective zieht wieder seine Waffe und will mich hinter sich schieben. Aber das lasse ich nicht zu. »Hat er gesagt, was mit Lily geschehen ist?«

Lily! »Wovon reden Sie?« Carson geht rückwärts und ich kralle ihm die Finger ins Hemd. »Lily ist bei Bren. Sie fliegen nach San Francisco. Ihr droht keine Gefahr.«

Mitgefühl zeigt sich in Carsons Augen. »Sie haben es nicht

bis zum Flugzeug geschafft, Wicket. Er hat sie in Atlanta abgefangen, im Hotel. Bren war fast vierundzwanzig Stunden gefesselt und wir können Lily nicht finden.«

Carson löst meine Hände von seinem Hemd. »Ich muss ins Haus, Wicket. Du bleibst hier.«

Ich soll hierbleiben? Kommt überhaupt nicht infrage. Ich starre den Detective an, denke aber nur an Todd. Ich töte ihn, wenn er noch lebt. Ich reiße ihn in Stücke. Meine Schwester! Lily!

Ich stoße mich so heftig von Carson ab, dass er ins Wanken gerät. »Wicket!«

»Er ist da drin!« Ich fahre auf dem Absatz herum, will zum Haus. Carson versucht mich festzuhalten, aber ich weiche seiner Hand aus. Glaubt er wirklich, dass er mich zurückhalten kann? Nach allem, was ich gerade hinter mir habe?

»Hier entlang!« Wir laufen durch die Küche in den Flur. »Er liegt dort ...«

Aber dort liegt er nicht.

Er ist weg. Todd ist verschwunden.

Zwanzig Minuten später stehen etwa dreißig Polizisten auf dem Rasen des Vorgartens und nicht einer von ihnen will mir etwas über Lily verraten. Die Einzigen, die mit mir reden, sind die Rettungssanitäter. Ihnen geht es nur darum, mich ins Krankenhaus zu bringen.

»Lassen Sie mich los!«, fahre ich den größeren von ihnen an. Wir ringen kurz miteinander, und dann lässt er mich los, vermutlich deshalb, weil er mich nicht noch mehr verletzen will. Die Stichwunde im Arm blutet inzwischen weniger stark, aber am Verband haben sich große rote Flecken gebildet. Der Eisbeutel, den ich gegen die Wunde presse, hilft kaum gegen die Schwellung. Die Verletzung muss genäht werden, und ich brauche Antibiotika, aber zuerst will ich meine Schwester zurück.

Wohin könnte Todd sie gebracht haben?

Ringsum geschieht so viel, dass mir das Denken schwerfällt. Vor dem Haus herrscht völliges Chaos. Alle rennen hin und her. Ich reibe mir die Stirn, als könne ich auf diese Weise mein Gehirn auf Trab bringen. Weit kann Todd nicht gekommen sein. Er ist verletzt und ihm blieb nicht genügend Zeit. Außerdem hat er Lily, und weil er Lily hat, braucht er einen ruhigen, ungestörten Ort.

Carson glaubt, dass Todd zu entkommen versucht, aber er kennt meinen Pflegevater nicht so gut wie ich. Über Jahre hinweg hat er sich vor aller Augen versteckt. Im Verborgenen zu bleiben ... Davon versteht er mehr als von Flucht. Das Firmenbüro in Atlanta fällt mir ein. Um diese Zeit in der Nacht wäre es leer. Oder das Haus am See. Aber das liegt zu weit entfernt.

Die Kirche!

»Detective!« Ich springe von der Trage und achte nicht auf die Flüche des Sanitäters. Carson marschiert über den Rasen und ich muss zu ihm. Dies ist meine einzige Chance – und die meiner Schwester. Ich muss sie nutzen. »Detective Carson!«

Er gibt vor, mich nicht zu hören. Ich halte ihn an der Jacke fest.

»Nicht jetzt, Wicket! Ms Callaway wird bald hier sein.«

»Aber ...«

»Nicht jetzt!« Er mischt sich unter eine Gruppe von dicht an dicht stehenden Polizeibeamten und lässt mich außen vor. Nach einigen schnellen Worten setzt sich die ganze Gruppe wie ein Cheerleader-Team in Bewegung und stapft zum Haus.

»Er dürfte inzwischen auf der Straße sein, Leute!«, ruft Carson. »Ich möchte, dass Sperren eingerichtet werden, am besten gestern. Ich möchte, dass die Nachrichtensender Lilys Foto bringen. Der Bursche hat einen Vorsprung von mindestens zwanzig Minuten. Wenn wir ihn nicht verkürzen, schafft er es über die Staatsgrenze.«

»Und wenn er gar nicht weg ist?«, rufe ich und warte darauf, dass sich Carson – oder ein anderer Polizist – zu mir umdreht. Sie haben keine Ahnung, wo Todd sein könnte.

Aber ich weiß es.

Wütend drehe ich mich um und will den Eisbeutel in die Nacht hinaus schleudern.

Dann sehe ich ihn: Carsons Wagen. Dort steht er, mit eingeschaltetem Blinklicht und laufendem Motor.

Bingo.

»Nicht ohne mich.«

Griff hat sich so leise genähert, dass ich ihn nicht bemerkt habe. Bis ich seinen Atem im Nacken spüre.

Vielleicht habe ich, tief in meinem Innern, auf ihn gewartet.

Ich wende mich um und sehe ihn an. »Ach, ja?«

»Nicht ohne mich«, wiederholt Griff. Sein Gesicht kann ich kaum sehen, aber das ist auch gar nicht nötig. Der Tonfall sagt mir alles. »Ich weiß, was du vorhast, Wick, und du wirst es nicht ohne mich durchziehen.«

Unter anderen Umständen brächten mich Griffs Worte auf die Palme. Eigentlich sollte ich mich über sein Verhalten ärgern, das mir anmaßend und fordernd erscheint. Er kommt mir zu nahe, er nimmt sich zu viel heraus – ich sollte die Fäuste ballen.

»Nicht ohne dich«, stimme ich ihm zu.

Wir laufen zum Wagen. Niemand schenkt uns Beachtung.

49

Märchen haben recht. Es gibt Ungeheuer, aber in unserer Welt können sie nicht getötet werden.

– Tagebuch von Tessa Waye, Seite 67

Für das Protokoll: Einen gestohlenen Polizeiwagen im wirklichen Leben zu fahren, ist nicht so wie das Fahren eines gestohlenen Polizeiwagens in meinem Lieblingsspiel *Grand Theft Auto*. Zunächst einmal komme ich bei *Grand Theft Auto* besser klar und außerdem ...

Ich biege zu scharf nach rechts ab und gerate an den Bordstein. Der Wagen schaukelt und die Reifen quietschen. Nach einer Weile rollen wir wieder glatt und Griff flucht.

Na ja, vielleicht ist es doch ein bisschen wie bei *Grand Theft Auto*.

»Wo hast du fahren gelernt?«, fragte Griff und stützt sich mit einer Hand am Armaturenbrett ab.

Mein Blick fordert ihn zum Aussteigen auf und ich beiße mir auf die Lippen. Der verletzte Arm tut ziemlich weh.

»Schalt die Scheinwerfer aus und halt dort drüben!«, weist Griff mich an und reckt den Hals, um die dunkle Kirche besser zu sehen. »Wenn wir Todd, Lily oder etwas Verdächtiges sehen, geben wir der Polizei Bescheid. Du gehst auf keinen Fall dort rein!«

Und ob ich dort reingehe. Aber ich widerspreche nicht und bin froh, dass der Parkplatz größtenteils dunkel ist. Zum Glück verbreiten die Anzeigen des Wagens nur wenig Licht. Andernfalls sähe Griff den Verband an meinem Arm und auch die anderen Verletzungen.

Er würde auch das Blut bemerken. Der Verband dürfte sich inzwischen vollgesogen haben und mir ist ein bisschen schwindelig.

Ich halte neben dem Seiteneingang der Kirche und stelle den Motor ab. Im Innern des Gebäudes gibt es hier und dort ein wenig Licht, vielleicht aus Sicherheitsgründen ... Doch dann bemerke ich eine Bewegung – jemand weicht vom Fenster zurück. Es ist nicht mehr als ein Schemen, eine kurze dunkle Stelle im gelben Licht am Fenster, aber es genügt.

»Er versteckt sich in der Kirche.« Ich weiß, dass es Todd ist, denn ich habe ein Hinken bemerkt. Ich habe ihn verletzt und das bereitet mir eine gewisse Genugtuung.

Ich öffne die Wagentür und Griffs Hand ergreift meinen verletzten Arm. Der Schmerz ist so stark, dass ich fast in Ohnmacht falle.

»Was zum Teufel ist das?« Er berührt den Verband, sieht sich seine Fingerspitzen an und stellt fest, dass Blut daran klebt. »Lieber Himmel, Wick!«

»Er hat mich verletzt.« Ich lehne mich ans Lenkrad und kämpfe gegen die Übelkeit an. »Und wenn er bereit war, mich zu verletzen ... Stell dir vor, was er Lily antun könnte.«

Ich sammle Kraft und versuche, eine Entscheidung zu treffen. Todd weiß nun, dass wir hier sind. Das Überraschungsmoment ist dahin. Er hat die Oberhand. Wie bringen wir die Situation unter unsere Kontrolle?

Gar nicht.

»Ich rufe die Polizei, Wick.« Mit dem Handy am Ohr steigt Griff aus. »Ich habe dir gesagt, dass wir dort nicht reingehen. Er könnte dich noch schlimmer verletzen. Ich lasse nicht zu, dass du ein solches Risiko eingehst.«

Und ich kann nicht zulassen, dass Todd Lily etwas antut. Ich muss nachdenken. Was kann ich unternehmen? Ich sehe mich im Wagen um.

Während Griff der Polizei unseren Aufenthaltsort nennt, werfe ich einen Blick in den Fond. Nichts ... Doch dann bemerke ich einen Gegenstand, halb verborgen im Dunkeln, beuge mich nach hinten und strecke die Hand danach aus.

Tessas Tagebuch.

Es muss unter den Sitz gerutscht sein. Niemand scheint es angerührt zu haben – vielleicht hat Carson es nicht einmal gesehen. Einerseits erschrecke ich bei dieser Vorstellung, andererseits halte ich es für ... passend. Es war immer meine Aufgabe, Lily zu retten. Es ist mein ... Job. Nur deshalb habe ich mich von den Frauen für meine Dienste bezahlen lassen.

Ich lege das Tagebuch aufs Armaturenbrett, steige aus und öffne den Kofferraum. Dort bewahrt Carson seine Regenkleidung, mehrere Sicherheitswesten und Absperrkegel auf. Nichts davon ist zu gebrauchen. Abgesehen von den Leuchtfackeln.

Die könnten nützlich sein.

Ich nehme alles und bringe es Griff.

»Wann ist die Polizei hier?«, frage ich.

»In fünfzehn Minuten.«

»So viel Zeit haben wir nicht. Hier, nimm!« Ich reiche Griff die Leuchtfackeln.

»Was hast du damit vor?«

»Vielleicht können wir sie gegen Todd einsetzen.« Ich deute zur anderen Seite der Kirche, wo eine flache Treppe unter das Niveau des Parkplatzes führt. »Dort drüben sollte es einen Sicherungskasten geben. Bei öffentlichen Gebäuden befinden sie sich oft draußen.«

»Was?«

»Das habe ich von Joe gelernt. Der erste Schritt bei einem Einbruch.«

»Du willst ihm den Strom nehmen?«

»Genau.« Ich laufe über den Parkplatz und steige die Treppe hinunter. Jeder Schritt jagt neuen Schmerz durch den verletzten Arm. Doch es ist die Mühe wert. Hinter einem Zierstrauch finde ich tatsächlich einen Sicherungskasten, öffne die kleine Metalltür und untersuche meine Möglichkeiten.

Ausgezeichnet. Ich habe Zugang zu allem. Sofort betätige ich die Schalter, ohne mich länger mit einer Auswahl aufzuhalten. Wenige Sekunden später ist das ganze Gebäude dunkel.

Hinter mir kratzt ein Turnschuh über das Pflaster. Es ist Griff, und ich will ihm sagen, dass er nicht mitkommen, mir nicht helfen muss. Aber die Worte bleiben unausgesprochen, als ich mich zu ihm umdrehe. Die wenigen Parkplatzlampen befinden sich hinter ihm und das bedeutet: Schatten verhüllen sein Gesicht. Ich kann den Ausdruck darin nicht erkennen, sehe jedoch, dass er die Leuchtfackeln in Händen hält. Und er scheint auch diesmal nicht bereit zu sein, mich allein gehen zu lassen.

»Bist du so weit?«, fragt er.

Irgendwo über uns erklingt ein Schrei.

Lily.

Mehr muss ich nicht hören. Noch entschlossener als beim Kampf gegen Todd stürme ich die Treppen hinauf und trete in die Dunkelheit. Mir scheint, mein Vater hat mich gut auf diesen Moment in der Finsternis vorbereitet.

»Verdammt.« Alle Türen sind verschlossen. Während Griff die Schulter gegen die Hintertür drückt, wende ich mich nach rechts, suche zwischen Mauer und Büschen und bekomme mit der linken Hand einen Fenstersims zu fassen.

»Hilf mir!« Gemeinsam schaffen wir es, das Schiebefenster zu öffnen. Ich suche mit dem Fuß nach einem Halt an der Mauer, um nach oben zu klettern. »Heb mich hoch!«

»Teufel, nein!«

»Welcher Polizist könnte sich dort hindurchzwängen?«

»Carson zum Beispiel.«

»Carson ist nicht hier.«

Griff seufzt. »Mist auch!«, stöhnt er und stemmt mich hoch. Ich schließe beide Hände um den Sims und ziehe mich durchs Fenster. Wenige Sekunden später ist auch Griff hindurch und strebt sofort zum Eingang der Kirche.

Ich halte ihn am Arm fest. »Zuerst Lily.«

Wir sind in der Küche und für einen Moment halte ich das für einen Glücksfall. Messer und schwere Töpfe? Solche Gerätschaften sollte es hier eigentlich geben.

Fehlanzeige.

Mit zitternden Händen durchsuche ich die Schränke und finde nicht das Geringste. Die Messer sind verschlossen. Töpfe gibt es nicht, nur eine alte Mikrowelle und einen Kühlraum. Die Schränke enthalten Pappteller und Plastikbecher.

Nichts zu machen. Wütend will ich eine Schranktür zuschlagen, beherrsche mich aber. In der Kirche ist es gespenstisch still. Ohne das weiße Rauschen von Ventilatoren und Klimaanlage wird jedes noch so kleine Geräusch groß und laut. Mein Atmen hört sich an wie das Fauchen eines Drachen, der sich in der Dunkelheit verbirgt.

Ich ziehe die neuen Turnschuhe aus. Eine weitere Lektion meines Vaters: Selbst ein leises Quietschen kann dich verraten. Ich will kein Risiko eingehen.

Zum Glück dringt von den Lampen beim Parkplatz ein wenig Licht durch die Fenster. Viel ist es nicht, aber für Griff genügt es – er sieht, was ich tue, zögert kurz und folgt meinem Beispiel. Wir stellen unsere Schuhe beiseite und bleiben an der offenen Küchentür stehen wie zwei Schwimmer vor dem Sprung.

»Atme langsam und leise!«, flüstere ich Griff zu. Es geht mir um seine Sicherheit, aber ich erinnere auch mich selbst daran, worauf es ankommt. »Und beweg dich vorsichtig! Zuerst musst du deinem Gefühl vertrauen, doch bald werden sich deine Augen anpassen.«

Ich mustere Griff und erwarte, sein Profil zu sehen, aber er starrt mich an. »Ich gehe zuerst, Wick. Bleib dicht hinter mir!«

»Ich ... na schön, meinetwegen.« Ich zittere nicht nur, ich bebe am ganzen Leib. Ich weiß nicht, ob es an den Nerven oder am Blutverlust liegt, wie auch immer: Derzeit bin ich nicht in der richtigen Verfassung, die Führung zu übernehmen.

Griffs Finger legen sich auf meine Hand. »Und wenn wir Lily befreit haben, rennst du wie der Teufel los.«

Ich nicke und erwidere den Druck seiner Hand. »Rennen ist kein Problem.«

»Gut«, sagt Griff und führt mich in die Dunkelheit.

Ich hatte vergessen, wie sich die Zeit dehnt, sobald ich der Panik nahe bin. Sekunden fühlen sich wie Minuten an, Minuten wie Stunden. Der Fluchtinstinkt sagt mir, dass ich mich lange genug versteckt habe, dass ich weglaufen sollte. Wenn ich aber auf diese Stimme höre, werde ich geschnappt. Hab Geduld!, sage ich mir immer wieder, obwohl ich am liebsten geschrien hätte.

Griff und ich lösen uns voneinander und durchsuchen das Erdgeschoss, ohne eine Spur von Todd oder Lily zu finden. Ich höre kein Schniefen aus den Bankreihen, auch keine Atemzüge aus den Nischen. Damit bleiben nur die Büros im ersten Stock.

Griff schüttelt den Kopf. »Er ist bestimmt nicht so dumm, sich dort oben zu verstecken«, flüstert er. Die Tür zum ersten Stock befindet sich unmittelbar vor uns, aber Griff hält mich zurück. »Es gibt nur eine Treppe und keinen Fluchtweg. Ihm muss klar sein, dass er dort oben in der Falle säße.«

»Vielleicht plant er gar keine Flucht.« Gegen Griffs Widerstand trete ich vor. »Vielleicht will er nicht lebend davonkommen. Er hat nichts mehr zu verlieren, Griff. Das weiß er selbst.«

Ich spüre, wie Griffs Hand mich loslässt, schiebe mich an ihm vorbei und ertaste einen Weg nach oben. Diesmal folgt er mir, und kurze Zeit später erreichen wir eine kleine Nische, in der während der Gottesdienste der Chor sitzt. Dort warte ich und überlasse Griff wieder die Führung. Eine Weile hat es den Anschein, als würden wir in einer Sackgasse stecken.

Dann sehen wir den Laufsteg zum Gemeinderaum. Von Geländern gesäumt, führt er über den offenen Bereich weiter unten zu einer Tür, bei der ich eine Andeutung von Licht sehe.

Eine Taschenlampe. Sie sind dort drin – im Büro.

Meine Erleichterung ist riesengroß. Fast hätte ich einen Freudenschrei ausgestoßen.

Dann höre ich Lilys Stimme.

Leise und voller Angst fleht sie um ihr Leben. Ich fühle die Worte mehr, als ich sie höre, und neben mir versteift sich Griff.

O Gott, Lily!

Wenn Todd sie jetzt umbringt, spielt es keine Rolle, dass die Polizei im Anmarsch ist. Was soll ich tun? Wir sind zu zweit, aber Todd hat vielleicht noch das Messer – und eine Geisel, meine Schwester.

»Die Leuchtfackeln«, hauche ich und strecke die Hand nach Griff aus. »Wirf sie!«

Ich kann sein Gesicht nicht erkennen, höre aber, dass er den Atem anhält. Er ist verwirrt, und ich kann nicht lauter sprechen, um es ihm zu erklären.

»Die Leuchtfackeln«, wiederhole ich.

Plötzlich klickt und knistert etwas. Griff bewegt sich, entzündet die erste Fackel. Von einem Augenblick zum anderen sind wir in helles Licht getaucht – es sieht aus, als stünden wir plötzlich in Flammen.

Griff wirft die Fackel.

Sie beschreibt einen Bogen über die Kirchenbänke hinweg und fällt in die Vorhänge hinter der Kanzel. Griff zündet eine zweite Fackel, und diesmal wirft er sie weiter, bis zu den Buntglasfenstern. Dort sprühen Funken und plötzlich springt die Tür auf.

Ein Mann erscheint. In der Finsternis wirkt er noch dunkler und seine Bewegungen haben etwas Gleitendes. Bis ich sehe, dass er hinkt.

Todd. Ich habe mich bereits flach an die Wand gedrückt und versuche zu schrumpfen. Ein entsetzter Schrei steigt in mir auf. Mit großer Mühe halte ich ihn zurück.

Todd läuft vorbei, ohne uns zu bemerken, und das Licht seiner Taschenlampe tanzt durchs Treppenhaus. Als ich höre, dass er das Erdgeschoss erreicht hat, kann ich nicht länger warten und stürze zum Büro.

Drinnen dringt ein wenig Licht durch das Fenster zum Parkplatz, gerade genug, um der Finsternis Konturen zu entreißen. Ein Schreibtisch ... Regale ... einige Kisten ...

Meine Schwester!

»Wick!«

»Lily!«

Griff und ich sind sofort bei ihr. Meine Finger berühren etwas Raues und Straffes.

Ein Strick. Todd hat sie gefesselt. Ich versuche, die Knoten an Lilys Handgelenken zu lösen. Ein Gedanke schießt mir immer wieder durch den Kopf: Ich muss sie befreien, bevor er zurückkehrt.

»Wick«, flüstert Lily tränenüberströmt. »Es tut mir alles so leid. Ich wusste nichts davon. Ich hätte nie gedacht ...«

»Pst! Es ist alles in Ordnung.«

»Nein, nichts ist in Ordnung! Es kann nie in Ordnung sein. Ich dachte ... ich dachte ...« Lily schluckt, und neue Tränen tropfen mir auf die Hände, als es mir gelingt, einen Knoten zu lösen. »Ich habe an ihn geglaubt.«

Ich halte ihren Kopf und umfasse ihr Gesicht mit den Händen. Zum ersten Mal bin ich dankbar für die Dunkelheit, denn ich fühle, wie sich mein Blut mit Lilys Tränen vermischt. »Du musstest an ihn glauben, Lily. Nicht jeder ist ein Ungeheuer. Hätte ich nur weniger Zeit damit verbracht, alle anderen zu verdächtigen! Dann wäre ich vielleicht imstande gewesen, das wahre Böse ganz in meiner Nähe zu erkennen.«

Lily bleibt still, ihre Tränen versiegen. Ich zerre weiter am Strick. »Aber das alles spielt keine Rolle mehr, Lil, denn wir entkommen ihm.«

Aber wir entkommen nicht und ich weiß es. Der Strick gibt nicht nach und auch die anderen Knoten lassen sich nicht lösen. Ich versuche es immer wieder, doch meine Finger werden taub – wie auch der Rest von mir. Es liegt am Blutverlust, der zu einer immer größeren Behinderung wird. Ich muss Lily retten, aber es ist nicht möglich. Ich schaffe es einfach nicht.

»Nimm sie!« Ich schiebe Lily zu Griff hinüber und lege ihr seinen freien Arm um die Schultern. »Sie kann nicht laufen. Trag sie! Mir fehlt dazu die Kraft.«

»Ich gehe nicht ohne dich«, knurrt Griff.

»Ohne sie musst du auf mich verzichten.«

Ich sehe in der Düsternis, wie er eine Grimasse schneidet. »Das kannst du nicht von mir verlangen, Wick«, flüstert er. »Du kannst nicht verlangen, dass ich dich verlasse.«

»Das tue ich auch nicht.« Ein schrecklicher, zorniger Schrei dringt aus dem Erdgeschoss zu uns herauf. Todd. Er weiß Bescheid und kehrt zurück.

Und es gibt nur einen Ausweg.

Ich schaudere. »Ich bitte dich nicht, mich zu verlassen, Griff. Ich bitte dich, meine Schwester zu retten.« Wir können nicht einfach fliehen. Todd würde uns auf der Treppe erwischen.

Griff sieht mich an. Selbst wenn ich sterbe und ihn nie wiedersehe, selbst wenn mich Todd in Stücke schneidet, bis nichts mehr von mir übrig ist … Diesen Augenblick werde ich nie vergessen. Griff zögert nicht. Er zieht Lily zu sich heran. »Was soll ich tun?«, fragt er.

»Versteck dich am Platz des Chors! Ich locke Todd von euch weg.« Ich richte mich auf. »Bring Lily in Sicherheit, wenn wir fort sind!«

50

Es sollte nie auf diese Weise enden.

– Die letzten Worte in Tessa Wayes Tagebuch

Im Dunkeln warte ich auf Todd, und als er im Türrahmen erscheint, das Gesicht vom Licht der Taschenlampe erhellt, hebe ich das Kinn und verspreche mir, dass er nie wieder jemanden verletzen wird. Dafür werde ich sorgen.

»Du.«

»Ich«, lautet meine Antwort.

Todd stürzt auf mich zu, ohne sich im Zimmer umzusehen, ohne die Füße über die Kisten zu heben, die ich vor die Tür geschoben habe. Er stolpert, fällt auf die Knie und streckt die Hände aus, um den Fall abzufangen.

Ich schmettere ihm einen Briefbeschwerer, groß wie eine Pampelmuse, gegen die Schläfe.

Er knallt auf den Boden und windet sich vor Schmerz. Dieser Augenblick gibt mir die Gelegenheit, mich zu ducken. Ich setze über ihn hinweg, und meine Füße bewegen sich bereits, noch bevor ich auf dem Teppich lande. Ich laufe, ich renne schneller als jemals zuvor in meinem Leben, ich sprinte über den Laufsteg und an der Nische vorbei, in der sich Griff und Lily verstecken. Hinter mir stimmt Todd ein wütendes Gebrüll an.

Er verfolgt mich.

Die Stufen vor mir ... Ich sehe sie nicht, finde aber irgendwie einen Rhythmus.

In der Finsternis hetze ich die Treppe hinunter, erreiche das Erdgeschoss – und stolpere. Die Hand meines unverletzten Arms knallt gegen die Wand, ich richte mich wieder auf und stürme abermals los.

Aber das Rennen und Stolpern macht mich schwindelig. Mein Gehirn fühlt sich an wie umgestülpt, und fast hätte ich die Stelle übersehen, an der ich abbiegen muss. Ich wende mich unvermittelt nach links und betrete den Flur mit den Zimmern der Sonntagsschule zu beiden Seiten.

Griff und ich haben diesen Bereich bei der ersten Suche im Erdgeschoss entdeckt. Die Zimmer liegen am Flur, sind aber auch untereinander verbunden. Ich nehme den ersten Raum auf der rechten Seite und dank des Mondscheins in den Fenstern schaffe ich es durch die Innentüren bis zum dritten Raum.

»Verdammte Schlampe!«, knurrt Todd. Er ist weiter hinter mir, der Stimme nach zu urteilen bei der ersten Tür, die in den Flur führt. Gut. Genau dort wollte ich ihn haben.

Jetzt muss ich ihn nur noch näher locken.

»Du glaubst, dass du gewonnen hast, doch die Polizei ist noch nicht da.« Todd scheint sich durch den Flur zu nähern und deshalb husche ich zur Innentür. Bestimmt überprüft er jedes Zimmer und im hellen Mondschein übersieht er mich wohl kaum. »Die Polizisten wollen dich retten. Aber glaubst du, ich gebe ihnen Gelegenheit dazu? Meinst du, von dir bleibt noch etwas übrig, das sich zu retten lohnt?«

Wenn du mich erwischst, bestimmt nicht, denke ich. Mit zitternder Hand hole ich Griffs Handy hervor – er hat es mir gegeben, bevor er sich mit Lily versteckte – und starte die Aufzeichnungs-App. »Komm und hol mich, Todd!«, rufe ich. »Du willst eine Jagd? Die sollst du haben.«

Todds Hand kriecht um den Türrahmen, und ich renne wieder los, durch die Innentüren zurück zum Anfang des Flurs. Doch Todd ist ein wenig schneller und erreicht mich. Seine Finger bekommen mein Haar zu fassen und ich schreie laut in jäher Panik. Ich strecke beide Hände nach vorn, der nächsten Tür entgegen, ducke mich nach links und schlage die Tür zu.

Sie prallt gegen Todds Ellbogen. Jetzt schreit er, und ich springe fort, laufe durch den Flur und glaube, durch die Fenster ein Blaulicht zu sehen.

Die Polizei ist fast da. Ich renne zur Küche und rudere mit den Armen, um das Gleichgewicht zu wahren, als meine Socken übers Linoleum rutschen. Hoffentlich hat Griff inzwischen alle Türen geöffnet.

Irgendwie ist es in der Küche dunkler als in meiner Erinnerung. Ich muss mir den Weg ertasten und kann es mir nicht leisten, langsamer zu werden. Todds Schritte, sie kommen näher.

Ich muss mit beiden Händen zufassen, um die Tür des Kühlraums aufzuziehen. Dann drücke ich die Play-Taste der Aufzeichnungs-App und lasse das Handy über den Boden des Kühlraums rutschen. Es verschwindet unter einigen Regalen, und ich höre, wie es hinten an die Wand stößt.

Einen Moment später stürzt Todd in die Küche.

Ich lasse mich fallen und krieche zurück, bis ich an die Schränke stoße. Sehen kann ich nichts mehr, aber ich höre ihn. Das Geräusch seiner Schuhsohlen ... Es klingt nach zuschnappenden Zähnen.

Es klappt nicht. Er fällt bestimmt nicht darauf herein. Ich mache mich so klein wie möglich und bete, dass Todd geradeaus geht. Andernfalls stolpert er über mich.

Er setzt einen Fuß vor den anderen ... und bleibt stehen.

Unmittelbar vor mir.

Ich rieche ihn. Blut und Pfefferminz.

Bestimmt entdeckt er mich gleich und dann bin ich erledigt.

»Komm und hol mich, Todd!« Meine aufgezeichnete Stimme dringt aus dem iPhone. Todd zögert. Ich kann ihn noch immer nicht sehen, spüre aber, wie er in der Dunkelheit nach mir sucht.

Bitte, beweg dich! Bitte, schluck den Köder! Wenn die Worte noch einmal zu hören sind, muss ihm klar sein, dass es sich um eine Aufzeichnung handelt. Ich höre Sirenen in der Ferne, doch sie sind viel zu weit entfernt, falls er mich in den nächsten Sekunden entdeckt. Er könnte mich töten, bevor die Polizei den Parkplatz erreicht.

Bitte. Bitte. Bitte.

Todd bewegt sich einen Schritt weiter ... dann noch einen. Er steht vor dem Eingang des Kühlraums und ich ziehe lautlos die Beine an. Er zögert wieder, tritt dann über die Schwelle, und ich stehe auf. Ich zähle bei Todd drei weitere Schritte, bevor ich zur Tür schleiche, dort noch einmal zwei Schritte abwarte und dann die Hände nach dem Türgriff ausstrecke.

»Komm und hol mich, Todd! Du willst eine Jagd? Die sollst du haben.«

Ich höre, wie seine Schuhe über den Boden kratzen, als er sich bückt.

Er hat das Handy gefunden! Ich schiebe die Tür mit der Schulter zu und höre Todds überraschten Ausruf, gefolgt von schnellen Schritten. Er kommt! Schließ die Tür und verriegele sie!

Aber meine Finger fühlen sich an wie dicke Würste, und ich sehe nicht genug, um den Riegel vorzuschieben. Ich fingere herum, und Todd prallt auf der anderen Seite gegen die Tür, wodurch ich einen ordentlichen Stoß abbekomme. Abermals werfe ich mich mit der Schulter gegen Metall und das Bild vor meinen Augen verschwimmt.

Mein Arm. Einen weiteren Stoß halte ich nicht aus. Der Schmerz schwächt mich, die Knie geben nach – ich fürchte, zu Boden zu sinken. Ich muss den Riegel vorschieben, unbedingt.

Todd setzt zu einem neuen Sprung an und ...

Der Riegel bewegt sich und schnappt zu! Todd prallt gegen die Tür, aber sie rührt sich nicht mehr von der Stelle. Er sitzt fest.

Die Beine geben unter mir nach. Ich sinke zu Boden und lehne den Kopf an die Wand, als Sirenen heulen und zwei Polizisten die Küchentür auftreten.

In Horrorfilmen sieht man nur, wie der Bösewicht stirbt. Man sieht nicht, wie das blutüberströmte Mädchen die Polizei in die Kirche lässt wie in meinem Fall. Man kann das Mädchen auch nicht beobachten, wie es in die Küchenspüle kotzt so wie ich.

Und man sieht auch nicht den Moment, als sie begreift, dass nichts wieder so sein wird, wie es einmal war. Ihr Leben wird für immer in ein Vorher und Nachher unterteilt sein. Der Unhold ist besiegt, aber in gewisser Weise wird er sie ständig begleiten.

Denn sie wird leben und sich erinnern.

Ich werde mich nie davon befreien können. Das denke ich, als ich mich zum Gras beuge und die Finger in den Boden bohre.

Dann höre ich meinen Namen, hebe den Kopf und sehe Griff auf mich zukommen. Griff, der meine Schwester gerettet hat. Und auch mich. Er ruft meinen Namen und vielleicht noch weitere Worte. Aber ich bin mir nicht sicher, denn sie schweben davon. Es rauscht und klingelt in meinen Ohren. Irgendwo und irgendwann muss mein Kopf etwas abgekriegt haben. Aber eins verstehe ich: Griff ist für mich zurückgekehrt.

Ich blicke zu ihm hoch und blinzle. Lily und Bren sind dicht hinter ihm. Das Haar meiner Schwester ist ein Streifen Licht, als sie auf mich zuläuft. Und aus irgendeinem Grund zerbröseln bei diesem Anblick die letzten Barrieren in mir.

Ich sinke mit dem Gesicht voran ins Gras und bohre die Finger noch tiefer in den Boden, um mich festzuhalten, bis Lily neben mir kniet und mich an den Schultern fasst. Überall ertönen Rufe, und Hände strecken sich mir entgegen, aber Lily lässt nicht los. Zusammen schaffen wir es irgendwie, auf die Beine zu kommen, und gestützt von meiner Schwester wanke ich zu Bren.

Was nachher geschah

Es stimmt schon, früher oder später rächt sich wirklich alles.

– Zitat aus dem Blog von Wicket Tate, KarmaOhrfeige

Tja, vermutlich ist dies der Teil, in dem ich erzählen sollte, wie ich in den Sonnenuntergang reite. Allerdings gibt es keinen Sonnenuntergang und auch kein Reiten, sieht man von den Fahrten mit Griffs Motorrad ab. Ich mache mir nicht die Mühe, irgendwelche Namen zu ändern, um die Unschuldigen zu schützen. Wahrscheinlich wären sie sauer auf mich, wenn ich es täte.

Lily hat mit dem Cheerleading begonnen. Ja, genau. Ihr habt richtig gelesen. Cheerleading. Ich habe sie gefragt, ob sie noch ganz dicht sei. Sie hat geantwortet, ich sollte nicht rummeckern. Und dann haben wir uns beide halb totgelacht.

Anschließend habe ich Lily bei ihrer Tanznummer zugesehen und sie verstanden. Sie liebt Musik und Bewegung. Das hätte ich nie für möglich gehalten, und vielleicht habe ich's nicht ganz kapiert, aber ich bin froh. Sie probiert vielerlei aus, das sie sich früher nicht zutraute.

Vielleicht gilt das für uns alle.

Mein Vater kehrt nicht zurück. Die Polizei hat so viel Beweismaterial gegen ihn angehäuft, dass er sich auf einen Deal im Strafverfahren gegen ihn einließ. Was ihm allerdings nicht viel nutzen wird – ihn erwarten trotzdem fast fünfzig Jahre hinter Gittern. Ich freue mich darüber, auch wenn es rachsüchtig klingen mag. Ich freue mich und bin erleichtert.

Todd hat ebenfalls gestanden. Wie sich herausstellte, hat er dieses Verlangen schon sein ganzes Leben lang, aber erst während der letzten sechs, sieben Jahre ist es unerträglich geworden.

Mit Bren wollte er sich gewissermaßen selbst Schranken setzen. Er hat sie geheiratet, weil sie im Berufsleben erfolgreich war und keine Kinder bekommen konnte. Das hielt er für die ideale Lösung ... bis Bren Kinder wollte. Sie zogen in ein Familienviertel um und engagierten sich in der Kirchenarbeit. Plötzlich war Todd von Mädchen umgeben, und das hatte er vermeiden wollen. Es gab kein Entkommen für ihn. Nach einer Weile wollte er gar nicht mehr entkommen, denn er hatte Tessa.

Himmel, die arme Tessa! Ich denke, er begehrte sie nicht wegen ihrer Schönheit, sondern weil sie zerbrochen war. Das zog ihn an. So sieht es jedenfalls Dr. Norcut. Sie glaubt: In dem schrecklichen Moment, als Tessa den Mut fand, Nein zu sagen, entdeckte Todd sein wahres Selbst. Er stellte fest, dass es ihm Vergnügen bereitete, einem anderen Menschen Schmerz zuzufügen, und dass er genau der Mann sein wollte, vor dem er sich immer gefürchtet hatte.

Vielleicht finden wir alle heraus, wer wir sein möchten.

Bren lässt sich scheiden und erweitert ihre Firma. Die Adoptionspapiere sind letzten Monat durchgekommen und wir erwägen einen Umzug. Die wenigsten Einheimischen wollen offenbar verstehen, dass einer Frau der Wahnsinn des eigenen Ehemanns verborgen bleiben kann. Sie waren ziemlich widerwärtig zu Bren, mit Ausnahme von Mrs Waye.

Wir sind ihr in der Anwaltskanzlei begegnet, und statt zu schreien und einen Nervenzusammenbruch zu kriegen, hat sie Bren am Arm berührt und ihr gesagt, wie leid es ihr tue und wie sehr sie Brens Verlust bedaure. Ich dachte zunächst, das klinge ein bisschen zu sehr nach *Dr. Phil*, aber vielleicht ist es gar nicht so absurd. Die junge Mrs Waye, die einst hier wohnte und lebte, existiert nicht mehr. Das gilt auch für den Mann, den Bren einst liebte.

Ich weiß nicht. Vielleicht hat Tally Mrs Waye einfach nur gebeten, nett zu sein. Ich schätze, das werde ich nie erfahren, aber Bren war sehr gerührt, und dafür bin ich dankbar.

Alle in der Stadt geben ihr die Schuld. Sie glauben, dass Bren weggesehen hat. Aber man wird nicht nur durch die Entscheidungen anderer Leute – des Vaters, des Ehemanns oder der Schwester – zu dem Menschen, der man ist. Man muss eigene Entscheidungen treffen. Ich weiß, dass sich Bren noch immer schuldig fühlt. Sie glaubt, sie hätte Bescheid wissen sollen. Manchmal ist sie spät abends noch wach, erinnert sich an ihr Eheleben und hält anhand irgendwelcher Einzelheiten nach Hinweisen Ausschau.

»Es wird alles gut«, sagt sie. »Du wirst sehen.«

Sie wiederholt es immer wieder, wie um mich zu überzeugen. In Wirklichkeit jedoch will sie sich selbst überzeugen. Gewöhnlich macht mich dieses bemühte positive Denken nur nervös, aber sie wirkt so verloren, dass ich in der Nähe bleibe. Wir sitzen auf dem kalten Küchenboden und halten uns die Hände, und ich sage ihr, na klar, es wird alles gut.

Die Lüge kommt mir so glatt über die Lippen, dass sie vielleicht ein bisschen Wahrheit enthält. Was gibt es sonst noch? Oh, wie sich herausstellte, erschien Mr Waye mehrmals bei unserem Haus, weil er Todd verdächtigte. In jener Nacht, als ich nach draußen lief, um ihn zur Rede zu stellen ... Er dachte, er habe Carsons Wagen gesehen, geriet in Panik – weil er wusste, wie verdächtig er selbst wirkte – und machte sich aus dem Staub.

Angeblich hatte er Todd aufgrund »väterlicher Vorahnungen« in Verdacht. Ich hasse diese Beschreibung, denn dadurch klingt er wie ein Guter. Aber vielleicht ist er nicht ganz und gar böse, denn als Waye hörte, was geschehen war, besuchte er mich im Krankenhaus. Ihm zu verzeihen, gelang mir nicht. Keiner von uns wusste etwas zu sagen, doch er blieb.

Wie auch Griff. Er dürfte der einzige Mensch sein, bei dem ich lächle, wenn ich an ihn denke. Bestimmt habe ich dumme Zeichentrickherzen in den Augen, wenn ich in seine Richtung sehe. Es ist abscheulich ... und fantastisch. Ich bin verdammt gut dran. Es ist, als bekäme ich mein eigenes Happy End.

Und vielleicht bekäme ich es tatsächlich, wenn mich Carson gehen ließe. Der Polizeichef hat ihn befördert – als hätte er die ganze Arbeit geleistet – und ihm ein eigenes Team zugeteilt. Seine Vermutungen und das, was er von Todd zu hören bekam ... Inzwischen weiß Carson, dass ich hacke. Angeblich will er den Rest seines Lebens damit verbringen, mich zu überführen – wenn ich ihm nicht helfe.

Bisher waren es recht leichte Aufgaben, aber nun hat der Detective einen neuen Fall und will, dass ich Ermittlungen anstelle. Es geht um einen Richter. Carson weiß, das er Dreck am Stecken hat, und ich habe meine eigenen Gründe, seine Meinung zu teilen. Ich möchte allerdings nichts damit zu tun haben. Die Assistentin des Richters wurde ermordet. Erstochen. Und der Mörder hinterließ eine Botschaft, die in ihre Haut geritzt wurde:

DENK AN MICH.

Melissa Keil

Der Beweis, dass es ein Leben außerhalb meines Zimmers gibt

384 Seiten, ISBN 978-3-570-30932-2

Sam Kinnison ist ein Geek, und glücklich. Er liebt Horrorfilme, seine Nerd-Freunde, World of Warcraft – und solange Prinzessin Leia nicht höchstpersönlich in seinem Zimmer auftaucht, sind ihm Mädchen ziemlich egal. Dann trifft er Camilla. Camilla ist wunderschön, unglaublich nett und wird in seinem Leben absolut keine Rolle spielen, denkt Sam. Doch Camilla sieht das anders. Sie wäre gern die Hauptdarstellerin in Sams Leben. Und das führt nicht nur in Sams Drehbuch zu einigem Durcheinander, sondern stürzt die gesamte Clique in ungewohntes Chaos ...

30137

www.cbt-buecher.de